六界妖后

5

張廉

插畫／Izumi

Kadokawa Fantastic Novels DX

目錄

第一章　歸來的神女

黑暗對光明的追尋，可說是與生俱來的。

於黑暗世界沉睡的我，在一個溫柔的聲音中緩緩醒來。

「妳到底……是什麼……」

我睜開雙眼，漆黑的薄壁上映出那溫暖而柔和的光亮。我伸出手，摸上那朦朧的光明，絲絲暖意透過面前的薄壁傳入手心，我驚奇地笑了，同時看到薄壁上的手形。那隻手比我大了一圈，散發柔和霞光，很美……

從此之後，他一直陪伴在我身旁，替我黑暗的世界裡帶來絲絲光明。

「別怕……有我在妳身邊……」

「能夠說話了嗎……」

「妳……好像是個女孩兒……」

「我信妳……我會讓妳從善……」

「妳……什麼時候來我身邊……我……想見到妳……」

我愛上這個聲音，愛上他的陪伴，想盡快到他身邊，想觸碰到他……

終於，我獲得了力量，撕開黑暗，墜落在一片金光閃耀的聖池之中，長髮覆蓋我的全身。我在聖池中轉身，看著他和玥，輕輕一笑：「陽，我來了。」

他從佇立的玥身邊走下聖池，溫柔地注視著我，脫下身上華袍，遮蓋在我身上，帶著熟悉的、屬於他的溫暖。

我埋入他溫暖的胸前，他的身體比手更加溫暖。他輕輕環抱我的肩膀，撫上我的長髮：「我終於……等到了妳……」

黑暗對光明的愛，是源於我對你溫柔的依賴……

然而這回聖池旁沒有陽，只剩下玥。聖池依舊，卻早已易主。

「我已經封印妳的神力，妳將會接受神界的制裁。」冷淡的聲音自身後而來。

「哼！」我揚唇冷冷一笑，轉身時對上他那俯看我的淡漠目光。我雙手微微提裙，一步一步走向他，望著他冰冷俊美的冷顏，邪魅而笑：「那你呢？弒殺真神——自己的哥哥，你又該得到什麼制裁？」

隨著我踏上聖池的台階，水從我裙上化作水流，自黑裙上緩緩淌落。

我站到他身前。他眉心的神印正閃爍著聖潔而迷人的白金色光輝。月牙色長髮散發白金光芒，如輝月般的兩綹長髮服貼胸前，直垂衣襬之下。

他那宛如皎潔月光似的睫毛微微垂落，低眸冰冷地凝視我，粉玉般的雙唇微微開啟：「證據呢？」

「證據？哼……」我邪邪地笑了，伸手執起他胸前的一綹髮絲，瞥眸看他：「你敢……跟我睡嗎？」

月牙色冷眸登時浮現白金光芒，他伸手一把將我推開：「看看妳現在是什麼樣子！」

「哈哈哈——」我甩開他的長髮，仰天而笑，低頭時陰邪地看他：「不是你想要的樣子嗎？我還以為你不喜歡我以前聖母的模樣，所以才要陽封印我，讓我消失在你眼前呢。」

他半垂冷眸久久盯視我，閃爍著白金色寒光的月色瞳仁緊緊釘在我的臉上，像是不放過我臉上每一寸肌膚。

一抹灼意倏然衝破他眼中的平靜與冷淡：「不錯，因為那樣的妳不完美！」

我登時瞇眸，咬牙切齒地狠狠瞪他：「既然封印了我，為什麼還要殺了陽？」

他睜開冷眸，眸中寒光像是利箭般朝我射來，帶著恨與執著的複雜眸光牢牢揪住我的視線。他忽然伸手用力扣住我的下巴，同樣咬牙切齒地盯視我：「因為陽也變得不完美，所以你們不能在一起！」

他赫然朝我壓來。我一把推上他的胸膛，猛地感覺到裡頭的神脈正劇烈搏動。

他粉玉般的薄唇忽然印在我的唇上。我驚然看他，卻見他閉緊雙眸，避開我的視線，兩隻手則狠狠扣住我的下巴和後腦，把我固定在他的臉下，粗暴地吻住我的唇。

我徹底驚呆在他身前，他這一吻全然摧毀了我之前對他一切一切的揣測。我猜錯了，我完全猜錯了……

忽然，他離開了我的唇，臉上浮出一抹痛苦的糾葛神色。

廣玥輕輕放開我，胸膛大幅度地起伏。他搖了搖頭，散發著光芒的纖細髮絲隨之輕顫。他在我面前深吸一口氣後，緩緩揚起臉，才再次睜開眼睛，臉上深深的恨與痛苦被他的冷淡強行吞沒。

他將雙手插入華袍的袍袖中，用那副高高在上的神情半垂眼簾看著我。

我抬手緩緩摸上自己的唇，瞥眸看他，唇角慢慢揚起，輕蔑而笑：「哼。」

他在我不屑的神情中瞇緊眸光，憤怒與恨意開始浮上他的雙眸，使他的眸光越發冷淡。

他的身後，蹣跚地走來一個黑紫色的身影。我抬眸看去，邪邪而笑——是嗤霆。

嗤霆虛弱地走到廣玥背後。廣玥沒有轉身，冷淡開口：「你來做什麼？」

「哼！」嗤霆手扶胸口冷笑：「還能做什麼？當然是要回神丹。」

廣玥微微擰眉，撇開臉，轉身側對嗤霆：「堂堂上古真神，居然被人摘除神丹，丟盡我神族顏面。若我是你，早已自拆神骨去死了！」

「哼……」嗤霆的臉色因虛弱而格外蒼白：「所以你不打算救御人和帝琊嗎？」

廣玥側臉冷冷看他一眼，轉回身，滿頭的月色長髮直垂身後，在我面前閃爍白金光輝，如同一道月光形成的瀑布，令人心馳神往。

「拿回神丹滾回你的魔界，別讓我再看見！」

「哼！」

廣玥拂袖消失在神宮內。

嗤霆恨恨地看向我，朝我伸出手：「神丹！」

「神丹？」我瞥眸盯著他那副死樣子，邪邪地笑了：「我忘記給誰了。」

我邪惡的笑容深深映入他的眸底，他朝我憤怒恨極地指來：「妳……妳……妳——」忽然間，他痛苦地抱住自己的頭，雙眸撐到最大，痛得咬緊牙根、面部抽搐。

我驚訝地看到他圓睜的黑眸正被兩縷黑氣糾纏，像是可怕的魔力化作了寄生蟲，寄生在他體內，正強行控制他的神魂！

誰？誰能寄生於真神之內？

「妳……啊——」

嗤霆的眼睛逐漸被黑氣覆蓋。他在一聲痛苦的大吼後，臉無力地低垂，徹底失去聲音。他的雙手緩緩滑落臉邊，滑過紫金與暗紅色相間的長髮，垂擺身體兩邊，身體緩緩跪落。

我的心猛地揪痛起來，麟兒的感覺猛然覆蓋心頭。明明我和他的心印已經隨著他的灰飛煙滅徹底消散，此刻卻清清楚楚地感覺到他就在我身邊，我的眼前！

我全身的血開始加速流動，心跳也隨著對方的臉慢慢抬起而越來越急劇。

他的眼睛已被黑色的未知力量完全覆蓋，再也看不到眼白和瞳仁，只充斥著漆黑而旋轉的力量。

他看著我，緩緩站起身。我能感覺到他根本不是用眼睛在看我，而是透過眼眶內那股黑暗的力量。

「師傅。」

當他喚出聲時，我深吸了一口氣，而後呼吸凝滯，淚水滾落眼眶。我捂住發抖的唇，顫顫地伸手撫上他的臉。

他用那雙全黑的眼睛望著我。我撫上他的臉，他隨即閉上眼睛，微微側臉蹭上我的手心，同時深深呼吸。

「麟兒……」我哽咽地呼喚著。他緩緩睜開眼睛，眼中只存在著看不出任何情緒的黑暗。他正對我的臉，凝視我許久，緩緩開口：「我叫麟兒？」

我的心開始顫抖，立刻抱住他的脖頸，把他的身體往下拉：「是！你叫鳳麟，我的麟兒！」淚水不斷湧出眼眶。我找到了，我找到他了！我的愛，我的麟兒，你終於回到了我的身邊！雖然你已經沒有肉身，沒有魂魄，不是人，不是鬼，什麼……都不是了……

「我不知道……」他在我耳邊輕喃：「我不知道自己是誰，不知道自己是什麼……但是……我記得妳，妳叫師傅，我要守護妳……」

我的心抽痛著、感動著。我緩緩放開他，他慢慢離開我的懷抱，俯臉繼續用那一片漆黑的瞳眸看著我，抬手撫上我的臉，輕輕拭去我眼角的淚水：「妳哭了……為什麼……」

我心痛地看著他。他已經什麼都不記得了，然而……他卻記得我。他不記得自己，不記得自己的過去，不記得我們的一切，但是……他記得我……記得要守護我……

「讓我看看真正的你……」我捧住他的臉，撫上他全黑的眼睛。

他微露猶豫，垂下臉：「我怕嚇到妳……」

我揚起一抹微笑：「你不想找回記憶嗎？不想知道我到底是誰嗎？『師傅』並不是我的名字，而是你對我的稱呼。麟兒，如果不知道你到底是什麼，我無法幫你恢復。」

聞言，他眨了眨眼，表情回復平靜：「好。」

他後退一步，緩緩撐開雙臂，閉上雙眼，神光自他的眉心閃現，卻是嗤霆的。隨即，嗤霆的神魂開始從他的天靈緩緩浮現，落到我面前。他仰天張開了嘴，黑色的力量頓時從他的嘴中源源而出，升騰起來，讓人毛骨悚然！

黑色的力量漸漸形成一個彎彎曲曲的人形，飛落我身前。他身後嗤霆的神魂像是被徹底吞噬了一般，雙目空洞，沒有任何反應。

他沒有眼睛、沒有嘴、沒有雙耳、沒有任何五官，所以他既看不見、也聽不見，更無法……開口說話……

他安靜而扭曲地站在我面前，像是勉強維持現在的人形，宛如被風輕輕一吹，便會徹底失去形態而嚇到我。

我朝他伸出手，他開始後退。他雖然看不見、聽不見，但是能感覺到。

「別怕……」我柔柔地說。他穩定了一下人形，我緩緩地伸向他，右手進入他的身體時，他微微一顫。我閉眸感覺到魔力在指尖繚繞，頓時笑了：「果然是這樣……」

「師傅……」空曠的聲音傳入腦中。他無法說話，但是在我和他接觸時，彼此的思緒再次相連，他的成因瞬間浮現我的腦中，儘管他本身一無所知。

我收回手，激動地看著他：「這個世界居然孕育出屬於自己的神！麟兒，你是這個世界……是六界的孩子！」

他晃動地看著我，安靜得如同初生的嬰兒。

我撫上他無法穩定的力量：「你先委屈一下，借用嗤霆的身體和魂魄，我會給你重造神魂、重塑神身。」

他靜靜地點點頭，往後緩緩退回嗤霆神魂的口中，嗤霆的雙眸再次被黑暗徹底覆蓋，然後回到肉身之內。他搖曳了一下，朝我撲來，我接住他的身體，撫上他暗紅紫金的髮絲，緩緩坐在聖池旁，讓他趴伏在我身上。

他無力的手輕輕環過我的腰，抱住我的身體，安靜地呼吸。

神魂出竅讓他變得更加虛弱，聖池的霞光在我們身上粼粼晃動。我抬起右手，嗤霆的神丹浮出手心……沒想到我會有把這顆神丹歸還給嗤霆的一天。

我輕輕地將神丹埋入嗤霆的後背，他不適地深吸一口氣，我溫柔地輕撫他的後背：「沒事了……麟兒……沒事了……」

嗤霆，你就好好養著我的麟兒吧！用你的魂、用你的身體餵食他，讓他恢復！這是你應該做的。在你殺了他的時候，這就是你的報應！

我瞇緊眸光，輕撫麟兒的後背，直到他疲憊地在我的腿上安睡。

神族之所以存在，是源於世界上各式各樣無形的力量。

信仰之力、愛戴之力、恨之力、怨之力。

當我被封印後，世界的陰暗之力失去了主人，它們開始在魔界沉積，經年累月地沉積，一年、百年、千年地沉積，在魔界最陰暗之處，孕育出一團新的能量。

當時，它只是一團能量，沒有任何形態，沒有思維，但是可以感應。

忽然，一顆不知從何而來的黑色影子心飄到了魔界，被它吸入其中，讓它開始有了心，開始有了形態，漸漸形成自己的魂魄。接著，他渴望獲得肉身，憑著本能開始尋找合適的肉身，畢竟尋找肉身比他自己成形更加快速，也更加方便。他找了數千年，最後終於找到了。

然而這個世界最先孕育出來的，卻是一位魔神！嗤霆感覺到了，所以才要除掉對方，除掉這個會威脅他神位的存在！

是那顆心的影子徹底讓它蛻變，讓它成了他，讓他有了心、有了情、有了渴望，從混沌的最初狀態，開始成為一縷魂魄。

接著，他找到肉身，徹底脫胎換骨成了人，曾經曖昧不清的記憶終於被人心、人情取代。他開始有了清晰的記憶與體驗，這些記憶，是從和我在一起開始的。

他由魔界而生，魂飛魄散後自然回到魔界，再次化作最初的形態，在陰暗的本性中，找到並弱化了魔界之主——嗤霆！並趁他氣息奄奄時，順利寄生在他心底的魔性中，靠著吸食他的魔性慢慢恢復。

哼……

我嘴角揚起，冷冷地笑了，揪起一把嗤霆的髮絲。你居然也有今天的下場啊……你讓我的麟兒灰飛煙滅，我就拿你餵他！

但我不會把嗤霆的身體給麟兒，因為嗤霆的身體讓我噁心，不配做我麟兒的肉身！

我撫過麟兒的後背，停落在他的後心上。

那顆影子心究竟從何而來？畢竟它只是一道影子，人的影子無法化作實物，但真神的就未必了……

那顆影子心到底飄蕩了多久？到底是從何而來的？唯有它的主人死了，影子才會脫離主人，影子是陰暗之物，它會自然而然地被吸入魔界……

可惜，一顆影子心沒有記憶，無法知道它從何而來。

身後傳來腳步聲。我微微側臉，一片粉紅映入我的眼角。

啪！他手中的托盤忽然掉落地面，玉盤水果散落一地。

他光著腳，急急跑到我身旁，撲入我的懷中：「主人～～妳不要我了嗎～～」滿頭粉髮飛揚，渾身的豔香更是刺鼻！八翼嬌滴滴的聲音讓我全身雞皮疙瘩直起，抱住我脖子扭動身體嬌嗔的模樣更讓我莫名想揍他。

我直接一把推開他：「滾！」

他跌坐霞光閃閃的地面，華衣滑落單邊肩膀，露出圓潤赤裸的香肩，滿頭的粉紅長髮凌亂地覆蓋他豔美的小臉，光亮的地面映出他梨花帶淚、惹人心憐的神情，宛若被人無情拋棄的玩物。

我受不了地白他一眼：「吃不飽，你噁不噁心？你渾身肌肉還這樣撒嬌，讓我感覺很膩！況且八翼只是長得美豔罷了，你有必要把他變成男寵嗎？」

映落在地面上的八翼臉色開始緩緩沉下。他抬手甩開粉紅色長髮，露出吃不飽鬱悶的神情，極度不滿地睨向我腿上的嗤霆：「娘娘，妳飢不擇食了，嗤霆就不讓妳膩嗎？」

我橫白他一眼：「你懂什麼？他是麟兒！」

「咦？他沒死！」他登時瞪大眼睛，神情像是在說「他怎麼還沒死」。

我的面色登時沉下，殺氣漸漸浮上全身。他僵硬了一下，抬手甩了甩八翼粉紅色的長髮，轉開臉：「哎～呀～這破頭髮太礙事了！」他轉移話題，然後灰溜溜地起身去撿掉在地上的瓜果托盤，一邊撿一邊說：「廣玥讓我和紫垣星君輪流看守妳。」

「嗯……」我滿意而笑：「很好，你們兩個演得很好。」

他坐回我身邊，小心翼翼地偷望一眼趴在我腿上沉睡休息的鳳麟：「他真的是鳳麟？」

「嗯。」

「娘娘妳沒搞錯吧，他怎麼可能成了嗤霆大人？」

「嗯——？」我冷眼斜睨他：「我知道你們都不喜歡他，但他現在是本娘娘的男人，你們認命吧！」

吃不飽閉上嘴，半天不說話了。忽然，啪！他拍了一下大腿：「娘娘，既然他是鳳麟，又控制了嗤霆的身體……」吃不飽睜著閃閃發亮的雙眼：「一不做二不休，吸了他！」

他眯緊眸光看我，陰狠的神情像是希望我把嗤霆的身體吸得灰飛煙滅！

我冷冷瞥眸看他：「若是別人，我還會考慮考慮，但是嗤霆讓我噁心，我是不會吸他的。一想到要碰到他的身體，我就已經想吐了！」

「那我犧牲一下吧，娘娘！事不宜遲，讓妳恢復神力要緊！」

吃不飽立刻伸手想把鳳麟從我腿上搬走，殺氣頓時浮上我的全身，他的身體開始變得僵硬，仍保持著要搬鳳麟身體的姿勢。

我無比陰冷地看他：「吃不飽，你是不是這件事想很久了？嗯？」

吃不飽擰擰眉，癟癟嘴，又坐回原位，面朝聖池，滿臉鬱悶：「娘娘，我是獸，這妳是知道的。我承認，我想這件事已經快一萬年了，妳沒被封印前，我能每天看到妳，我能忍，但妳被封印之後，我度日如年，實在是忍不了。而且，妳現在確實得恢復神力以對付廣玥，不然我和紫垣始終想不通妳為何束手就擒，難道不是為了到神界找機會跟廣玥單挑嗎？」

他轉頭一本正經地看著我，忽然鄭重跪在我面前：「娘娘，就讓我服侍妳吧，我是妳養大的，就算被妳吸乾我也認了。還是妳覺得我胖，吸著油膩？」

我淡漠凝視著他，他也一本正經地回看我，宛如跟我說的是關乎六界的大事。我瞇了瞇眸，他眨眨眼，低下頭摸摸自己的身體，像是猛地驚醒：「哦，我明白了！因為我穿著八翼的皮，所以娘娘不願！」

「滾！」我實在忍不住，抬腳把他踹進了聖池。

啪！他自聖池中浮起，臉色繃緊地看著我：「為什麼啊？」

我抽了抽眉：「不錯，我束手就擒就是為了跟廣玥單挑。但我有力量，不需要吸任何人，你少跟我發情！」

「為什麼不能？我愛妳就想對妳發情，我們獸族一直都是這麼直接的！」他伸手劃過身前，面露委屈地側開臉：「算了，妳是不會懂我們獸族的愛情的。」

我擰眉嘆了口氣，感覺頭有點痛。

我抬眸看他，朝他勾勾手指：「吃不飽，來。」

「哎！」他反射一般的化作吃不飽的肥樣，在水裡撲騰幾下，躍到我身邊，仰天躺下。我伸手摸上他的肚皮：「好了，去守住神宮，我要破開廣玥的封印，其他事等我一統六界之後再說！」

「是！」他立刻翻身而起，瞬間化作八翼的模樣，單膝跪地。

這就是獸族，他們的感情簡單、直接、純粹。

前一刻，他們或許還在生你的氣，卻從來不會放在心上，只要你摸摸他，他便會瞬間原諒你對他所有的薄情和傷害，再次全身心地愛著你、守護你。

吃不飽起身，我立刻提醒：「小心。」

他腳步一頓，猛地轉回身，單膝跪落我面前，粉色長髮飛揚：「娘娘，剛才我是不是太直接，讓妳討厭了？」他一本正經地問。

我微微擰眉，點點頭：「嗯。」我對吃不飽的感情很特殊，他像是我的孩子、寵物、家人……我不想說覺得看著他就像看著當年那顆蛋，那會讓他傷心的。

「那容我想想。」吃不飽深深擰眉，像是在深思熟慮一件非常重要的事情。我瞥眸看他，他臉上的神情越正經，我越有不祥的預感。

他忽然鄭重地點點頭：「嗯！娘娘，我想跟妳生小吃不飽。」

果然！

我眉腳立刻一抽，眸光越發冷冽。

他神情一繃，瞬間起身：「吃不飽告退！」說時遲那時快，他飛快消失在我身旁，帶起的大風揚起我的長髮。

哼！算他跑得快，不然我肯定抽死他！

我鐵青著臉起身，抱起麟兒朝神宮深處走去。這裡曾是我誕生、居住、成長的地方，每一處都充滿了我和聖陽的回憶。

若非當初和天水說出心底壓抑太久的話，我此刻恐怕也無法如此平靜地面對自己和聖陽的過去。愛若太深，恨亦太深……現在，我離解脫只剩兩步。

一步廣玥，最後一步——就是你，陽。

第二章　六界最完美的魔

神宮裡萬物不變——我的宮殿、我的床、我的枕、我的珠簾。

輕輕地，我把嗤霆的身體放下，陷入柔軟的床中。我坐在他身旁，撫上他的臉。

嗤霆的臉此刻靜謐得像是初生的嬰孩，看著他，我宛若已經看到麟兒的臉。即使沒有我的幫助，麟兒也會在漫長的歲月中修成人形，但是我等不了。

我要麟兒馬上回到我身邊，即使他是六界真正的魔。

哼！嗤霆不是魔，是神，所以他害怕麟兒……他們都是這樣，懼怕邪魔。他們因為懼怕我而要毀滅我；同樣的，嗤霆因為懼怕麟兒而要毀滅麟兒。

誰說魔一定是邪惡殘暴的？我們只是因為力量來自於陰暗罷了。

我緩緩收回手。差不多，該開始了。

我取下腰間玉佩，盤腿坐於床上：「闕璿。」

玉佩霞光閃現，闕璿跪坐在我身旁：「娘娘。」

我轉眸看他：「跟我走吧。」

他不由得一愣，顯然不明白我話中的含義。

我揚唇一笑，朝他伸出手。他呆了呆，將右手放在我掌心。當我閉眸之時，他已被我拉入我的意識中。

無邊無垠的世界裡是一道又一道的流光。

面前沒有帝琊，也沒有御人，廣玥把我的震天錘和暗光都給收去了。哼！沒關係，我只不過是先寄放在他那裡。

「這裡是……」

闕瓀怔怔站在流光的世界中。我緩緩抬手，面前流光的盡頭緩緩開啟，天地之間出現一扇巨大的光門。

「走吧。」我朝光門走去，闕瓀立刻跟隨在我身旁。

我帶著闕瓀踏過光門，眼前是無邊無垠的黑暗，我們身後的光門被黑暗包裹在其中。

黑暗的世界裡，是懸浮空中的一盞盞蓮花燈，微弱的燈光像是漫天星辰懸掛在黑夜之中。

「好美……」

闕瓀驚嘆地站在原地，看向那一盞盞蓮花燈，花燈微弱的光芒中，隱隱閃現著畫面。

他好奇地想去看。我淡淡說道：「那些是我的記憶。」

他一驚，立刻老老實實地站在原處，目不斜視。

「這裡是我意識的最深處，廣玥封住我神力的封印應該在此，我們需要找到它，破壞它。」

我轉身看闕瓀：「所以，我需要你。」我飄飛到闕瓀面前，他怔怔地看著我。我輕輕捧起他的臉，微微垂眸：「把力量給我吧……」我吻上他的唇，深深吸入他在冥界吸收的陰氣。

闕瓀全身僵直得一動不動，一直呆立在原地，愣愣看著我。陰氣從他的每一綹髮絲離開，進入我的體內，我的力量開始再次充盈豐沛。

我緩緩離開他的唇，放開他，閉眸深深調息。睜開眼睛時，我看到闕璿帶出粉玉之色的髮絲在燈光中飛揚。

他依然紅著臉，呆呆地看著我。我靜靜地回看他片刻，笑了。

他看著我的笑容，忽的回神，目露欣喜：「娘娘笑了！娘娘又變回小妹了！」

我再次沉臉。他失措地眨了眨眼，匆匆低下臉：「闕璿很高興能幫上娘娘。」

「嗯。」我轉身看向一望無垠的黑暗……得找到廣玥的封印才行。

「娘娘，妳現在既然有了力量，為何還要留在此處？」他不解地問。

我瞥眸看他：「廣玥的封印目的是讓我無法使出力量，所以我才會進入自己的意識中，來獲取你的力量。可是這些力量依舊是在我體內，倘若無法破開封印，我仍然無法使用。我們必須在此處打破廣玥的封印。」

「我明白了，我們現在就像是在娘娘的神丹之內嗎？」他認真思索，髮絲和臉龐漸漸恢復常色：「而我是玉，身體會自然而然地吸收陰氣，供娘娘恢復神力。原來這一切都在娘娘的預料之中！」闕璿雙眸閃閃地望向我，目露崇拜。

我單手負於身後，邪邪而笑：「不這麼做，如何上神界？如何找廣玥？」廣玥這麼美味，當然要放到後面慢慢折磨。我最愛束手就擒，然後讓擒我之人知道何為引狼入室！

我環視周圍，蓮花燈在黑暗中飄飄蕩蕩。一旦我破開了封印，廣玥便會察覺，所以我得做些準備才行。

我抬手劃過面前，喚道：「紫垣、吃不飽。」

兩面橢圓鏡面登時現於我眼前，紫垣與吃不飽在鏡中認真看我。

「開始集結眾神，準備守護神宮！」命令出口之時，他們的眸中已流露出興奮：「是！」

吃不飽咧開嘴：「娘娘，我能……」

「不能！」我橫白他一眼，直接打斷他。他滿臉鬱悶，收起快要流出來的口水。我還不瞭解他嗎？這傢伙不就是想趁機大吃一頓？

我抬手直接揮斷吃不飽的畫面，只留下紫垣，認真看他：「讓大家小心。」

「嗯。」他目露擔憂地看我：「但是娘娘，我們……人不多。」

我揚唇邪邪而笑：「我會設立結界，讓那些神不要礙事。」

聞言，紫垣紫眸閃動：「紫垣明白了！」

紫垣的畫面消失在我面前。我再次抬手劃過面前：「小竹、君子。」

小竹與君子浮現面前。小竹焦急地看著我：「娘娘，妳現在怎麼樣？都快十多天了！」

「十多天？」

小竹目露疑惑。君子細細思索：「娘娘是在神界，與這裡的時間不同。」

我恍然大悟，揚唇冷笑：「看來得抓緊時間，你們現在可以離開妖界了。君子，帶小竹來神界與紫垣會合。」

「是！」二人異口同聲，消失在我面前。

神界與人間的時間並不同步，若我在神界消耗的時間越久，人世發生的變化將會越大，我怕天水等不了。我可不希望再見到他時，他已經轉世，我又要耗費力氣讓他恢復記憶。

我登時抬眸，甩起衣袖，神力化入黑暗，瞬間推開面前的花燈，衝入最深之處，靜謐的世界久久沒有聲音，盡頭卻在神力衝出後不久倏然炸開銀白月光。我揚唇一笑，朝那裡飛去。

闕璿緊跟在我身後，和我飛過一盞又一盞蓮花燈。記憶的畫面在蓮花燈光中閃耀，自我身旁飛逝而過。

我和聖陽的一切、在神界的生活，不斷浮現在眼前……

我在聖陽的神宮中開始學習做神，聖陽溫柔的教導至今仍會浮現我耳邊。

爲神者，要愛眾生；爲神者，要對人仁善……

我掃開這些記憶，更多的記憶從黑暗深處湧來，密密麻麻如同漫天繁星。

我在廣玥的神宮中替他整理神器；在帝琊的神宮中抱回吃不飽的蛋；在御人的神宮裡看他造人；在嗤霆的神宮裡學他馴獸；在殷剎的神宮裡和他一起發呆……

我的記憶裡全是他們，因為他們曾是我的哥哥、我的家人！

這些記憶和我對他們曾經的感情，被我一直封存在心底。當時的我愛著他們，深深地愛著他們，我一直以為我們之間的愛，是可以為彼此的安危死去的程度！

可是，我錯了……

我不明白，他們為何在知道我的神丹可以造世後，徹底發生了變化。

他們開始追求我、爭奪我，我徹底慌了。因為我愛他們，但那是兄妹之愛，我無法回應他們，因為我把所有的愛都給了一個人，那個人就是——聖陽。

陽把我從黑暗中捧出，是他和玥喚醒了我，守護我的成長，迎接我的誕生。

我從此住在他的神宮裡，臥房和他的只有一簾之隔，他睡在外面，我睡在裡面。他隔著雲簾給我講故事，和我一起觀看宇宙中旋轉的星雲，我和他在雲簾下牽手，隔雲簾而吻……

越來越熟悉的記憶，讓我心痛得無法呼吸，我的記憶剎時回到了黑暗之中，所看到那抹溫暖的光亮……

『玥，她好像很喜歡亮光。我不在時，你替我照看她……』

『好。』

那是我聽到的第二個聲音，一個冷淡但溫柔依舊的聲音。

那時，守護著我的光開始有了變化，它的顏色很淡、很暗，卻柔柔地照入我的黑暗之中，同樣帶給我一分安心，讓我不知不覺間陷入安睡。我每天在這抹柔和的銀光中入睡，再在那淡金色的暖光中醒來，他們每日交替，從不停歇……

我停下了腳步，看著面前那散發銀白柔光的旋轉光球，上面布滿玥的神紋。若說陽算是我的父，那麼玥就是我的母。

他和陽一起看護在我身旁，迎接我的誕生，用他柔和的淡光哄我入睡，最後卻親手把我送回黑暗之中！

玥，為什麼？

你知道你在我心底的位置嗎？

你知道除了陽，我最敬重、最崇拜和最愛的就是你嗎？

為什麼？偏偏是你要毀了我？

玥——

我捏緊雙拳，耳邊能聽到骨骼摩擦的聲音。如果說陽對我的背叛，是男女之愛的背叛，那玥對我的，就是父母對子女的背棄！

我實在是不懂你。

你到底是恨著我？還是愛著我？

若是恨我，那個吻算是什麼？欲望嗎？

若是愛我，讓陽封印我又算什麼？我不信你是為了蒼生！

神力開始包覆雙手。圓球似是感應到我力量的躁動，停止旋轉，慢慢化出一頭猛獸之形，兩隻銀白的眼睛如同玥一般冷淡高傲地俯視我。

我緩緩抬起左手：「闕璿。」

闕璿立刻到我身旁，將手放上我的手，登時化作一根布滿我神紋的白玉長棍，握在我手中！

我瞇起眼睛，冷笑看著那頭開始長出翅膀的猛獸：「玥，我很快就會讓你解脫了！」

我掄起長棍，朝那猛獸打去！

猛獸飛快閃過我的攻擊，張開嘴朝我大吼：「嗷————」神光自他口中而出，我手中長棍又化作白玉圓盾，擋住神光的衝擊。

呼！牠扇動翅膀，飛入我無邊無垠的意識世界。

廣玥的印不難破，但這東西逃得太快！

我轉身飛入黑暗世界，緊追其後，手中圓盾又化作長棍，一盞盞閃現我記憶的蓮花燈再次於我身周飛舞。

我揮起手，蓮花燈頓時隨我的手而動，在那猛獸面前聚集，擋住牠的去路。我掄起棍子朝牠打去，牠忽然張口吼出：「嗷——」

神光並非朝我而來，而是朝向我的蓮花燈。我一驚，立刻散開了所有的蓮花燈，但還是有一盞被神光擊中，瞬間消失在我的意識世界中，我與陽一起的一些記憶隨即模糊起來。

混蛋！

我瞇起眼睛。即使過去的記憶再怎麼令我痛苦，我也不會讓它們消失，它們也是屬於我的！

我立刻揮開雙臂，所有的蓮花燈散入黑暗深淵，漸漸消失，整個世界因為蓮花燈的消失而徹底陷入黑暗，只有那隻猛獸身上散發著白金色的光芒。

很好，現在就剩我和你這畜生了，一如我和你的主人——廣玥！

由封印化成的猛獸在黑暗的世界裡時隱時現，動作非常快，就像一顆閃爍不定的光點一樣，讓人難以捉摸。

牠那如同陽光般的速度讓人心煩！

我瞇起雙眸。本娘娘可是神，要是追不上你，還能稱作神嗎？真是跟牠主人一個德性，一樣惹人討厭！

我慢慢合攏雙手，闕璿化作的長棍在我掌心之間懸立，黑色的神力從指尖纏上他的身體，迅速在我的雙掌間旋轉起來。

闞璿真身為玉，也是一件神器，而我在他身上紋上了我的神印，所以他已成了我的神器，可隨我心意變化。

雙掌猛地拉開，登時，闞璿白玉的身體在我面前化作了無數的玉棍。在那抹光掠過眼角時，我指尖登時劃過前方，一棍長棍瞬息消失在我面前，下一刻，矗立在黑暗之中。封印而成的猛獸直接撞在了他的身上，轉身想逃時，我的指尖再次劃過，又一根長棍擋在牠的面前！

緊接著，我揮開雙臂，面前的長棍全數消失，下一刻紛紛現於猛獸身周，牠已成困獸，無法逃脫！

我立刻閃現牢籠之內，猛獸朝我吼來：「嗷——」

神光衝出牠的大嘴，我隨手拔起一根長棍，迎上牠的神光，直接狠狠插入牠的口中！

竟敢吼本娘娘！還是在本娘娘的意識世界裡？

神光被闞璿的棍身堵回牠的口中，牠的身體立刻被神光撐開，光芒越來越耀眼刺目。我退出闞璿的牢籠，裡面登時神光炸開，星星點點的銀光如同煙花般絢爛。

白色的玉棍一根接著一根消失，闞璿恢復人形站在我的身旁，那些光點也像是煙花般漸漸消失在我黑暗的意識世界之中，那剎那間的燦爛最終還是被我的黑暗吞沒。

我冷冷看了一眼，立刻拉住闞璿的手，現在沒有時間讓我們緩神。他朝我看來時，我立刻帶他一起抽離自己的意識世界，再次相看時，他已回到肉身，跪坐我的身旁，手還在我的手中。

他怔怔看我，像是尚未回神。我托著他的手，他這才眨了眨眼，收回自己的手，愣愣地看落自己的雙手。

我立刻站起，仰望神宮上方流動的金雲：「廣玥快來了！哼！」我立於玉床環視面前神宮裡熟悉的每一處，每一絲空氣都開始浮現我封印在心底的記憶，聖陽的氣息、聲音不斷浮現我的眼前，我的恨開始進入我身體的每一處！

神力從神丹內源源不斷地流出，流遍我四肢百骸，破開封印的感覺，就是那麼地愉悅！

我緩緩撐開雙臂，神力的光翅開始在身後展開，我從玉床飄飛而起。闕璿看著我怔怔站起，身上神玉的光芒與整座神宮融在了一處。

我落眸俯看神宮陰冷而笑：「闕璿，毀了它！」

闕璿怔了怔，立刻頷首：「是！」

隨即，他立於玉床也張開了雙臂，神玉的翅膀從他身後猛地張開。呼！他扇動翅膀拔地而起時，整張玉床也隨他一起飛起，離開神宮的地面！

登時，整座神宮晃動起來。神宮是神玉所造，而他曾經也是神宮的一部分，他現在已經成神，自是成為萬玉之神！

玉石開始從神宮的地面、牆壁、柱子一點點剝離、重組，化作參差不齊的玉柱直直衝入雲霄，聖池之水從玉柱上傾瀉而下，在我的身周形成圓形的瀑布！

麟兒所躺的玉床更是讓我刺目，我直接高舉右手，大喝：「震天錘！」

忽然，上方金雲捲動，我瞇眼看向上方，一個黑點破雲而出時，霞光也隨之而來！

那個黑點飛快朝我飛來，越來越大。它急速旋轉，撞過玉柱，瞬間削斷了神玉，玉石的碎片濺飛開來，飄浮在空氣之中。

巨大的月輪閃現著帝琊和御人的神光飛落我身後之時，眾神也佇立在那一根根神玉玉柱之上，男男女女，仙帶飛揚，高高俯視，唯我獨尊！

月輪在我身後慢慢旋轉，從眾神之中緩緩落下廣玥。他冷淡地俯視我，闕璿立刻回到我的身旁。

他冷冷淡淡瞥了依然沉睡的嗤霆一眼，目光之中登時射出寒意：「妳居然吸了他！」

登時，群神色變！

紫垣、吃不飽和奇湘也在其中，我還看到了我選的花神茶花，她也已經一身清氣，神姿傲然，就站在紫垣的身旁，目露緊張。他們四人各自相看一眼，茶花稍稍鎮定和其他三人紛紛散開，立於奇湘不遠處的化無見狀，眸光一緊，立刻跟上奇湘。

「淫神！」神族憤怒厲喝！

「她居然吸了嗤霆大人！」

「廣玥大人！請制裁她！」

「制裁她！」

「制裁她！」

「制裁她！」

群神齊齊高喊，廣玥的右手從袍袖中抽出抬起，登時，全神靜謐，憤怒地齊齊瞪視我。

廣玥冷淡的目光中，也帶出了憤怒與殺氣：「魅姬，妳可認罪？」

「哼。」我單手扠腰，既然他們說我魅，我就是魅。我邪魅地掃過漫天眾神，他們紛紛怔立，神色登時又發生了千姿百態的變化，格外好看。

「嗤霆那麼髒……」我瞥眸看向廣玥：「你覺得我會吸他嗎？」

廣玥眸中的寒光微微減弱。

我對他邪邪而笑，不屑地白他一眼，抬手看自己黑色神力纏繞的手指：「我可不是那些空虛寂寞的女神，整天找男人滾床～我只對處子感興趣。玥，你～還是嗎？」我瞥眸看向他，他的目光登時冷沉，我看他那副繃緊的神情，心情莫名地暢快，不由仰天大笑：「哈哈哈哈——玥！你把我帶回神界，我就要徹底拆了這裡，包括你！」我飛速而起，直衝他的身前，與他面對，黑色的神力與他身上的神光不斷碰撞！

他眯起了冷淡眸光：「魅姬，妳逃不掉的。」

我邪邪勾唇，環視立於周圍神柱上的眾神：「誰說～本娘娘要逃了？」我瞥眸看面前的廣玥：「你殺了陽，成為六界之主……」

「什麼？」

「她說什麼？」

「說廣玥大人殺了聖陽大人！」

「不可能！大家不要聽她妖言惑眾！」

廣玥的神情依然冷淡鎮定，沒有一絲一毫的變化。

我繼續笑看他：「所以……我要殺了你，給六界換換主人，順便～給陽報個仇，算是報答他當年對我的照顧之恩～玥，你準備好了嗎？」

廣玥的目光中劃過一抹輕蔑的笑，掃視我身邊所有人：「妳能與我抗衡嗎？這裡還有漫天諸神！」

「哈哈哈──」我仰天大笑：「漫天諸神？哼！笑話～因為～裡面可是還有我的人呢～哈哈哈──」

廣玥的眸光登時瞇起。眾神目露緊張，紛紛看向彼此，氣氛戒備而緊繃。

倏地，闕璿飛起，神柱開始在我和廣玥周圍挪動，眾神吃驚之時，神紋已經爬上每一根神柱，封印登時開啟，形成了原形透明的結界從眾神腳下升起，立刻有人飛快飛起，而反應慢的已被闕璿的結界困住，無法出逃！

紫垣、吃不飽、奇湘和茶花帶著一些神族從四面八方緩緩飛起，雙手之間已經閃現神光，和化無一起逃脫的神族驚然看著他們，大戰一觸即發！

「「娘娘！」」

呼喊傳來之時，小竹竟是和一頭紅髮的巨龍破雲而出！是焜翃！

他們一綠一紅從高空飛落，小竹的頭上站立的正是君子，而焜翃的紅髮之間也立有一人，是長風！

他們匆匆飛落我的身旁，化出人形，立刻單膝跪落我的四周，廣玥的眸光隨著他們的到來，越發陰冷。

我看著他們，邪邪而笑。

「原來他們早就是妳的人了。」他淡淡地看向圍在四周的紫垣等人，依然冷靜。

我單手扠腰，焜翃、長風、君子和小竹相繼站起，立於我的兩旁。我邪笑看廣玥：「不是所有人都能被你騙到的，連你的兄弟，也開始懷疑陽是不是已經被你殺了。你殺剎的時候，剎感覺到了你身上陽的力量，陽與你是親兄弟，陽的神骨你可用，玥，我們算總帳的時候到了！」

他微微睜開白金中帶著一抹月牙色的瞳仁，慢慢看過我身旁的闕璿、小竹、君子、長風和焜翃，輕笑：「哼，就憑他們？」

我收回眸光，轉而也看向小竹等人。小竹和君子已經恢復，讓他們去妖界，也是為了讓他們安全地療傷，焜翃來，我不奇怪，倒是長風……

我的目光落在長風的臉上，有些意外。

長風靜靜看我一眼，直接看向我身後的廣玥：「我們有共同的敵人！」

我笑了，轉回目光看焜翃：「紅毛，你有點弱。」

焜翃鬱悶地白我一眼：「成神了不起啊！你別嫌我，他們未必有我能打！」他傲然看我，氣勢不輸給這裡任何一個神。

他說得沒錯，神，只是力量更加強大，會不會打架，又是另外一回事。這裡很多神日子過得舒坦，久未經戰事，打架的能力也會日益退化。

我邪邪地笑了：「好~~希望我讓你成神後，你更會打。」

他一愣，立刻，其他人也紛紛看向他，長風目露欣喜！

我轉身看向廣玥和他身後的眾神：「你們聽著！本娘娘已拆骨無數，今天，是你們自己送上門的！」我右手甩開，被我拆去的神骨一根一根像戰利品般浮起。登時，我聞到了神族們恐懼和戰慄的氣息。

我邪邪地笑了，深深吸入從他們身上源源不斷而來的恐懼氣息。神族看見神骨，有如凡人看見枯骨一般懼怕！那是意味著死！

而神族更怕死。因為他們擁有了一切，他們捨不得死，這種強烈的捨不得會化作更深的恐懼，讓他們畏懼死亡！

這場仗在氣勢上，我已經贏了，因為我的人，不！怕！死！

「怕什麼？」果然，廣玥冷冷喝出：「有我在！」廣玥揮起閃爍著白金光輝的月牙色袍袖，冷然掃視畏懼的眾神：「她的力量來自於恐懼，你們越怕，她只會越強大！」

眾神吃驚地看向我，面色蒼白。

「她、她不是淫神嗎？她的力量不是來自於與人交合……」

「住口！」吃不飽的吼聲傳來時，他破開八翼的身體而出，從上而下一口吞掉了非議我的神族，兩旁被困於結界的神族登時呆若木雞！

「喀嚓！」吃不飽直接咬斷石柱，連那結界一起吞入口中，然後肥碩巨大地立於損壞的石柱，舔舔唇，打了一個嗝：「嗝——」

震天的嗝聲帶起一股巨大的氣流，瞬間熏臭了整個世界。

我登時皺眉捂鼻，廣玥也抬起袍袖擰眉，所有人被這熏天的臭氣熏得無法回神。

八翼在吃不飽腳邊虛弱地爬起，柔弱地靠立在吃不飽的腳上，吃不飽嫌棄地把他踢開，八翼狠狠看他一眼，也化出原形。我本當八翼要報復，哪知他化出原形後，又貼上吃不飽肥碩的身體，吃不飽登時橫白他：「嘖！」

八翼也不管他的白眼，依然靠著吃不飽虛弱地喘息。他被吃不飽一下子破身而出，有損他的元氣。

「妳這兩顆棋子，埋得挺深的。」廣玥緩緩放下遮鼻的袍袖，冷淡地看一眼紫垣和吃不飽。在吃不飽吃掉那個神族後，空氣中恐懼的氣息更多一分。神族的恐懼，可是抵得上上萬個凡人了！

「哼哼哼哼。」我伸出右手之時，勾燫的神骨與神丹已經飛落我的手心，紅色的火焰徐徐燃燒：「我要讓大家看到……逆我者亡，順我者……」陰冷的眸光閃現我的雙眸，我邪笑更深：「……昌！」話音出口時，我轉身就把勾燫的神骨和神丹一把塞入毫無防備的焜翃體內，登時火紅的神光從他體內衝出，強大的氣流揚起了我的長髮！

焜翃的紅髮在神光中拉長，狂亂地飛揚，紅眸直接化作火焰，在眼眶中熊熊燃燒，火焰隨著紅色的神紋一起竄上他的全身，瞬間把他全身普通的衣衫燒作灰燼，只剩下金紅的火焰包裹在他身上。

他在火焰中四肢開始變得巨大。我轉身邪笑之時，一條巨大的金紅色火龍已經盤桓在我的上方，仰天大吼：「嗷——」

登時，小竹也化作參天的綠蟒，和焜翃一左一右護在我的上方，幾乎撐滿半個天空。

我一揚手，小竹和焜翃飛上高空，與紫垣他們站在一處，圍住眾神。長風、君子也隨即而起，立於參天玉柱之上，石柱之下，只剩下我與廣玥。

廣玥的雙手，終於緩緩抽離他的袍袖，我知道，他這是動殺意了。

我單手扠腰邪笑看他：「終於要動手了嗎？」

廣玥右手揚起，光球開始在他手中閃現，他依然冷淡地看我：「我不會手下留情。」

「那最好～～」我拾起自己一束長長的黑髮：「要不是你搗亂，我還能在剎那裡爽一把。害我現在要把他修好再打了。」

「修？」廣玥瞇起了眸光。

我咧開嘴邪邪而笑，在長髮間轉臉瞥眸看他：「你把暗光拿去，還不知道她是幹什麼的嗎？」

他登時收眉，手心裡神光越來越亮。

「暗光！」我高喝之時，暗光巨大的身影已經浮現在我們的上方，佇立在眾神之間，眾神驚然後退。神器越巨大，越讓人生畏！

暗光巨大到幾乎遮蓋了我們上方的天空，巨大的陰影投落在我和廣玥的身旁。我左手緩緩高舉，殷剎的身體，再次從暗光黑色的表面漸漸浮出。與此同時，所有神骨開始飛入暗光之內。

暗光依然矗立在天空之中，殷剎已經完全脫離暗光。他雙手交叉在胸前，雙眸緊閉，神情安詳，臉色已經恢復如初，儘管他原本的臉色就跟死人一樣。

「是殷剎大人！」

「殷剎大人不是已經死了嗎？」

眾神驚呼起來。

殷剎在驚呼中緩緩地睜開了眼睛。那一刻，廣玥的神情出現了從未有過的驚訝。

殷剎俯臉朝廣玥陰冷看來，廣玥也驚訝地揚臉看他。雙頭骷髏的鐮刀出現在殷剎身後，他黑色的頭巾在氣流中飛揚，黑雲浮現他的腳下，登時帶來讓人戰慄的寒氣。死亡氣息——隨著他一起降臨！

「玥我就讓給妳了。」剎看向我說。

我揚唇一笑：「你讓別人別來礙事。」

「好！」他抬起臉，掃視先前逃脫封印、懸立空中的諸神。登時，他們的眼中浮現畏懼之色，化無驚訝地看著這一切，宛如無法相信。

「知道暗光的作用了嗎？」我瞥眸看廣玥。

廣玥緩緩收回目光，一時失神。他垂眸靜了片刻，恢復鎮定，再次冷冷淡淡看我：「明白了，暗光是母體。」

我咧開嘴笑了：「不錯～～是我的母體，就像保護胎兒的子宮。在暗光裡，只要神骨沒有消失，神丹沒有消散，就能迅速恢復。你只是把剎的神骨捏碎，那又算得了什麼？即便剎的神骨只剩顆粒，我放入暗光也能讓他迅速重生！」

玥開始托起手中的光球：「看來此戰不可免。」

「當然不可免。」我說。

他瞇了瞇眸，抬手之時，光球已經飛入高空，登時神光炸開，結界迅速包裹我和他身周。與此同時，一把把利箭從慢慢合攏的結界壁上開始浮現，如同芒刺齊齊對準我一人。

我冷笑看廣玥：「你可真是看得起我，把看家的神器天元也拿出來了。」

「不錯，沒想到妳會讓我使出它。」他依然巋然不動地站在原處，神情冷靜，神光開始包裹我們的周圍。登時，利箭帶著神光一起朝我射來！

廣玥的雙眸漸漸失神，輕輕低喃：「是妳逼我的，我只是想讓妳完美……」

倏然，強大的魔力從我身後竄起，也化作萬箭迎向那一束束神光，瞬間在空氣中撞了個粉碎。驚得廣玥睜開了雙眸，微露吃驚。

醬紫色緊身的皮衣在強大的氣流中飛揚，暗紅與紫色相間的長髮在我面前亂舞，嗤霆在廣玥吃驚的眸光中緩緩降落我的身前。

「嗤霆，你在幹什麼？」廣玥眯起眸光，冷冷而語。

嗤霆在我面前揚起了長長的手臂：「任何人都不准動我師傅！」

廣玥眸光登時一緊，似是看到了什麼而驚訝：「你入魔了！」

我伸手從嗤霆的身後環住了他的脖子，靠在他的臉龐，轉臉看看他，他的雙眸已被麟兒的魔氣完全覆蓋。

我瞥眸看向廣玥邪邪而笑，廣玥眸中的寒意瞬間升騰，似是再也無法保持冷靜。

「玥，別憋著了，你這樣會憋壞身體的。」我邪魅地笑看他：「你總是把所有事情憋在心裡，你讓我怎麼知道你對我到底是恨，還是……愛？哈哈哈，你對我有愛嗎？還是……」我也眯起雙眸，陰沉而語：「你也想得到我的神丹？」

廣玥的雙手開始捏緊，右手忽然現出了聖陽的神光，那淡金色的溫柔神光染滿他右手每一根手指，我心底的殺意再也無法克制地噴湧而出！

漸漸的，從他右手的神光中漸漸鑽出了七彩的霞光，那霞光如同蛇一般扭動而出，慢慢變得巨大，盤繞他的身體扶搖而上，宛如一道彩虹橫跨在他的身後。

我憤怒地盯視廣玥身後的彩虹，那是聖陽的神獸——虹！

但那已經不再是聖陽的虹了，聖陽的虹溫順、可愛，溫柔七彩的光芒讓牠美如畫卷。而此刻在廣玥身後的，是凶惡、渾身長滿毒刺的凶獸！

「廣玥！你太噁心了！」我站到了鳳麟的身前，憤怒地看著廣玥冰冷無情的臉：「你怎麼能把虹變成這副鬼樣！」

廣玥的目光寡淡而冷漠：「神獸是用來戰鬥的，好看只能做個擺設，妳不也把嗤霆給改造成這副鬼樣子？」

我向後拉住了鳳麟的手，看來廣玥還沒看出嗤霆到底是怎麼回事。也好，我發現他總是針對我心愛之人，我不會再讓麟兒離開我！

「哼。」廣玥冷冷淡淡一笑：「想看看我的新神器嗎？」他抬起左手，開始閃現屬於他的神光。登時，一輪一半金色一半白金色形如太陽的神器現於他的身旁，巨大如我月輪，神光閃爍。

看到那神器的形狀和顏色時，我更加憤怒一分！

聖陽的神器皓日形如閃耀光輝的太陽，而廣玥的神器閉月形如月亮；眼前這鬼東西，分明是他把兩件神器給合併了！

「是不是很完美？」廣玥側目看向懸立於他身旁的神器：「我給它取名聖明，集日月之光，萬光之皇，終於變得完美。」他輕柔地撫上聖明，滿目的滿意。他只有在做成完美的神器後，才會露出這樣少許柔和的神情，嘴角會掛上淺淺的、似有若無的淡笑。

我陰沉陰邪地盯視他：「陽雖然背叛了我，但他始終是我愛過的人！你為什麼總殺我心愛之人！」

神光之中，廣玥久久未言，轉回眸冷冷看我。我恨恨看他，他微微垂眸：「不錯，我專殺妳所愛之人。」

他終於承認了！

我的雙手開始捏緊。他緩緩抬眸冷冷看我：「妳想知道為什麼？」他頓住了話音，目光冷淡卻浮出了逼人的灼意：「那就殺了我！」

「我會的！」我毫不猶豫帶著月輪朝他飛去，他的嘴角若有似無地帶出一絲蔑然的冷笑，不疾不徐地動了動手指，如同粉玉的紅唇淡淡吐出一個字：「去！」

登時，虹蟲朝我飛來，七彩的霞光炸開之時，牠已化作七條七色大蟲紛紛朝我撲咬而來。

「師傅！」隨著一聲呼喊，魔力化作巨蟒從我身邊竄出，直接迎向虹蟲。隨即，鳳麟飛到我的身旁，全身的殺氣在魔念的催化下更加魔性！

我心裡雖然擔心他被魔念徹底控制，但此刻大敵當前，已無法顧及，他此刻是像本能般在守護我。

突然，刺目的金光朝鳳麟射去——是聖明。不過沒關係，因為，我會把屬於麟兒的神器還給麟兒。

我立刻抬手拔下髮簪，甩向了麟兒。

髮簪在空氣中瞬間拉長，化作了青藍色的長槍，麟兒像是感應到一般直接伸手接在了手中，刺向了衝向他的神光。

滅殃，好好保護我的麟兒，與我的麟兒一起戰鬥！

我直接衝向廣玥。只要滅了主人，無論是神器還是神獸都不足為懼！

廣玥立於原地，絲毫不躲。在我衝向他時，他不疾不徐地將雙手放於胸前，緩慢的動作如同一個俊美的男子在空中起舞，姿勢從容而優雅。他忽然振臂，有力而瀟灑，登時神力的光翅在他身後綻放，與此同時，神力的光翅朝我拍打而來。

我在空中旋身閃過，他的光翅在空中再次化作綢帶，又如觸手般朝我飛速刺來，讓我無法靠近。

我在那靈活而敏捷的光束中閃避、瞬移，月輪在我面前擋開刺來的光束，我一點點靠近廣玥的身體。在我伸手抓住震天錘朝廣玥掄去時，他的光翅迅速合攏化作羽翅，飛快地包在自己的身前。

我的震天錘直直敲在他的護壁上，他微微後退。我毫不客氣地一錘接一錘掄下去，神光在錘下炸開，如同星光點點。

「玥——」帝琊和御人的低吼從震天錘裡傳出：「你居然真的殺了陽——你真是瘋了——」

忽然，我感覺到身後殺氣襲來，立刻閃身。閃身的同時，一條神光的觸手正好劃過我的臉龐而過，我立刻提起震天錘飛起，果然看到另一個玥的分身。

玩分身？誰不會啊！

倏然，身後殺氣又襲來，我嫌煩而沒有多想，直接張開身後神力的光翅，擋住了那要偷襲我的神光。

玥的一個又一個分身開始在我身周顯現，包圍我的四周，形成了獨立的空間，也將我與鳳麟隔離，無法再看到他戰鬥的身影。

「哼。」所有分身一起扯出似有若無、輕蔑而不屑的笑：「你們已不配做神，我只是借小妹的手，除掉你們。」

「果然——」帝琊和御人憤怒地衝出了震天錘，神魂在我身邊浮現：「玥——來陪陪我們啊——」

「蠢。」玥冷冷淡淡地看著他們，宛如絲毫沒有兄弟之情。他緩緩揚起手，登時，所有分身的光翅朝我一起刺來，如同一朵白金月色的菊花花瓣同時向內收攏。

我立刻揮開震天錘，化出無數震天錘切斷那些朝我而來的光觸。但是光觸多而密，依然有不少朝我而來，直直刺向了我。

我瞇眸看著它們刺向我，在它們刺中我的那一刻，我瞬間化作黑霧從它們的縫隙之間鑽出，齊齊衝向其中一個分身。

蛇鞭同時甩出，啪！一個分身被我抽得粉碎，登時，如同鏡片一般的碎片炸開，飛過我的身旁。我接入手中，這不是玥真正的分身，是神器！是一面像鏡子一樣的神器！

光觸再次朝我射來，我甩起蛇鞭抽開：「玥！你就這麼不敢跟我正面較量嗎？不要躲在你的神器後面！」

啪！我再次抽碎他一個分身，但他新的分身又瞬間再次出現。如果找不到他的真身，找不到他的神器，這場仗會沒完沒了！

一條又一條光觸沒完沒了地刺向我，靈活而迅捷，讓人閃避不及。忽然，我被一條光觸抽中，立刻手臂焦灼，神血流出。

與此同時，無數條光觸也染上了我的鮮血，如同無數面鏡子隱藏在這個空間。所有的廣玥緩緩收回染上我神血的光束，光束如同觸手一般邪惡搖曳，伸到他們的唇前。他們冷冷淡淡地看我一眼，張開嘴，一點一點舔過光束上的神血，臉上的神情卻依然冷淡而漠然，如同世間最無情冷酷的殺手，又像是他已徹底入魔，沒有半點屬於真神的善心。

「我想我們可以結束這場無聊的戰鬥了。」他半垂眼瞼冷傲地俯看我：「妳根本不是我的對手。」

我看一眼自己的傷口，笑道：「是嗎，但我很享受呢！」我瞇起眸光之時，身後的神力瞬間炸開，月輪再次回到我的身旁。我邪邪地咧開嘴：「我真是越來越想拆你的神骨，看你臉上痛苦的模樣！」說罷，我揮開雙臂，瞬間化作了巨大的多頭黑蟒！

你分身多，我就頭多嘴多！你有多少個分身，我就咬死多少個！

神力纏繞全身，我朝那些分身一起咬去。

一抹驚訝劃過他的臉，立刻揮舞身後的光翅朝我而來。登時，月輪也化出分身，朝他們而去！月輪擋住了所有的光翅，我從他們之間而過，一口咬上了那些分身的脖子。

立刻，無數鏡子的碎片飛濺開來，瞬間布滿這個空間之內，炸開的碎片劃過我所有的分身，帶出我絲絲血絲，登時血腥味在染血的鏡片間瀰漫。

但是，卻有一抹甘甜的熱血流入我的口中。我從那密集的碎片中緩緩收回所有黑蟒的分身，伸出雙手環住面前這個唯一流著神血的身體，深深咬入。

他竟是伸出了雙手，環上我的腰間，將我深深地擁緊。

「值得嗎？」他湊在我的耳邊輕輕地問，抬手一點一點撫過我手臂上的傷痕。即使我咬住他的命脈，他語氣依然平淡，宛如沒有絲毫痛楚，也沒有絲毫畏懼。

我瞇起了眸光，在他的脖子上注入屬於我的毒液，我要讓他一點一點地死去！

我鬆開了嘴，側臉看他，他正看著手上屬於我的鮮血出神。

「值得～～當然值得～～」

他緩緩轉回臉看我，一側的頸項已經血流如注，染紅了他月牙色的神袍。

我擦去嘴角的鮮血，不屑地一笑：「哼，不要擺出一副你好像很心疼我的樣子！」寒氣浮上我的全身，我伸手冷冷推開他。

他往後趔趄了一步，伸手捂住流血的脖頸，冷冷淡淡地看我：「妳可以選擇很多方法復仇，可以不用流血……妳還不是妳，妳還不夠狠！」

我笑了，單手扠腰：「我就是我。不錯，我可以選擇很多方法慢慢玩死你們，但是——」我瞇緊了眸光，冷蔑地看他：「你們不配！不配我去用心對付！你們欠的是抽，欠的是有人好好揍你們一頓！本娘娘從自由到現在，就為了一個字：爽！」

「爽？」廣玥的臉上忽然抽搐地笑了起來：「這種妳我都血淋淋的怎能叫爽？妳應該讓他們

迷戀妳，對妳死心塌地，對妳無法自拔，然後再狠狠殺了他們，這才叫爽！妳甚至不會像是現在這副滿身是血的鬼樣！」

我一怔，大笑不受控制地衝出了口：「哈哈哈哈——哈哈哈哈——我聽到了什麼？聽到了什麼？」我抬手放到耳邊，不敢相信：「玥哥哥，你是在教我玩弄感情嗎？」我瞥眸看他，身上的傷口開始慢慢癒合，我繞著他開始漫步：「嘖嘖嘖，玥哥哥～～看你平日不言不語，原來全在意淫啊～～」

廣玥的神情終於在我的話和大笑中出現了一絲絲的波動，雙眉緊皺，臉隨著我繞圈而微微轉動。

我走到他身後，趴上他肩膀：「玥哥哥～～你不該造神器，該去寫小說～～一定很好看～～哈哈哈——」我放開他旋轉，被那些鏡片割裂的裙襬飛揚，我停下腳步。他轉身冷冷看我，我也冷笑看他：「難怪你這麼陰險！我沒有按照你的劇本演戲是不是讓你很不爽！還是……」我眯起了眼睛，嘴角開始邪邪地咧開：「你也等著我來魅惑你，好讓你也迷戀我，順便……滾個床？」

他的眸光登時收緊，頸側開始趴上我黑色的神印。我一挑眉：「哦喲！開始毒發了哦～～呿，雖然你喜歡玩感情遊戲，但我還是更喜歡簡單粗暴，看著你慢慢毒發，也是莫名地爽呢～～哈哈哈——」

「妳！妳根本不明白我的苦心！」他猛地朝我大吼，月牙色的眸子裡劃過一縷黑氣，宛如恨鐵不成鋼！

我眯起眼睛捕捉那抹黑氣：「你有什麼苦心？是想讓我變壞、入魔，變成他們口中真正的淫神、邪神嗎？」

「不錯！」他朝我吼出。

登時，我怔立在鏡片之中，每一塊鏡片都映出了我震驚的臉和廣玥布滿黑色毒液的側臉。

黑氣再次從他的雙眸中竄過，他像是忍住疼痛，咬牙切齒地盯視我：「世界陰陽需要平衡，妳本來自陰暗，就該是魔中之魔、邪中之邪！正邪才能平衡！妳做什麼好人？做什麼女神？妳不該被條規束縛，不該被神族的善惡控制，妳就是妳！妳應該是邪魔，是萬惡之首！是該讓我們神族畏懼的存在！應是我們神族生存的最大威脅！」他終於失控了，黑氣在他月牙色的眸中飛快遊走，宛如有兩條黑色的毒蛇正在一點點吞噬他的理智！

那不是我的毒液，是我們神族心底生出的魔孽！是我們神族自己最大的敵人！

曾經，我也因為它們而徹底失控，無法恢復本性！

我沉下了目光，第一次認真地看著玥：「玥，你入魔了。」

「本是妳該入魔的！」他的嘴角竟是開始向上揚起，眸光陡然邪獰起來：「哼……神就是神，魔就是魔，妳是魔，小妹！妳是魔！妳是這個世界第一個魔，是那麼珍貴，那麼獨一無二……我們上古神族六人，無一為女，而妳不但是魔，還是第一個女人！妳才是這個世界的傑作，最完美的生靈！」他激動地撐開雙臂，揚起了下巴：「……可是！」他慢慢低下臉，雙眸已經被黑暗漸漸覆蓋：「聖陽卻毀了妳！是他毀了妳！妳要是做了女神，那又和別的女神有什麼區別？妳不再是獨一無二，不再是六界至珍……我才是那個最愛妳的人，我才是！因為我為了不毀掉妳，可以忍下對妳所有的愛！可是聖陽做了什麼？他讓妳變成庸俗的女神！我必須要彌補這個最大的錯誤！」他恨恨地朝我大吼，將近失去理智。

我徹底目瞪口呆！

我刑姬自誕生以來，有什麼事會讓我驚訝到目瞪口呆的地步。我甚至不知道該對他的話做出怎樣的反應！

愛我是讓我變成魔？愛我是讓我去邪惡？

這是什麼愛？

我不懂！我真的不懂！

一定是玥瘋了！

沒錯，是他入魔了！

我以為帝琊已經夠讓我噁心了，沒想到玥讓我噁心到惡寒！

原來這才是他的執念！他竟然執著於讓我入魔！

看著他那副鬼樣子，我的手已經開始忍不住要拆他了！

不，在拆他之前還想再揍他一頓！

我憤怒地看著他：「所以，你騙了陽，讓他把我封印，就為了讓我入魔，讓我恨這個世界？」

「不。」他的神情又漸漸冷淡下來，然而一隻眼睛已經徹底被黑暗吞沒，有如我的麟兒。但是，我的麟兒心底有守護我的執念，他認我這個師傅，他不會傷害他人；而玥入魔，會遠遠比麟兒更加危險！

「我沒騙他。」廣玥微微抬起下巴，高傲而得意：「我確實造出了可以看到未來的神鏡，在鏡子裡，我看到妳殺了帝琊、殺了御人……妳知道我有多激動、多興奮嗎！這才是妳！這才是讓我們神族畏懼的存在！所以我一定要讓這一切成為現實！」他激動難抑地握緊了雙手，臉上再次浮現抽搐的笑容。他看著自己激動到顫抖的雙手：「我成功了，我成功了！不，我還差一點，因為妳又愛上了別人，而且還是個凡人！」他狠狠朝我看來：「如果不是他，妳不會為他保持正道、保持正心，用這種方法來復仇！如果不是他，妳會用妳的魅力收服那幾個蠢貨，不用像現在這般傷痕累累！」

「你真是入魔了！我要把你心裡的魔孽挖出來！」我終於忍不住地衝向他，他卻是咧開嘴角，撐開雙臂，迎接我進入他的身體。

在我的手貫穿他的身體時，我摸到了一根神骨，那溫熱的溫度是那麼地熟悉！

「陽……」我輕輕低喃，心中百味交雜，深深揪痛。

「熟悉嗎？」他側落臉，輕輕蹭上我的臉，像是完全沒有絲毫痛楚：「這不是我的真身，小妹……這只是我用陽的神骨和神丹造出的一個分身，妳該對我們使用妳的魅力的……」他帶著邪氣的話噴吐在我的耳邊：「讓我們為妳發痴、發狂，最好是自相殘殺！那才是最完美的復仇……」他的唇輕輕地落在我的頸項，我立刻伸手扣住了他的下巴，不讓他再靠近我一分，心裡是滿滿的噁心。

「你為了讓我入魔，把我封印，受盡憤怒和仇恨的折磨！你為了讓我成為你心目中完美的存在，不惜殺了陽、殺了麟兒，只為讓我心中無愛只恨！玥！」我咬牙切齒道：「你可真是用心良苦！」

「妳明白了？妳終於明白我的苦心了？」他入魔的眼睛定定落在我的臉上，凝視我的側臉，語氣依然平淡，卻帶出灼灼的熱意，吹拂我臉龐的髮絲。

「哼。」我握住了陽的神骨和神丹：「我明白！但是，我更喜歡去愛！不好意思，我又愛上人了！」我一把拔出了陽的神骨和神丹，神光從他體內炸開，他一點一點開始在我面前剝落、風化，臉上是分外陰沉的神情：「誰？誰又讓妳愛上了！我要殺了他！殺了他——」他近乎憤怒地狂吼起來，直至徹底消散。

我將陽的神骨和神丹收入體內，隨即掃視那飄浮的一塊塊鏡片：「既然這麼喜歡魔，你就自己去做那獨一無二的魔吧！廣玥，給我滾出來！」

忽然，一片鏡片飛速劃過我的手臂，登時，血痕立現，我的血絲在這個空間裡飄飛。我看了一眼傷口，毫不在乎地掃視四周。

又一片鏡片朝我而來，我在空中閃避，一片又一片不斷朝我飛來，像是要把我切成千萬碎片。倏然，鏡片捲動起來，染血的鏡片如同血腥的花瓣朝我湧來，我揮過震天錘擋在了我的身前。鏡片在震天錘前登時分開，再次朝我撲來。

震天錘神光炸開，化作護盾罩住了我的全身，帶著神光的鋒利鏡片撞上震天錘的護壁，震天錘漸漸現出了裂縫。

細碎的鏡片開始在空氣中一塊塊拼接，破裂連結的鏡面上出現廣玥陰冷的臉、銀黑的神袍。他懸立在一旁，無情而冷酷地俯視我：「震天錘撐不了多久的，畢竟妳方才已耗盡神力。」

我看向震天錘身上的裂紋，他說得對，震天錘撐不了多久，無數鏡片源源不斷地衝撞在護壁上，然後炸碎。

而在一旁，一面精美絕倫的立鏡已經形成，廣玥正站在其中！

「小妹！別管我們！」震天錘裡傳來帝琊的聲音：「妳先走，我們還能撐一會兒！」

「走！離這個變態越遠越好！」御人的聲音也隨即而來。

廣玥冷冷掃了一眼震天錘：「哼，愚蠢，你們以為你們逃得掉嗎？等我捉了她，再消你們的魂！」

「廣玥──」帝琊嘶吼而出，懸浮於震天錘上方狠狠瞪視廣玥：「我一定要把你給撕成碎片！」

一抹不屑掠過廣玥已經完全漆黑的眼睛：「連身體都沒有的東西，有什麼資格跟我說話！」

「你！」御人也憤怒而出。

我看著他們立於震天錘護著我的背影。我們從親人變成了敵人，又從敵人變成了現在的同伴。縱使我們之間再怎麼互相憎恨，在我們的心底，依然存有最初那些年的愛。

所以，我一直只拆他們的神骨，因為我知道，在我的心底，依然為他們留下了一片柔軟的地方。

只是，我不想承認……承認自己心軟！

正是這一小片柔軟之處，讓我沒有在三千年的黑暗與仇恨的折磨中入魔。

我右手甩開，最後的神力開始凝聚掌心，御人和帝琊齊齊轉身，朝我大喊：「快走──」

我在他們的臉上，終於看到了曾經他們對我這個小妹的真心與真情。所以，他們現在不再是那酒池肉林的帝琊和視凡人為玩物的御人，而是曾經關心我、悉心教導我的帝琊哥哥和御人哥哥。

我手中的神力更加凝聚一分，我瞥眸看他們邪邪而笑：「我說過，你們是我的，你們的生死只能由我來定！我不會再讓任何人搶先審判你們！」說完，我左手揮起，滿身裂痕的震天錘頓時被我直接揮開，我在帝琊和御人驚詫的目光中揚起凝聚神力的右手，直接迎向湧來的鏡片！

「不——」滿是鏡片的世界裡傳來帝琊和御人痛苦的大喊，震天錘被我揮落，它將帶著他們墜入人間。

神光帶著鏡片衝擊在我的面前，一片片鏡片破開我的護壁，劃過我的手臂，我的臉，我的脖子，我的肩膀，我的腿，我全身。

但是，我不怕！

我看了一眼一旁冷漠站立的廣玥，瞇了瞇眸，乾脆直接撤去了神力，昂首挺胸迎向神光。

倏然，全數鏡片靜滯在我的身前，緩緩旋轉，映出我血痕累累的臉！

我瞥眸睨向廣玥：「怎麼？捨不得？」哼，他真是捨不得毀了自己的成就。

他瞇起全黑的眼睛，如同隱忍憤怒般灼灼看我，久久不言，面前鏡子的碎片紛紛映出我陰沉的神情和他緊繃的臉。

倏然，一抹熟悉的怨氣劃過鼻尖，我登時看向九天之下，視線直直穿過雲層，看見了一片硝煙！

戰爭！

人間發生了戰爭。

在此時此刻，人間竟是戰火連綿。

更多更多的怨氣開始湧上九天，我閉眸深深吸入，揚起唇角睜開雙眸看廣玥：「你若再不動手，我可就要恢復元氣了。」

他的胸膛開始大幅度起伏起來，像是努力在壓抑著什麼，可是他的神情卻依然保持漠然與冷淡，只是那雙完全變黑的眼睛裡的視線正牢牢地抓住我，像是要把我的靈魂都吸入他的靈魂之中。

我揚起唇角，身體的每一處都開始吸入人間無窮無盡的怨氣。我身上的傷痕開始恢復，皮膚完好如初，身後神力的光翅再次甩開，衣裙也在絲絲的怨氣中修補完好。

我邪邪地咧開嘴角：「玥！你死定了——」我怒吼著朝他撲去，登時鏡片飛旋起來，朝我再次撲來。我在鏡片中快速飛旋，衣裙帶入神力，瞬間將那些鏡片彈開。我直衝到玥的鏡面前，沒有半絲猶豫地直接將手伸入鏡面，一把揪住了他銀黑色的衣領，轉身想把他摔出鏡子：「你給我滾出來！」

忽然，腰間被人用雙手圈緊——是他身上銀黑色的華服。他猛地收緊了圈抱，將我抱緊，我的後背碰觸到鏡面，登時，一股強大的吸力開始將我吸入。

不好！中計了！

這是一個陷阱。又是他那奇奇怪怪的神器。

他抱住我一點一點後退，我反是被他拽入鏡中。我立刻放開他的衣領，扣住捏緊他環在我腰間的手。

喀！即使我把他手腕捏碎，他也沒有放開，一條神光化成的觸手反而替代那隻手再次把我的腰圈緊。接著，一條又一條光觸將我捆緊在他身前，讓我無法逃離。

他的胸膛緊緊貼在我的後背上，我清晰地感覺到他心跳的狂亂和劇烈。誰也沒想到他那副冷漠冷淡的神情後，會是那麼地激動與興奮！

「師傅——」忽然間，一個黑點衝入了這個空間，離我越來越近。鳳麟和滅殃齊齊朝我飛來，他立刻伸手拉住了我快要沒入鏡面的手：「師傅——」他用力把我往外拽，同樣全黑的眼中是狂怒：「別想帶走我的師傅——」他把我又一點一點拽離鏡面。

一雙手環過了我的胸前，忽然猛地勒緊：「他的師傅？」陰沉的低吟吹拂在我的耳邊：「不……妳不該屬於任何人——」邪獰的嘶吼從我臉旁喊出時，他猛地把我用力一拽，登時，我的手腕傳來「喀！」的聲音。

鳳麟的黑眸猛地一顫，黑暗竟是瞬間退卻，露出了分分明明的、屬於麟兒的雙眸，淚水從他的眼眶中溢出。他顫抖地緩緩鬆開了我被拉斷的手，憤怒盯視我的身後，我開始再次沒入鏡面。

「別哭……」我撫上他心痛的極怒的容顏：「你回來就好……相信我，我一定會回來的。」

「師傅——」他立刻朝我撲來，想要與我一起沒入鏡中。

倏然，時間在我的手完全沒入鏡面後停滯，麟兒的淚水飄飛在他的眼角，定格在了那個滿是鏡片的空氣之中。

我被廣玥捆住全身，和他一起被吸入一個深深的漩渦中，漩渦的周圍是無數的畫面在飛速旋轉，是我們的過去，別人的過去，這個世界的……過去……

第三章　另一個過去

砰！我又一次墜入溫暖而熟悉的池水中。我從水池中匆匆站起，愕然看見了已經被我毀掉的聖池。

霞光滿溢聖池，清澈的池水映出我赤裸的身體，一綹綹黑色的長髮恰好遮蓋了我的全身，如同衣裙的裙襬一般，在溫熱的水中飄蕩。

我驚然在水中後退了一步，看向前方，正是完好無缺的神宮，蕩漾的池水中掠過一抹抹黑影。我全身一怔，緩緩抬起臉，赫然看見正是我的暗光懸立在空中！

這場景，這畫面……

「在妳誕生之時，只有我一人在……」廣玥冷淡的聲音忽然從身後響起，我立刻側臉看向身後，池邊果然只有他一人！

但是，他身上不再是那件銀黑色的神袍，而是月牙色的簡單長衫，那是他們最初所穿的衣衫。那時的衣衫單純而樸素，是到後面才越來越奢華講究。

他邁開腳步，踏入了水池之中，我轉回臉看向自己的雙手，無力而柔軟，是最初誕生時的我。那時的我還很虛弱，沒有力量。

「是我通知了陽，他才來到——」他站到了我的身邊，拾起我遮蓋在肩膀上的一束黑髮：

「——妳身邊。」一條然，廣玥陰狠的話音落下時，他一把拽緊了我的長髮，往後粗暴地一扯，見我吃痛後仰，他圈緊了我長髮覆蓋的身體，瞬間吻就落下。我立刻推上他的臉，他翻身就把我壓下聖池。

他翻身在我的上方，一手扣住我的脖子把我往池底摁去。我用力掙扎，他用另一隻手鎖住了我的雙手，面容異常冷漠地把我摁入了池底。

當後背碰觸到池底時，我的長髮在四周飛揚，他壓在我的身上，把我的雙手摁在了我的頭頂。隨著那雙高高在上的冷漠雙眸瞇緊之時，他俯身而下，吻住了我的唇。

柔軟玉潤的雙唇竟是驚人地熱燙，與他那副冷淡的神情完全不同，幾乎要灼傷了我的唇。我也毫不客氣地咬住了他的唇，血絲溢出口時，我直接運起內丹開始吸入他的神力。

你送我吸，我不吸白不吸！

就算我現在是初生的狀態，虛弱之時，我也知道怎麼運用我的神丹去吸走你們的神陽。

他瞇緊的雙眸登時撐開，想要脫身，但我死死咬住他的唇，本娘娘是誰？只要本娘娘不願意，誰也不能上本娘娘的床！既然你想來硬的，好！本娘娘就要吸乾你！

寒氣瞬間掠過他已經恢復如初的月牙色雙眸，一抹狠意浮上他的臉龐，他硬是扯走了自己的嘴，鮮血瞬間染紅了聖池，聖池登時閃現血光。

廣玥不僅對別人狠，對自己也是一樣狠。

他散發著白金光芒的月牙色長髮在血光的池水中飛揚，他扣住我的脖子，拉長我的手臂，狠狠地俯視我，整張臉在血光中染上了血腥的紅色！

噗！我吐掉了他留在我唇中的肉，血絲從我的唇角飄入池水之中，整個聖池的池水因為感應到神血而開始震盪！

我邪邪地咧開嘴角，在他的身下瞥眸看他：「來呀～你敢做，我就敢吸。吸飽了，我好拆你神骨！滅你神丹！」

他眸光緊了緊，被我咬破的唇在血光的水池中開始慢慢修復：「我不會讓妳得逞的！」冷語從他口中而出，他冷酷至極的眸光投落在我的臉上，眸中劃過一縷黑氣。那黑氣在血光中也染上了血腥的顏色，讓他的雙眸開始變得猙獰邪惡。

他陰邪的目光順著我的臉緩緩而下，冷漠冰酷的神情宛如只是在檢查自己的貨品，毫無半絲感情。他眸中的視線卻漸漸凝滯，血光的世界讓他的視線染上了魔鬼般的邪惡欲望。

他放開了我的脖子，抬起手，一點一點撫落我的臉龐，撫上我的唇時，我立刻咬他。但他沒有收手，任由我咬住他的手指，甚至咬破，而他臉上的神情也沒有半絲因為痛楚而發生的變化，彷彿再大的疼痛也不會影響他檢視他面前的這件珍品。

他的手指從我的嘴中拔出，再次帶出了他的神血。他陰沉冷靜地看了片刻，緩緩放到唇邊，閉眸竟是伸出了舌頭慢慢舔過自己的手指。

「怎樣～味道是不是很好～～」我邪邪地看他，陰冷地眯起眸光。

他緩緩睜開眼睛，再次用那副高高在上的冷漠神情俯看我，身後緩緩張開了妖嬈飄搖的光翅。曾經白金色的光翅在血池中也染上了血紅的顏色，它們化作一束又一束神光的觸手，朝我而來。

我登時收緊眸光，心底被憤怒吞沒。我一定要吸乾他！把他吸成人乾！

那些光觸搖擺著遊過我的上方，捲住我的雙手。他放開我的雙手，直起身體跨騎在我身上，似是終於可以高高在上地好好欣賞我的全身。

我狠狠看他，他依然用他冷漠淡然的視線看著我，然後慢慢抬手，動作極為優雅而不疾不徐地解開了自己的衣結。

衣結緩緩扯開，他也慢慢俯下身，鬆散的衣領露出了他頸下的身體，散發著神光的身體被朦朧的月光包裹。然而此時的月光是血色的，有如空中的血月。

他再次伸手一點一點撫上我的脖子，緩緩而下，臉上表情依然看似冷靜，可是視線卻格外地專注灼熱。他半瞇眼眸，一手解開其餘的衣結，一手撫落我的脖子，撫上了我的鎖骨。我的呼吸開始因為憤怒而急促起來，胸脯不停起伏，被神光捆住的雙手用力捏緊！

他的手從我的鎖骨繼續下撫，有如在撫摸一只花瓶的曲線般撫上了我的雪乳，我全身登時緊繃起來，在他的手心不疾不徐擦過我的花心時，瞬間本能的情欲和憤怒開始在體內激烈地碰撞。

我咬牙狠狠看他：「廣玥，我一定會把你吸成神渣！」

他的眼中沒有絲毫動搖，沒有因我的話而露出擔憂或是其他的表情，而是依然專注地用他如同在岩漿中浸潤過的手，包裹我柔軟高聳的雪乳，一種灼燒般的燙刺激了我的嬌嫩之處，頓時使我全身戰慄不已。而他的雙眸似是沉醉般的半垂，微微側臉開始輕輕揉捏。

「廣玥！」

「噓……」他抬起手，手指放在唇邊，視線卻依然不離我赤裸的身體。當他的手離開衣結時，他的長衫徹底敞開，露出同樣赤裸而神光朦朧的身體。血光的池水瞬間包裹他的全身，讓他的神光也變成了妖冶的粉紅色。

曾經那麼純淨的神光，此刻卻讓人感覺邪惡與淫邪。

他的胸膛在水中依然平靜地起伏，讓人絲毫看不出他此刻有任何燃燒的情欲，胸膛上的粉色卻在血光的水中染成了朱紅色，嬌嫩欲滴，又如兩顆豔麗的血珠鑲嵌在他的胸膛上。

他深吸一口氣，胸膛挺起時，腹部開始收緊，現出了他窄細繃緊的腰身。他揚起手，衣衫徹底從他的手臂上滑脫，飄飛在血色的池水之中。

他低落眸光，揉捏我雪乳的手慢慢停下，再次緩緩而下，撫過我平滑的小腹，往深處而去。他跨騎在我身上，開始深深地注視那裡，那充滿魔欲的視線讓我全身不由自主地惡寒。

他竟是緩緩瞇起了雙眸，微微揚臉，臉上的潮紅已經分不清是血光染紅了他的臉，還是他全身興奮的血液。

他一手放落在我小腹之下，另一隻手則緩緩地撫上自己的小腹，再漸漸向上，撫上自己泛著紅光的胸膛。潮紅的臉上漸漸浮現沉溺的神色，深深的呼吸讓他的胸膛劇烈起伏。

「別在我身上意淫！」我受不了地大喊，開始在他的身下掙扎。他長舒一口氣，慢慢睜開雙眸俯看我，眸中掠過一絲陰森的寒意，像是我打斷了他的自我享受而極度不滿！

「妳就這麼想要嗎？」他的手猛然滑入我的身下，我全身一緊，赫然感覺到他的手離開我的小腹後，那份火熱彈落在我的小腹之上，烙鐵般的溫度竟是帶出一絲灼傷般的痛楚。我從未想過外表冰冷的廣玥，體內竟是如此地熾熱！

我忍住內心的噁心，瞇了瞇眸，邪笑浮上嘴角：「你不自己來嗎？你這副禁欲了那麼久的處子之身能忍住？」我挑釁地看著他。我寧可接受他的身體，也不能被他褻玩！畢竟若是前者，至少我可以把他吸個一乾二淨！

他依然冷靜而淡漠地俯視我：「我是不會給妳吸的。我可以用別的方法得到妳，讓自己滿足！」他平靜地開口，俯落身體，燒熱的視線盯視我的雪乳片刻，慢慢張開了嘴，如同品嘗世間最珍藏的美味般緩緩含入，像是燒熱的烙鐵印落在我嬌嫩的茱萸上，我登時難受地扭動身體：「滾！」

「哼。」一聲輕笑從他口中而出。他不疾不徐地吮起我的茱萸，緩緩舔弄，格外冷靜的動作讓我感覺到有史以來最大的侮辱。

我是不會讓他褻玩我的！

我要咬死他，把他咬成碎片！

同樣像是烙鐵的火熱因為他俯下身而被壓在我與他的小腹之間，格外硬挺的存在頂在我的小腹上。

他微微抬起下身，手指也想往我更深的地方探去！

我捏緊雙手，夾緊了腿，不讓他的手指進入。倏然，有什麼又捆住了我的雙腿——是他的神光，它們在我的腿上烙下了烙印，粗暴地強行拉開我的腿。登時，他的手滑落我的下身，按在了我幽蕊之外。

他緩緩抬起臉，冷漠的臉上是已經被欲望徹底吞沒的雙眸。他痴痴地看著我，放落臉抵住我的額頭，在我的唇前粗重喘息：「妳是我的了……」如同火山裡熾熱的熱氣，噴吐在我的唇上。

我冷冷一笑：「是嗎？」下一刻，我用從他那裡吸來的丁點神力，瞬間將下身化作黑蟒，纏住了他的腰和腿，側臉一口咬住了他的脖子。

「哼……」邪笑從我喉嚨中而出。

「唔……」悶哼也從他口中而來。我陰冷地看著前方，咬住他的脖子死死不放，更多的神血從他的脖子裡湧出，染紅了聖池。

讓你玩本娘娘？本娘娘咬死你！

神光從他的脖子裡衝出，我立刻放開他後退，蛇身擦過他的腿根，毫不猶豫地抽向他的挺立，他立刻側身閃避，連連後退。

我的嘴角被神光灼傷，帶出絲絲的疼，黑色的鱗片開始覆蓋身上，我半人半蛇地立於無邊無垠的聖池池水之中，陰冷地盯視捂住脖子的廣玥。

廣玥抬手又一次捂上流血的脖子，眸中開始被黑暗吞沒。倏的，他似是察覺到了什麼，眸中的黑暗登時退卻，再次浮現那雙冰冷如冷月的眼睛，陰沉而不悅地看向身後：「這麼快就來了。」

「啪！」忽然有人躍入聖池中，他身上的金光讓我怔住了身體，他朝廣玥游去，散發著金光的身體和飄揚在水中的金髮讓他美如人魚。他在水中隨手脫下了外衣，從廣玥的身後蓋上了他赤裸的身體，然後，抬起臉驚訝地朝我看來。

當我和他的視線在滿是神血的聖池中相觸時，我的大腦瞬間陷入一片嗡鳴。

淡金色的長髮此刻因為血色的池水而染成了金粉色，但是髮絲上溫暖柔和的光芒依然驅散了周圍的血色，讓聖池漸漸恢復原來的純淨。

柔和的眼眶裡是溫暖如同日光的金瞳，那金色是像晨光一般淡淡的金色，清澈的眼睛足以融化心底所有的寂寞與孤獨，照亮每一處角落。

俊美無瑕的臉純淨而純善，柔和的線條是那麼地完美無缺，讓他的容顏俊美得無懈可擊。他的每一處線條，眼睛、鼻梁、紅唇、面頰都是柔美的，如水般的柔美成就了他讓人只看著便會心生柔軟的溫柔面容。

他即使生氣，也是溫溫柔柔地注視著對方，讓人不知不覺地沉溺於他，痴迷於他，只想投入他的懷抱，渴望他的觸摸。

迷人的金髮挑出一束編成精巧細緻的髮辮圍繞在額前，形成天然的髮冠，沒有任何墜飾，卻讓他純美得如同陽光中的精靈。

透著陽光般金光的白衣簡簡單單地套在他的身上，樸素無華的衣衫使他更加聖潔，讓人崇拜敬仰。

只是那件暖金色的外衣卻是蓋落在廣玥的身上，而不是……我。

此刻，那雙總是目光溫柔的金眸卻是用陌生和驚訝的神情看著我，裡面甚至透出了一絲失望與悲憫。他俊美無瑕的臉浮上了哀傷的神情，像是為邪惡而悲哀，為我眼中的恨哀傷。他心疼地看向廣玥脖子上的傷口，轉眸又是痛惜地看向我：「妳做的？為什麼？」

當熟悉而溫柔的聲音傳來時，我的視野裡只剩下他那張柔軟、唯有我知道有多麼溫暖和絲滑的柔唇。

心痛登時襲上心頭，壓得我無法呼吸，淚水從眼眶中而出，幸好在水中無人能看見我的淚水。

我沒想到再見到他時，我的心依舊痛如刀絞，痛到窒息。我擰眉咬牙，忍下心裡所有的痛楚，努力讓自己不露出任何痛苦的神情。

他莫名而疑惑地看著我，絲絲的溫柔與疼惜，還有複雜的憐愛開始浮上他的雙眸。他永遠是這樣，永遠愛著所有人、心疼著所有人。

「她只是餓了。」廣玥冷冷淡淡地開了口，低低的語氣像是已經寬容了我對他的一切傷害。而我來自於陰暗，是嗤霆口中的邪神，我作惡順理成章。

他站在廣玥的身旁，眸光變得失落和心痛。他深深地、似是想努力安撫我般，溫柔地注視我，揚起溫柔的微笑：「妳……認出我的聲音了嗎？」

你的聲音？我的呼吸也開始顫抖……我當然認得！

我緩緩地咧開嘴，用邪笑來掩飾苦澀的笑容。我撐開雙臂，仰天大笑：「哈哈哈——哈哈哈——不錯！」我低下臉，陰邪地看向那個我曾經深愛萬年的男人，聖陽！

「我確實餓了！」說完，我在他擔憂的目光中陡然轉身，隨手撈起廣玥的衣服，竄出已經恢復純淨的池水。水簾在我的身後帶起，我套上了廣玥的衣衫，恢復人形。

嘩啦！聖陽扶著廣玥一起隨我飛出，立於池面時傳來廣玥的淡語：「別讓她傷人。」

我狠狠盯視廣玥，廣玥卻半垂眼瞼，沒有與我對視。我立於聖陽凝重卻帶一分憂心的目光中，他深深地望著我，像是在看自己的愛人。他在心痛，宛如心痛自己的愛人化身邪魔。

我瞥眸看他一眼，他微微一怔，視線落在我的臉上，久久沒有移開。我抬起手：「哼！」邪邪一笑，啪！一個響指打響，空中的暗光瞬間消失，廣玥半垂的眼眸登時睜開，眸光銳利，我扭頭飛出了神宮。

「去抓她。」身後是廣玥的話音。

我直衝天空，衝上高空停住身形，冷冷俯看身下完好如初的神宮，邪邪而笑。我已經明白這裡是哪裡。

這裡不是我們的過去。如果是，在我們到來時未來已經改變，我和廣玥不可能還停留在這裡。

所以，是時間因為我和廣玥身為真神而發生了分裂。

分裂出一個獨立的過去，一個獨立的未來，一條獨立的時間線！

第四章　最初的他們

在這裡，一切都只是剛剛開始。

我在空中深吸一口氣，登時感應到了陰氣的存在。

現在這個時間，六界未分，神族剛造，殷剎還在神界。所以，這陰氣只有可能是從他身上而來的。

身下金光隱現，我瞇了瞇眼，直接朝殷剎的神宮飛去。

我與聖陽一樣，只要隱藏氣息，無人再能察覺。我收斂自己所有的氣息，悄悄降落在殷剎的神宮之外。我以腳尖輕輕點落神玉的地面，再次躍起，在空中旋身時，已經化作一團黑霧，鑽入殷剎的神宮之中。

憑著對力量渴望的本能，我呼吸著陰氣前進。很快地，我看到了殷剎正在造大命盤的背影。大命盤在他的手中即將完成，他灰中帶青的長髮只在背後簡單束起。是啊，這個時候他們每個人都衣著簡單，剎也沒有用長長頭巾去遮蓋自己。

他的身上也是一件簡簡單單的亞麻色圓領短袖長衫，只在袖口繡有銀色的花紋，簡潔得不像是創世的眾神，卻是他們當初最淳樸、純真的一面。

我纏在神宮的神柱上，緩緩繞到了他前方的上空，俯看他認真的神情，他的嘴角還帶著一絲滿意的微笑。這時神族仍少，女神尚未誕生，他沒有遭到他人疏離，也尚未看到別人對他的恐懼。

我看著他，一時不由得失神。一條黑色的緞帶圍在他的脖子上，斜開的瀏海微微遮蓋了他的雙眉，簡單的髮型如同一個青澀少年，而非冥界之王。他的這副打扮讓我久久懷念，不由洩露了氣息。

他似是察覺到了什麼，看向周圍，隨即迅速轉身望向身後，目露疑惑：「是誰？」

我繞上神柱，在他身後呼喚：「剎……」

輕悠的聲音在神宮中變得格外空靈。

他登時轉身。我同時躍離神柱，落於他的面前，他的臉在轉身後與我相對。我沉沉地看著他：「你願意幫我嗎……」

他一時呆滯地看著我，驚異得像是已經無法反應，青色的瞳仁中只映出我的臉龐。不錯，他是該驚訝，因為此時是他第一次見我，甚至可說是見到了第一個與他們不同的女人。他好奇而驚訝地開始打量我，慎重的目光像是不放過我任何一處細節，任何一處與他們不同的地方。

我緩緩伸手捧住了他的臉，他一時怔住，莫名而疑惑地看著我，青色的眸中像是在困惑我在做什麼？

在他這純淨如兔的神情中，我俯下臉，吻上了他的唇，冰涼的唇裡登時嘗到了冰冷的陰氣。我開始深深吸入，他察覺到這點，登時扣住了我捧住他臉的雙手，冰冷的手如同死亡纏住了身體。

但他沒有強行把我拉開，因為他們現在都不會傷害別人，他只是側開唇。我退回身體，他轉回臉沉沉看我，目光中終於帶出一絲戒備：「妳是誰？」

我定定凝視著他：「你……信我嗎？」

他一愣，我的答非所問讓他反而用更加深思的目光再次審視我。他眸中的戒備在看著我的眼睛時漸漸消散。我認真看他：「我現在真的需要力量，對不起，剎。」說完，我再次俯下臉，吻上他的唇，他怔愣地看著我，沒有再推開我，而是任由我從他體內汲取我所需要的些許力量。

我從空中緩緩放落身體，圈住他的脖子，他伸手輕輕接住了我的腰身，並在碰觸到我腰間時微微一怔，雙手反而更加放柔了力量，像是怕自己用力會把我的腰捏斷。

他被我吻著，可是眼睛依然不解地看著我，雙眸裡的目光也仍舊純淨。此時的他們，純善而沒有任何欲望，他是出於自願地幫助我恢復力量。我圈緊了他的身體，用自己的身體吸走從他身上散發出來的陰氣，直到……他來了。

「放開剎！」厲喝從聖陽口中而出時，我從剎的臉邊瞥眸看向空中落下的聖陽。淡金色的光芒籠罩他的長髮，他的全身如同一顆金色的星辰，降落在這座陰冷的神宮之中。

我放開了殷剎，殷剎也放開我，轉身看前來的聖陽。

聖陽擰眉心痛地看我一眼後，柔和地看向剎：「剎，你沒事吧？」

殷剎看看聖陽，再看看我，面無表情地搖搖頭：「我沒事。」

聖陽凝重地點點頭，看向我時，金瞳已露出沉痛和失望之色，他的沉痛與失望是來自於曾經對我的期待與喜愛。

我就像他的孩子，他悉心地看護，期盼我的降生。即便啱霆他們說我是邪神，要他趁早把我消滅，他也不捨，依然相信我不會是他們口中的邪淫之神。

「妳果然是邪神。」他雙眸含痛地看著我。殷剎淡淡地看向我，我單手緩緩扠腰，仰起臉面露邪氣，瞥眸睨向聖陽：「哼！怎麼？讓你失望了？」

殷剎目露深思地靜靜看我，聖陽擰眉痛心地垂落金眸。

「她只是需要力量。」忽的，殷剎在我身旁平靜地開了口。聖陽看向他，目露擔心：「她剛才在做什麼？」

殷剎微微一怔，抬手撫上自己的唇，頓了片刻才抬起臉：「吸取我的力量。」

「她只是吸取你的力量？」聖陽目露懷疑地看向我，卻是繼續問殷剎：「沒有傷害你？」

「沒有。」殷剎認真地回答，轉臉看向我時，目露一絲悲憫：「她現在很虛弱，應該不能傷人。」

「……她吸了玥的血。」當聖陽話語出口時，殷剎登時面露驚訝，久久看我。

「哼！」我輕笑一聲，抬手拂過頸邊長髮，側臉邪邪看聖陽：「是啊～我是邪神，我很危險，怎樣？要封印我嗎？」

聖陽的金瞳顫動起來，他在不捨，他在掙扎，他一直陪伴在我身旁，期待我的降生，他從那時已經對我產生了深深的感情。

他眸光微微收緊，似是做出了決定。他金色的瞳仁再次溫柔起來，溫和地注視我：「如果妳記得我的聲音，應該也記得我說過的話。我說過，我相信妳，即使妳是邪神，我仍相信妳心底存有善念，讓我……來感化妳……」他朝我伸出手，溫柔至極的目光足以融化任何惡魔心底的悲涼，恢復平靜，然後匍匐在他衣襬之上，讓他溫柔地撫摸自己的身體，從他的身上得到渴望已久的溫暖與愛。

聖陽，是大愛的。

我早已料到他不會怪我，更不會在現在就封印我，因為他愛我，想給我從善的機會。

哼，可惜，我已不是那個初生的我，我經歷了和他相愛，被他欺騙，再用一種複雜的心情去為他報仇。

呵，多麼痛的愛啊！我不想再來了。

一如我與天水說過的，我們結束了……我已知道天水是他的重生之體，唯有藉著天水的身體，才能說出那些話。要是對著真正的他，我想我無法保持冷靜。

他聖光的右手依然伸在我的面前，不放棄地等待我接受他的善意，我緩緩伸出手，在殷剎深思的目光中伸向聖陽。聖陽露出了欣慰的微笑，那溫柔的微笑讓我莫名不悅。

啪！我拍開了他的手，他一怔，目露失落。我邪邪地瞥眸看他：「好啊，我跟你學善，給你一個機會～～來感化我～～」現在我力量微弱，絕對不能被廣玥困在這個世界中！他把我拉到這裡，顯然是想開闢一個全新的時代——屬於他的時代！

聖陽溫潤俊美的臉再次浮起欣喜的笑容，鄭重地對我點頭：「好。不過……」他微微蹙眉，目露憐愛：「在妳沒有從善之前，為了不讓妳再傷人，我會限制妳的力量。」

他抬起雙手，一副金絲相連的手鐲與腳鐲現於他的手中。

「對不起。」他抱歉地看我。

「呿！」我橫白他一眼，大方地伸出雙手：「來吧。」

他拋出了金絲鐐銬，鐐銬環上了我的雙手和雙腳，立刻，屬於他的神紋浮現在我的手腕和腳踝之處，看著那熟悉的神紋，我的神思又開始恍惚地飄回過去。曾經，這個神印是落在我的心底，與我心心相印；如今，這個神印卻落在我的手腕和腳踝，只為限制我的自由。

這個世界的歷史已經在我和廣玥降臨時改變，這裡的魅姬已經有了我刑姬全部的記憶，她就在我身體的深處，她看得見，聽得見。既然如此……

乾脆把這個世界的歷史改變吧。

珍惜該珍惜之人，去愛值得去愛之人，至少讓這世界的魅姬不再重蹈我的覆轍，受盡百萬日寂寞與恨的折磨，遍體鱗傷。

已經不同的世界，讓這個世界的魅姬按照我的歷史再走一次又有什麼意思？我自己也會覺得心疼。

我看了看手上精緻而精美的金鐲，看似纖細，卻是非神器能破的；而它之間相連著看似細細的金線，也是同樣堅不可摧。

「跟我走吧。」他溫柔地說，眸中是可以感化我的堅定。他伸出手拉住了我的手，異常柔軟而溫暖的手，讓人自然而然地依戀與依賴。我的心卻因為這份溫暖而撕痛起來，我直接扯回自己的手，側開臉：「別碰我！」

他在我身邊微微怔立片刻，最後還是伸出手拉住了我手鐲間的金鏈，輕輕拉動我的身體。

忽的，他停下了手，空氣中帶出了廣玥的氣息。我冷睨空氣，廣玥漸漸浮現，身上是乾淨的月牙色長袍，款式已經與之前的徹底不同，華美而有別於所有人，讓他登時顯出天神的尊嚴。

情。

在他出現的那一刻，聖陽目露驚疑，注視著廣玥身上的衣衫，眸光帶出絲絲深思與疑惑。

「玥？聽陽說你出事了。」殷剎關心上前，神情雖然很淡，但不像未來那樣已經徹底面無表情。

廣玥沒有看殷剎，冷漠的目光落在我的身上：「我沒事了，讓我來看管她吧。」

陽金瞳裡的眸光閃了閃，越發仔細地打量廣玥，像是察覺到了什麼，仔細瞧看他的雙眸。

「玥，你的衣服……怎麼怪怪的……」剎也開始留意廣玥不同於他人、更加繁瑣精緻的衣服。

廣玥淡淡看向殷剎：「是我做的。眾神馬上會甦醒，我們也需要改變。」

殷剎在廣玥淡漠的目光與同樣平淡的話語中蹙起眉頭，微微沉臉：「玥，你今天怎麼了？我不喜歡你今天的表情和說話的樣子。」

廣玥沒有說話，雙手開始插入袍袖，嘴角帶出一抹若有似無的輕蔑笑容，不看任何人。

忽然間，整座神宮陷入一種特殊的安靜。雖然平時神宮也很安靜，但是此刻的安靜讓人有種緊張和緊繃之感。

我緩緩揚起邪笑，瞥眸看向廣玥：「玥～～你的血可真甜～～你這樣看著我，難道不怕被我再吸嗎～～」寒氣浮上我的全身，我嘴角帶著邪笑，眸中是陰冷的殺氣。

廣玥的眸光瞬間冰寒起來。忽然，聖陽一把拉起我的手，我一怔，廣玥的目光也落在他拉起我的手上。聖陽微笑看他：「玥，她現在很危險，你好好養傷吧。」聖陽說罷，拉起我不再看廣玥，直接從他身旁走過。我經過廣玥時，他側眸朝我冷淡看來，我也邪邪瞥眸看他，咧開嘴露出尖利的牙齒，緩緩舔過，輕笑：「哼！」

他擰緊眉轉回臉，面色明顯緊繃，在我們離開時，他也漸漸消失在空氣之中，帶走了他滿身比殷剎還要陰冷一分的氣息。

我轉回眸光，冷冷一笑：「呵呵。」玥，別以為到了這裡，你就能做主！

❖

熟悉的神宮、熟悉的暖光，聖陽的宮殿如同冬日般散發暖暖的金光，即使全是神玉而造，卻絲毫不覺冰冷，只有絲絲暖意。

眼前出現他的寢殿。神宮沒有屋頂，因為雲天星辰就是屋頂，以至於神宮形同露天，卻比世間任何宮殿都要莊嚴而華美。

而寢殿中巨大的玉床也格外刺目，往事不斷浮現眼前。那溫熱的喘息，還有那只有我能看到、被情欲糾纏的溫柔目光，以及只有我能觸摸到、如同陽光般溫熱無瑕的身體，此刻都深深刺痛了我的心，讓我只想把眼前的床和神宮全部砸碎！

「妳可以住在這裡。」他停下了腳步，放開我的手，溫柔地看我：「我相信我可以改變妳。我會教妳……」

「教我如何做神？」我打斷了他的話。他微微蹙眉看我，我邪邪勾唇，從他身前輕飄飄地走過：「教我大愛～～教我仁善～～哼！陽，你是神，我也是。我答應你不再找人吸取神力，只要……」我坐上神宮裡如同鳥籠般的鞦韆椅，瞥眸看他：「別來煩我。」

他深深看我片刻，微垂目光，臉上忽然失去了笑容，多了分凝重。他緩緩地走過我身前，我側躺在長長的鞦韆椅上，單手支臉，另一隻手任其垂掛於椅旁。

長長的、如同半個鳥籠般的鞦韆椅下，是聖池的源頭——神之泉。泉水從泉眼中汩汩地冒出，經由形如太陽光芒般彎彎曲曲的八條管道流向八個方向，也流入其他人的神宮之中。

御人、帝琊和嗤霆便可用這水造人、造妖、造魔。

我輕輕撩起神光閃耀的泉水，聖陽便在這裡造神。

溫暖的泉水流過我的指間，化作一道道霞光般的絲線，非常迷人。

一件淡淡的金色衣衫遞到我的面前，我認出了眼前的這件衣裙。這是我來到世上穿的第一件衣裙，也是聖陽在我誕生前，就已經準備好的，是他親手為我用金色的陽光縫製而成的衣裙。

太多太多的回憶因為這次特別的時間之旅而喚醒，當一切又重新開始，我感覺到自己對聖陽的恨，又開始……慢慢動搖……

他沒有靠近我，我也沒有看他。他把衣裙放到我的臉邊，溫柔地看我：「換上吧，希望妳會喜歡。」

我沒有搭理他，他說完也是自己離開，站到神泉旁。我看了衣裙一眼，懶懶地起身，他朝我看來，我瞥眸看他：「想看我換衣服？」

他一怔。

我沉臉橫白他：「就算你是神，你造神，你造女神，也不准看我的身體！」

他溫潤溫柔的臉上登時浮出一抹尷尬，匆匆轉身。

「哼。」我輕笑一聲，起身扯開了廣玥衣衫的衣結，絲滑的衣衫瞬間滑脫全身，在寧靜的神宮中響起「撲簌」之聲。

我拿起了他給我準備的衣裙再次套上，整個身體瞬間被溫暖包裹。他緩緩而遲疑地轉身，如同天水般溫柔的眸光再次落在我的身上，溫和的微笑也再次揚起：「很漂亮。」

我長長的黑髮滑落在這件淡金色的衣裙上。我依然沒有看他，直接躺回搖椅，在神泉邊輕輕搖盪。

我能感覺到他一直在看著我，就像我在暗光中，他也一直注視著我，輕輕撫摸上我的暗光。我們的感情從那時已經開始，他能感覺到我是個女孩，能聽到我在暗光中呼喚他的名字。

這種深深的羈絆明明已經被我狠狠壓在心底，卻在再次經歷時被人用力拽出，擺在我的面前，時時提醒著我：他就在妳面前，妳可以放下所有的過去，跟他再愛一次！那樣，妳也可以重新獲得力量，擺脫廣玥。

不，我不要！

我愛麟兒，我在扇中一世中甚至還愛上了殷剎，對闕璿的感情也是真的。而且我覺得天水遠比聖陽強上許多！

聖陽愛所有人，他真的像是一顆太陽，無私地把溫暖給世間每一個生靈。

而天水在經歷人世後，已經有了取捨，他只愛身邊的人。在他的上一世，他為自己的族人復仇，便已經說明他不再是聖陽了。

而這一世，他雖然不苟同我的做法，卻從沒阻止我向任何人復仇，除了那次娥嬌附在月靈身上。他守護月靈，也是因為月靈是他的師妹。

再次看見聖陽，我發現自己對天水的恨淡了許多，曾經轉嫁在他身上那對聖陽的恨，在此時終於回到了最初的主人身上。

我不會拋下我所愛的人們，去選擇一個更美好的未來，即使我的命運充滿傷痕，我也不願拋下自己愛過的人們。

神泉中漸漸浮出了一個較小的人形，我看過去，原來是聖陽正在造神。那人形的身體凹凸有致，像是女人。

漸漸的，她有了迷人的、月光般銀白的長髮。我眯眸看了看，已經知道是何人。

聖陽神情認真地開始繪出她的五官，女神的身體始終在神光包裹之中，並非赤身裸體。所以，聖陽造神時，他的面前只是一個光人。

一件白色的衣裙開始覆蓋那個光人，他的手準備撫過她的眼睛。

「別讓她看見你。」我說。他頓住了手，朝我看來：「為什麼？」

我沒有表情地看他：「她會愛上你。」

他微微一怔。

我站起身，走過神泉的邊緣，站到了那個光人面前：「她是你造出來的第一個女神，會被神族認為是你的妻子，她的心裡從此埋下了這個事實，她會徹徹底底地愛上你……」娥嬌的苦苦等待和期待，因為空虛寂寞而尋找男人安慰，隨後又陷入痛苦與羞愧的悲苦一生，讓同為女人的我也心生悲憐。

我對娥嬌的恨，在拆掉她神骨時已經消除。在這個世界裡，我不想再看到她重複這樣的命運。

聖陽靜靜地俯看我，我惋嘆地看娥嬌。他溫和地開了口：「眾神會這麼認為？」

「會。」我轉臉冷淡地看他：「因為你先造了男神，雖是因為你不瞭解女人，而後才造了女神，但只這一先一後，已讓男神自以為尊，你所造的女神不過是給他們的女人。所以，他們會認為你造的第一個女神，是為自己準備的。」

聖陽久久看我，金瞳之中浮現出深切而帶一分激動的神情：「妳怎會知道？」

我瞥開眸光，避開他像是獲得知心知己般的熱切視線，只看著面前的娥嬌：「如果你現在不能娶她，不能愛她，就別讓她第一個醒來，認為自己在女神中……是特殊的存在……」我伸手撫上那月光閃耀的臉：「當現實與期待產生落差後，她只會陷入怨恨與不甘，最後墮落仇恨與空虛的深淵……你愛所有人，但你不知道，女人只希望你愛她一人。」

「好。」他在我身邊溫和地說。

我瞥眸看他：「好？我可是邪神，我說的話你也會信嗎？」

他溫軟而透著和煦金光的紅唇微微而笑，柔柔看我：「我信。」

我睇眸看他，他的目光浮出深情：「因為……我們已經認識很久了……」他緩緩伸出手，朝我的臉撫來。

啪！我拍開了他要摸我的手，冷冷看他：「我們是認識很久了沒錯，你也像父親一樣看顧我，但這不代表你可以隨便摸我。我不是物品，更不是讓你研究的存在……還有——」我轉臉看向那朦朧的月光：「你造的第一個女神是按照你弟弟廣玥的性格，孤冷高傲，這是什麼意思？」我一直不滿於此，嫌煩地瞪著他。他垂眸而笑，我白了他一眼，看向別處：「要是當初你們兩個在一起，也就沒後面的爛攤子了！」

「什麼？」他疑惑地問。我轉回臉生氣看他：「……我是說，女人和男人始終不同！你不能依照你認識的人來做，廣玥高冷，你也做個高冷的，女人該有女人的溫柔！」說完，我將手伸入面前光人的胸口：「即使高冷清高，女人始終是女人，心底依然有溫柔之處。」我取走一滴冷傲，加入了一點溫柔，這樣依然會保留娥嬌冷如傲梅的性格，但也同樣有溫柔的神情與微笑……

在神界，娥嬌從未笑過，因為她和廣玥一樣高冷自負，目中無人。彷彿笑容是蠢女人做出來的表情，她凌駕於眾女神之上，必須時刻威嚴。

她那副樣子很欠揍，現在回想起來也讓我不爽。但那裡的娥嬌是那裡的娥嬌，我已經很暢快地揍了她一頓，拆了她神骨，我們的帳兩清了。

這裡的娥嬌才剛剛開始，雖然此刻捏死她易如反掌，甚至可以把她變成弱智，只消在她體內撥撥手指……呿，本娘娘不屑！就讓她在這裡好好地開始，別那麼惹人嫌吧。

我收回手：「這樣，她也不會討人嫌了。」

曾經，娥嬌因為自以為是聖陽的妻子人選，一直高冷高傲，不把別的女神和男神放在眼中，在神界中其實並不討人喜歡，大家也只是因為她是聖陽的未婚妻人選而討好於她。相反地，風騷奔放的瑤女比她更受歡迎。

我甩掉手中和廣玥一樣的冷漠高傲，神泉中映出聖陽專注地看我的倒影。我橫白看他：「看什麼看？不高興讓我造神，你可以改回來。」

他依然目不轉睛地看著我的眼睛，像是要把我深深看穿，眸底浮出一絲疑惑：「妳是怎麼會造神的？」

我一怔。我忘記了，我初生之時並不會造神，甚至不會任何神術，我所會的，全是聖陽六人所教的。

當初，他們六人教導我。既然這次來改變了歷史，好，那我就將錯就錯，好好教他們六人如何做個有人性的神！

我嘴角揚起，邪邪一笑，單手扠腰時，金鏈垂於腰間。我婀娜妖嬈地立於他的面前：「我說過了，我是女神，是和你們一樣的真神。別再把我當你的孩子了，哼！」我輕哼一聲，轉身回到我的搖椅，舒舒服服地躺下，單手支臉看向神泉，長髮滑落肩膀，垂落神泉當中，在泉水裡漂蕩。

他看著我，金色的瞳仁閃爍了一下，微微側臉，似是深思。

他靜靜深思片刻，再次抬臉看向面前的光人，像是有所想法。他抬起手，光人化作小小的光球，沒入神泉之中。然後，他開始繼續造男神。

我看著這幅景象一會兒，感覺疲累不已，這具身體剛剛初生，還很嬌弱。我緩緩進入沉睡，睜眼時，已經是我意識的流光世界，天地合攏在眼前，化作一條細細長長的線。

我走到盡頭，盡頭的流光中映出了我的臉龐。她平靜地看著我，我也平靜地看著她：「對不起，因為我的到來，改變了妳的未來。」

她溫和地笑了，眸光裡閃爍著狡黠：「沒關係，順著妳的命運走，我也會覺得沒勁的。」

「哼……」我果然還是我。

她微微收起笑容，神情變得認真：「妳還會愛上聖陽嗎？」

「那是妳的選擇，不是我的。」我此刻心裡格外通透和清晰，沒有半絲猶豫和迷惘：「這是妳的聖陽，不是我的，不然我早就找機會拆了他的神骨，以洩我心頭之恨。但我知道，這不是我的那個神渣。」

她笑了，笑得明媚。即使她有了我的記憶，她依然是她，我是我，她在看我的記憶時，是以旁觀者的身分，所以她對聖陽的恨不會太強烈。現在她心裡對聖陽，更多的應該還是愛吧。

她笑了一會兒，轉而有些失落：「但是這樣看來，陽大愛的性格確實很討厭呢。妳說……玥因妳而入魔，會不會是因為妳降生時眼中只有陽？」

我微微一怔。她目露感嘆：「妳我在暗光中因為陽的溫暖而被深深吸引，心中生愛，卻一直忽略陪伴我們的另一位天神，那就是玥……」她抬眸朝我看來：「而後妳一直與陽一起，從未與玥相伴，玥會不會因此而心中受傷，傷久入魔？」

她的話讓我不由深思。我為了復仇，從未想過玥為何入魔，不想管他這混蛋到底是怎麼了。就算要管也得等我拆了他神骨之後，他所做的一切，不揍不爽！

「我知道，妳因為他們的背叛而心中生恨，可是現在，我想到玥當初也是時時守護我，所以，希望妳能拯救這裡的玥，不要再讓他入魔，重演那個可怕的噩夢。」

她的眸中是真切的情意，她的心裡開始有了玥，不像我當初心中只有陽，誕生時的第一刻便投入陽的懷抱，從此只跟隨在他身旁。

沒想到這次穿梭時間之行，卻是讓我看著自己的過去，也好好反省。

『在妳誕生之時，只有我一人在……是我通知了陽，他才來到妳身邊……』

廣玥的話浮現耳邊。我深深擰眉，他一定是很在意那個重要的時刻，所以那個時刻感應到了他的執念，才會帶著我和他一起回到這裡。

忽的，我的臉上感覺到一絲溫暖劃過。我撫上了臉，看著面前的她：「我先走了，我不能讓他摸我。」

她笑了：「好。如果妳討厭，就別讓他摸妳了，我也會吃醋的。」

「噗嗤！」我笑睨了她一眼，轉過身，暖暖的金光照入我的世界。

當我睜開眼時，已是滿目寒光：「我說了，別摸我！」我揮起手，他立刻收手半蹲在我椅邊，含笑看我：「我想再造個女神。」

「嗯。」我敷衍地單手支臉，不看他地把玩自己的長髮。他微微往我面前移了移：「我們六人當中因為沒有女神，所以我確實參考了我的兄弟。」

「哈！」我好笑坐起：「所以你打算造女版的廣玥、女版的殷剎、女版的御人、女版的帝琊和女版的嗤霆嗎？」

他微微直起身體，右手放落我身旁，揚臉疑惑看我：「妳怎麼知道他們的名字？我還未與妳介紹。」

我眨了眨眼，低頭睨了他一眼：「我不是說了嗎？我也是真神，怎會不知這些？你們有六個男人，但女人只有我一個。所以，我是母神，我能孕育生命，我能孕育真神，你們能嗎？你們只能自己造造。」我甩手指向面前的神泉，我可是能生育真神的！

他的神情瞬間怔住了，半蹲在我裙前的姿態如同半跪。當初，我想告訴聖陽這個我想了萬餘年，終於想明白的事實，希望與他孕育真神，他卻和別的混蛋把我封印了！

我收回手，單手支臉，俯看他帶著驚訝的臉龐，邪邪地笑了：「你該不會真的信了吧？我可是邪神～～專說……謊話。哈哈哈哈——」我仰天大笑。

「不，妳不是。」柔柔的話音從我身前淡淡傳來。我落眸看他，他半垂眼簾，金色的睫毛閃爍著誘人的純淨光輝：「我絕對不會讓妳成為邪神的。」他抬眸朝我深深看來：「我相信妳會從善。」

「相信？」我眯起眸光，冷笑道：「哼！那是因為現在只有我和你～～」

他的金瞳暗了暗，微露失落。

我看看他，瞥眸看著神泉：「所以你現在是打算以我為範本來造女神嗎？」

他的金瞳映入我慵懶的臉龐。他緩緩回神，含笑垂眸：「是，妳看。」他轉身坐在我的身旁，緩緩抬起右手，有一個光人從神泉中而出。一看見那身上隱隱的暗光和黑色的長髮，我的眉隨即皺起：「你能不能不要再造個我？」看到瑤女就心煩。

「妳不喜歡？那我重造吧。」他右手作勢捏緊，打算摧毀面前這個光人。此刻這些光人對他來說仍只是東西，不是人。

我立刻扣住他的手腕。他微微而笑，轉臉看我：「我能感覺到，妳不是邪神，妳心底依然純善。」

我白了他一眼，放開他的手：「我只是看著你造神心煩，早點造完好早點做別的事情。你給她陰氣放太多了。」我抬手伸入光人的體內，取出一把陰氣：「你把她做得至陰至柔，她會對愛與男人極度地渴望，我不想看她睡遍整個神界。雖然……」我頓住手，衷心感嘆：「那也是件挺了不起的事情。」

「睡遍整個神界？」聖陽露出迷惑的神情：「睡哪兒？」

「睡男人啊。」我瞪向他。他登時怔坐，金瞳裡浮出絲絲尷尬，匆匆側臉，溫潤無瑕的臉上浮出絲絲緋紅：「原來……至陰會增加她的情欲嗎？」

「廢話！」我把一把陰元甩入神泉中：「跟你造男神不能至陽一樣，你我是真神，來自於至陽至陰，所以能控制至陽至陰，但他們不是。而且女神甦醒後是活生生的女人，她們對愛情的渴望遠遠超乎於你們男人，你是想給自己多造點妻子嗎？」

「不，不是的！」他有些著急地解釋，認真地看著我，神情變得格外地莊重嚴肅：「陰陽需要平衡，有了男神，自然也要有女神。」

「但是你把愛施予男人時，他們會當你為師，為友，為兄弟，為尊主。可當你把愛施予女人時，你知道會怎樣嗎？」我壓在心底太久的憤懣從口中而出。他迷惑看我：「難道不也是為師，為友，為兄妹，為尊主嗎？」

「哼！」我扯出一抹冷笑，從搖椅上站起身，邪邪地俯下臉，擦過他的臉龐到他的耳畔：「不……她們會愛上你……而且會無法自拔……所以，麻煩你以後收斂一點你的愛和溫柔，還是……這是你所希望的？讓滿天女神都愛你，都想跟你魚水交歡？」

「妳怎能這樣說？」他豁然起身，有些生氣地轉身側對我：「我從未有此想法。更何況世界未成，我們神族有大任在身，怎能想如此淫邪之事？」

「哼！」我立於他身旁，輕鄙地看他，邪邪而笑：「我是邪神嘛～～只是給你提個醒～～這些女神都是由你所造，她們心裡對你的感情自然不同，而你也大愛於她們，對她們溫柔有加，沒有距離，這會讓她們對你有所肖想，為你一人爭風吃醋，你做出來的女神最後會因為你而變成一個個婊子。」

「住口！」他真的生氣了。我瞥眸看他，他胸膛起伏地看我，努力壓制胸口的憤怒，神情緩緩平靜，變得柔和，揚起淡淡微笑，似是要感化我般溫柔而語：「我知道妳只是說說的，下次請不要這樣說了。」

看著他原諒我的那副仁慈神情，我心底的火就騰騰竄起！

「你怎麼可以原諒我？」我憤然一把揪住他的衣領，將他俊美無瑕的臉拉到自己面前，狠狠看他：「錯就是錯，對就是對，錯了就要懲罰，有些人是不會因為你的寬容而被感化和悔悟的，懂嗎？他們只會利用你這一點，更加肆無忌憚地放縱自己，因為無論做錯什麼，你都會原諒他們！你知道你這樣會放任他們，去傷害那些真正善良的人嗎？」

他略帶驚訝地看著我。我看著他那張帶著一絲無辜和困惑的臉，心裡越來越火大，強忍滿心的恨搖頭：「不，你不會懂的，因為你現在是神，是個不通人性的蠢神！」說完，我狠狠推上他的胸膛，他往身後的神泉倒去，我在他怔怔的視線中轉身。砰！身後傳來他落水的聲音，我仰天深吸一口氣：「我想一個人靜靜，你別來找我。」我拂袖飛起，神泉之中是他久久呆立的身影。

大愛，是優點，亦是缺點。

大愛是因為純善，可不是所有人都會像他一樣變得大愛。因為即便是真神，也會生出邪念。

轉眼間，我已經站在殷剎的神宮外。讓我全身舒適的陰氣從裡面絲絲而來，流入我冒火的體內，如一盆清涼的水，緩緩澆滅那些怒火。

我抬腳走入他的神宮，身上淡金色的裙衫開始在絲絲陰氣中染成了黑金色，金色的腳鏈隨著我的腳步在聖光閃耀的神玉地面上輕輕撞擊，發出像是玉器輕輕相碰的輕靈聲響，宛如我踏著音符前進。

漸漸的，殷剎修挺的身影浮現在我面前。他站在已經做好的大命盤前，抬手調整，手卻微微一頓，緩緩轉身，目光停滯在我身上。

他的目光看落我的衣裙，嘴角帶起一絲淡淡欣賞的微笑，再次看我一眼後，轉身抬手繼續調整他的大命盤：「這件裙子很漂亮，很適合妳。」淡淡話音如與老友交談。一開始，他喜歡與人說話。

我走到他身後，看著他：「是嗎？謝謝。」我懶洋洋地靠落他的後背。他的身體微微一怔後，緩緩放鬆：「妳不是睡過了嗎？怎麼好像還很累的樣子？」

我懶洋洋地靠在他後背上，深深吸入那些陰氣，緩緩睜開眼睛：「介意我像這樣靠著你一會兒嗎？」

他微微往後側臉，髮辮在我面前輕動：「沒關係，妳不重。」說完，他轉身繼續調整大命盤。

我靜靜地靠著，神宮再次陷入安靜。和那兩世的他一樣，他一日不說話，四周便會陷入死一般的靜謐。但我現在很享受這份安靜，因為，我想靜靜。

我緩緩在他身後坐下，靠在他的腿上，抱住膝蓋，凝視安靜的神宮：「很快的，這個世界就會變得熱鬧了。」

「嗯。」他應道：「我喜歡熱鬧。」簡短的話語帶出了他對熱鬧的一絲期待。這是最初的他，他是喜歡熱鬧的。「其實——」他微微頓住話音。

我離開他的腿，轉身抬頭看他：「其實什麼？」

他微微垂落下巴，沒什麼表情的臉上浮出一絲淡淡笑容：「其實我很高興妳出現了，無論妳是邪神還是什麼，都讓這個世界不再是我們六個人，和我們造出來的生命。」他微微蹙眉，轉身坐在我身旁，認真看我：「妳真是邪神嗎？」

我微微瞇眸，邪邪而笑，單手支臉：「若我是呢？你還會理我嗎？」

他細細打量我片刻，臉上並無戒備之情，而是一抹坦然：「是的話也正常。世界陰陽平衡，正邪平衡，我們六人為善，多出妳一個邪神為惡，不正是為了讓世界平衡嗎？」他欣然接受了我的身分，朝我伸出手：「歡迎妳，小妹。」

我愣愣看了看他的手，再看向他：「……你叫我什麼？」

他青黑的眸中坦坦蕩蕩，沒什麼表情的臉反而讓他顯得格外認真：「小妹啊。妳是在我們六人之後降生的真神，不就是……我們的小妹嗎？」

我的心瞬間產生了一抹揪痛，這抹揪痛不是因為我心傷，而是過於感動，感動到我的鼻子開始發酸。無論在哪個世界、哪個時空，剎，總是最信我的那個人。

「妳怎麼了？」他目露疑惑，面無表情看著我的眼睛。我立刻轉開臉，伸手放入他的手中，緊緊一握：「謝了，剎哥哥。」

「要我幫妳把陽的鐐銬摘掉嗎？」他好心地問，執起我的手，摸上了陽的手鐲。

我搖了搖頭：「不用。」我收回手，看著腕上的手鐲，勾唇一笑：「現在還沒造出首飾，這個也挺漂亮的。」

「首飾……」他側臉低喃：「對，現在還是造物初期，玥仍在造山造樹……嗯……」他沉吟了一聲，轉回臉靜靜看我：「我已快造完魂，給妳做件首飾吧。」

我笑了：「好啊～剎哥哥～」

他看著我的笑容，眸中也流露出一抹喜色。他彎腰在地面上撈起一塊神玉，被神光包裹著，仙氣纏繞。他托起神玉，神玉在他的手心懸浮起來，他開始認真地用神力輕輕雕琢。看著他專注的神情，讓我陷入遙遠的回憶。

在降生最初，我因為身體有些孱弱，一直在陽的神宮中休養，被陽繼續照顧著。我忽然想起，也就是從那時起，玥不再來看我，不再踏入陽的神宮。

那時，陽尚未將我介紹給其他人，其他人也因為各自忙於造物，沒有像三姑六婆一樣急於圍觀我。當時的他們都很盡責努力，如陽所說的，他們身上有造世的重任，無暇顧及其他事。

所以，在我休養的這段時間，他們完成了創世。直到那時，陽才把我介紹給殷剎他們，讓我成為他們的小妹。

剎是和御人、帝琊、嗤霆同一時刻見到我的，那時他已經有些被眾神疏離，神情陰鬱，還在擔心我會不會理他，會不會和眾神一樣疏離他、畏懼他。不過事實證明，他多慮了。

從那之後，他只有和我一起時，才會露出淡淡微笑。因為他和這個時間的剎一樣，很高興我的到來，很高興有我這個小妹。

現在我與他相見的時間發生了變化，讓我看到了更加早期的他，我心裡忽然有些感謝廣玥那個變態。臉上沒有陰鬱的剎，多好。

漸漸的，一支簡單的玉簪在他手中形成，簪身上大下小，如同一縷幽魂。他微微擰眉，放到我面前：「對不起，造物非我強項，我做得像個魂。」

「噗嗤！」我笑了，從他手中接過玉簪，開始把墜地的長髮一點一點盤起。他在一旁靜靜地看著，像是在見習似的。

「這叫盤髮。」我將玉簪插入盤好的髮中，站起身：「看！我的頭髮不再拖地了，謝謝你。」

他的臉倏然紅了紅，低下臉：「我做的還不夠好。等玥閒下來了，妳讓他重新做一支吧。」

我瞇起了眸光，瞥眸看向宮外：「我會去找他的。」

「妳跟玥之間是不是有什麼誤會？」剎還是剎，總是能迅速洞悉一切。

我轉回臉俯看他，坐回他的身邊。他落眸深思：「我還是不相信妳會吸他的血。」

「只有你在懷疑這件事。」我開了口，認真看他。他轉回臉，認真地點了點頭，再次目露思索：「在妳和陽離開後，我去看過玥，總覺得哪裡不對勁。但是……我一時說不上來。」

「感覺他像是換了個人？」當我的話音出口後，他驚然朝我看來。

我揚唇勾笑：「你們都是真神，遲早會察覺到真相。」

「真相！」他的神情登時肅穆起來，深深看我：「妳……」

我咧嘴一笑，站了起來，轉身看向大命盤：「所謂陰陽平衡，正邪平衡，不是說有多少善人就有多少惡人，而是指人心。」我俯臉看向殷剎，指向自己的心：「這裡陰陽平衡，善惡才能平衡。一旦這裡的平衡被打破，有人會變得大善，比如聖陽。而有人則會入魔。」我的目光深沉起來。

他目露驚詫，登時起身，一把扣住了我的手，深深看我：「妳在預示我們當中會有人入魔？妳到底是什麼？」他認真盯視我的眼睛，像是想從我眸底找到答案。

我正想著該怎麼解釋，忽然，神宮裡響起「撲啦啦」有東西飛過的聲音，隨即，只見一團黑漆漆的東西忽然從天而降。剎下意識鬆開了我的手，那東西正好落在我的胸前，小爪子一把抓住了我的衣領。

我低臉看去，牠也抬起臉，眨巴著大眼睛無辜而著急地看向我。牠一手拉住我的衣領，兩隻後腿本能地蹬在我聳立的胸脯，好讓自己不掉下去。

看見牠那四對翅膀時，我眯起了眼睛。我把牠從胸口托起，放到面前，咧開嘴邪邪地笑了：「小八翼啊～～嗯～～好像很嫩很好吃～～」我壞壞地舔舔唇，牠無辜的大眼睛瞬間圓睜，害怕得全身開始哆嗦。

「呃呃呃。」牠的小牙齒也開始打顫，抬起兩隻肉嘟嘟的小腳爪捂住了自己的眼睛，害怕得不敢看我。

「八翼——八翼——」帝琊的呼喊傳來。我邪邪地笑了，瞥眸看向宮外，他甩起的藍色髮辮頓時映入眼簾。

和剎一樣只把長髮束起一束，乾淨清爽的髮型讓帝琊此時看起來格外清純可愛。藍髮隨著他跑動的身形甩動，如同馬尾在他腦後搖擺。

他跑入神宮時第一眼看到了我，立刻目露驚奇。他呆呆看我一會後，立刻跑到我身前，睜大那雙藍色的大眼睛，純淨的藍眸如同天下最透徹的藍寶石。誰會想到陷入荒淫的帝琊曾經是那麼地天真無邪？

「妳是誰？」他好奇地打量我：「好漂亮，做得好精緻，妳是陽做出來的女神對不對！」他有些激動地指向我：「真好看，陽終於把女神造出來了，好看，好看……」他不停地說著好看，目光也從我的臉往下看落，看到我的胸部時伸出手要來摸：「這裡跟我們真的不同！」

啪！我還沒出手拍開時，剎已經伸手扣住了帝琊的手，面色微沉：「琊，她不是物品，你要尊重她。」

帝琊沒有像在我的世界那樣邪笑，而是露出了少年般羞澀的尷尬神情，收回手不好意思地摸摸頭：「哈哈哈，我太激動、太好奇了。」他隨即轉眸看向我，壞壞一笑：「所以……妳是剎的妻子？」

剎的身體頓時一僵，我登時仰天大笑：「哈哈哈——哈哈哈——」

剎的臉開始陰鬱、繃緊。這就是最初的帝琊，天真活潑，還有些壞。

帝琊奇怪地看我們：「你們怎麼了？不是陽說的嗎？他會給我們造個妻子。她既然在你宮裡，你還不讓我摸，難道不是你的妻子？」

剎擰眉搖了搖頭，認真看帝琊：「她不是我們任何一個人的妻子。她就是那個黑色東西裡誕生的神，她說自己也是真神，所以應該算是第七神吧。」

第七神——我的身分在這個世界裡終於得到承認，早說與晚說的區別是那麼地大！

在我的時間線裡，我沒搞清楚自己是什麼，陽他們也從沒見過真神會以這種方式降臨，這讓他們無法確定我到底是什麼，於是久久不承認我和他們是一樣的真神身分。甚至，在他們眼中，我可能只是個「東西」，一個人形的東西。隨著時間越久遠，他們的心思越深沉，對我的懷疑也變得越來越深。

而到了這裡，在我一開口說自己是真神時，他們信了。只不過我是邪神，是與他們不同的真神。

「所以我們的第七位真神是一位邪神？還是個女神？」帝琊激動起來，伸手又要來摸我的臉：「長得真漂亮！」

「琊！」殷剎再次扣住了他的手。帝琊此時變得不高興起來，挑眉壞笑看殷剎：「她是第七神，算是我們的小妹，屬於我們所有人，別一副要獨占她的樣子。」

殷剎沉下了臉，擰眉嫌煩地甩開帝琊的手：「陽會給你做個妻子的！小妹不喜歡別人亂碰。」

「怎麼說是別人？」帝琊雙手扠腰：「我可是她哥哥。」

「誰說你是我哥哥的？」我瞥眸好笑地看帝琊。帝琊壞壞勾唇：「我不是妳哥哥，又是什麼？我們可是比妳先降臨在這世上的～」他得意地甩起腰帶。

我把手中的八翼扔入他懷中，昂首一笑：「哼，我可是你們的……母神，是你們的娘！」

「娘！」帝琊和殷剎異口同聲地驚呼，殷剎徹底發懵地看我。

我邪邪而笑。你們這群混蛋，當初一個個高傲自負、唯我獨尊，要是這次不好好給你們一個下馬威，將來這裡的本娘娘日子也會不好過。

我眯了眯眼，笑容轉為溫柔與懷念：「我生你們六人時耗盡神力，因而陷入沉睡，現在醒來看到你們一個個努力造世，母神我深感安慰……」我伸手溫柔地撫上帝琊已經完全呆滯的臉龐，將我最溫暖、最母性的笑容深深映入他那雙寶藍色的眼睛。他在我的笑容中漸漸失神，目不轉睛地看著我的臉龐。

「妳……真的是我們的母神？」始終保持冷靜的殷剎在我身旁懷疑地問。我睨了他一眼，他似是明白了什麼，登時露出忍俊不住的笑容，側轉過身，仰天深深呼吸，似是努力想憋笑。

我收回斜睨殷剎的眸光，繼續溫柔地注視帝琊，宛如他真是我心愛的孩子。我努力忘記他後來變態的模樣，以免忍不住噁心，露出破綻。

「我的孩子……你長得真是漂亮……母神生下你們後，都來不及看你們一眼呢……」我深深地凝視他，如同始終看不夠似的輕撫他滑嫩的臉龐。

「母神……大人……」帝琊寶藍色的眼睛顫動起來，在我的面前緩緩跪落，握住了我撫摸他臉龐的手，激動地放落唇下，恭敬地一吻。

聖陽他們六人降世時，也是處於沉睡狀態。只是他們降臨到這個世上後便被喚醒，他們自己也不知道自己從何而來、父母是何人。唯有一個聲音在他們心底響著，就是創造這個世界。

曾經，我用娘這個身分戲耍了麟兒，沒想到對帝琊也依然管用。

至於他們到底從何而來……或許有比我們更高階的神祇存在吧？

「那我們的父神呢？」他抬起臉，渴望地看著我。

我繼續撫摸他的臉龐：「你們的父神……被我吃了。」

「噗！」殷剎在旁邊登時噴了出來。帝琊的神情登時僵硬：「吃、吃了！」

「嗯。」我難過地點點頭：「要孕育你們六個真神並不容易，所以，我需要吸盡你們父神的神陽，再吃掉他的神身，才能補充孕育你們所需要的元力和神力。你們父神的神力和肉身，已經化為你們的神力和肉身了……」

「父神——」帝琊傷心地低下臉：「父神為了生育我們而犧牲……我要去告訴嗤霆！母神大人！」帝琊憤怒地抬起臉：「嗤霆居然以為母神大人是邪神！我這就去告訴那個不孝子！」

「好，你去吧。」我揮揮手，擺出我從未擺過的母儀天下姿態。

他立刻起身，懷抱八翼氣呼呼地轉身：「嗤霆居然敢對我們的母神大人不敬！八翼，咬死他！」他抱起八翼，瞬間消失在神宮之內，消失的那瞬間，八翼還探出頭來，恐懼地打著顫看著我。

「噗哈哈哈哈——哈哈哈——」身旁的殷剎終於忍不住大笑起來，我瞥眸笑看他。認識他數萬年，即使在三千年後的扇中一世，也從未見他如此笑過。

哼，我陰沉地轉回臉看帝琊消失的方向。帝琊這個白痴，這也是為何我選擇第一個拆他！在這裡，只是戲耍他們已經是對他們足夠的仁慈了！

忽然間，霞光的光球劃過神宮的高空，飛向四處。殷剎也停止了大笑，望著那些神光，淡淡地笑了：「神界終於熱鬧了。」

那些光球，正是聖陽所造的男神女神，他們在降落後會化作人形，然後甦醒。而在我的過去，眾神甦醒後，聖陽便會向殷剎他們介紹我，而同時，眾神也會認識我。這一刻，也是聖陽給我取名叫魅姬的時刻。從此，他開始呼喚我為魅兒。

「不知道玥那邊的世界造得如何？等他造好萬物，各種生靈就該放落地面了。」殷剎轉身看向已經開始運作的大命盤，所有都準備妥當，只等廣玥造世完成。

奇怪，廣玥造世的時間似乎慢了些……應該是我那個廣玥的原因吧？

「我去看看。」

「妳去？」殷剎目露擔心。我對他邪邪一笑：「放心～我不會吸他的。」

殷剎擰擰眉，反是擔憂：「不，我倒不是擔心妳傷他。而是……」他頓了頓話音，猶豫了一下，向我邁進一步，緩緩俯落臉，輕輕地吻落在我的唇上。我怔怔看他，他青色的瞳仁尷尬地閃爍了一下，隨即側開臉：「這是……」

「我知道。」我說。

他因為我突然打斷，一時尷尬地頓住話音，眨了眨眼才再次開口，但依然側開臉不看我的臉龐：「既然妳知道，若是有事，妳可直接喚我，我會立刻出現保護妳。」

我感動地望著他：「你信我，不信廣玥？」

他的眉擰得更緊了：「我與他兄弟一場，他若有變，我自會察覺。這個廣玥……」

「等時機成熟，我會告訴你真相的。」我情不自禁地抬手捏住了他一側肩膀。他朝我看來，青眸久久注視我的眼睛。

哼哼，趁著心情好，我要去見見廣玥，以免和他打起來。而且，時間的分裂是由他而起的，我很肯定想要回到我們自己的時間上，還是得透過他。

❖

廣玥的神宮雖然清冷，卻是神界裡最美的。他負責造萬物，大至山脈河川，小至花果蔬菜。所以，他的神宮果樹林立，花藤纏繞。

當大自然的一切為人類和其他生靈準備後，他又開始造更精細的物品，比如長風的父親：遺音。

廣玥很喜歡音樂，也精通音律，在人類所使用的物品中，他第一個造的便是樂器。

我落於廣玥的神宮之中，四周的神柱上纏繞著翠綠的花藤，藤上是五彩斑斕的鮮花，銀色的柳條從空中落下，隨風飄搖。

柳條的深處，可見一月牙色的人影散發著白金的光芒，若隱若現。那裡有他造萬物的案桌，所有的一切，都是在那張案桌上製造而出的。

我抬手掀起層層柳條朝他走去。他已有察覺，頓住了手，微微側臉向後，髮辮已經被他散開，月牙色的長髮披蓋在身後，白金的神冠扣於頭頂，挽起了一束長髮。

「妳居然敢來找我？」冷冷的話音從柳條中傳來。

我走到他的身旁，落眸看他面前的神案，神案的桌面是透明的，雲海之下可見山川河流。我瞥眸看看他，提裙坐在他的對面，抬手撫過神案，樹林飛逝，浮現一座高聳入雲的蒼山。

「我無聊了，你做個蘋果給我吃吧。」我拿起案上的玉壺，開始倒向案桌，清澈的水從壺嘴中流瀉而出，直接穿透案桌，落於雲天之下，在蒼山之頂現出一條巍峨壯麗的瀑布：「嗯～～這樣漂亮多了。」我抬臉看廣玥。廣玥滿目陰沉，帶恨地看我：「妳倒是悠閒。」

「哼。」我對他邪邪而笑，抬手拂過鬢邊的碎髮，金色的鐐銬劃過自己的臉邊，轉身側坐，單手支臉：「我感覺很舒暢，可以在這裡給你們——」我抬起手，黑色的神印開始纏上手臂，直至金鐲時倏然退卻。我瞇了瞇眼：「——好好治治病。尤其～～」我瞥眸看向他像是被禁欲憋壞的臉：「是你。」

登時，魔氣掠過他的雙眸。

我邪邪勾唇：「至少在我把你帶回去時，這裡的廣玥可以正常一些～～哈哈哈——」我仰天大笑，笑得他的臉色更加陰鬱。

我收起笑，冷冷瞥他：「喂，現在我們好歹也算是相依為命，你能不能照顧一下我的……」我指向自己的嘴。他瞥我一眼，半垂眼簾：「妳是要我親妳嗎？」

我一挑眉，邪邪地笑了：「玥哥哥入魔後壞了不少啊～～」

「我沒入魔！」他猛地朝我大喊，面色繃緊，眸中黑氣隱現。

我懶得看他。入魔之人通常不自知，如酒醉之人總說自己沒有醉一樣。畢竟若是察覺自己入魔，也便不是入魔了。

廣玥的心已被魔障徹底吞噬，故那魔障能時隱時現，和他融為一體，可以進行控制。而非像我當初對自己徹底失去了控制，渾然不知做了些什麼。

我要感謝闕璿、君子和小竹對我的及時阻止，還有……那個人……

我單手支臉，指著自己的嘴：「我是說食欲。你對我們那麼瞭解，應該知我貪吃。現在什麼都沒有，我怎麼打發在這裡的無聊時間？」我無聊地擺弄案桌上還沒被投放到世間的小樹：「我可是記得在我們那裡，現在你可是已經全都造好了，怎麼來了這裡這麼慢？」我瞥眸看他：「現在不是兩個人了嗎？理應更快啊～～難道是因為現在的你看不慣過去的你，或是……過去的你看不慣現在的你，內訌了？」

廣玥是一個極其講究完美之人，即使對自己也是如此，我就不信他會自戀到永遠覺得自己很完美。

儘管他冰眸中隱忍煩躁和惱怒，但無論我言語上百般的挑釁和嘲諷，他就是沒發狂。我瞇眸看他，廣玥的忍耐力絕非我一言兩語可破。

「喂，你到底做不做吃的給我？」我斜睨他：「要是不做，我可去找帝琊要個蛋吃，他那邊的妖獸也該孵化出來不少了～～嗯……又嫩又鮮美～～～」我刻意抬手摸摸髮間的髮簪：「連這支簪子都是殷剎給我做的，他們現在可都很疼我呢～～你應該記得在最初時，這些哥哥視我為珍寶吧～～」我邪邪地笑起，瞥眸邪魅地看廣玥更加陰沉的臉。

他陰陰沉沉地瞪我一眼，轉身站起，走到一旁汩汩的神泉旁，白金色的神力開始在他的指尖流轉，如同絲線般注入神泉之中。登時，一棵樹苗漸漸從神泉中而起，白金色的神力纏繞那棵小小的樹苗後，慢慢將它移出神泉。

他認真而小心。此刻他的眼中是真正的他，心無旁騖，只有專注而認真的神情，他的認真使造出之物格外精緻。

這時他的眼中只有那棵樹苗，沒有我。我是他心煩意亂的源頭。

他小心翼翼地遷出樹苗，埋入一旁的神土中，樹苗登時開始拔高，樹葉一片又一片生出，枝椏橫生不止，頃刻間開花結果，一棵碩大的蘋果樹已立於他的身邊。

他的眸中掠過一抹滿意之色，但那抹甚至連他自己也沒有察覺的滿意，很快又沒入他那雙冷漠淡然的眸中。

他轉臉看我：「吃吧。」

我勾唇一笑，拍案起身，晃到他身前對他眨眨眼：「你果然還是疼愛我的～～」

他擰眉轉開臉。我伸手摘了一顆又紅又亮的蘋果，瞥眸看他：「還愣著做什麼？再去做隻山雞啊！我好久沒吃肉了～～」

廣玥又是狠狠睨我一眼。我單手扠腰：「怎麼著？你負責造萬物，飛禽走獸不是歸你嗎？你總要造的。」

廣玥的牙關咬了咬，拂袖回到桌邊，取出神泉和入泥土，開始捏製飛禽走獸。

我把大大的紅蘋果放入口中，喀嚓！異常香脆可口。我一挑眉，立刻「噗」一口吐到廣玥面前，他的臉登時寒氣覆蓋。

啪！他一把捏碎剛做好的泥虎，盯視被我吐到他面前的蘋果，沉沉而語：「妳可以不吃，但妳不能糟蹋我做出來的東西！」

我勾笑看他。廣玥視自己造出來的東西為珍寶，即使要毀滅也只能由他來做，他絕不允許別人損壞他所造之物，或是隨意丟棄。

「我不是糟蹋，是給你吃。你自己嘗嘗，變味兒啦～～」我坐回他對面。他看著蘋果一怔，緩緩抬手拿起我吐出的蘋果，慢慢地放入口中，登時雙眸圓睜，驚訝之中甚至浮現一絲驚慌之色。

我從未看過廣玥露出驚慌的表情，畢竟他遠比殷剎更加鎮靜、冷酷、冷漠，這樣高冷漠然的男人怎會驚慌？

此刻當他嘗到自己做出來的蘋果後，卻浮出一絲驚慌，如同自認為完美的藝術品，忽然出現了一絲瑕疵。更讓他惶恐的是，他甚至不知道這抹瑕疵是為何而來的。

我收起笑容，冷眸看他：「是不是太鮮甜了？是不是嘗出了一絲情欲的味道？」

他的視線開始散亂起來，帶著慌張地看向神泉、神土，像是急於找到究竟是哪裡出了錯，讓他造出來的東西帶入了魔性。

「別找了～～問題出在你身上～～」他怔住了身體，眸光閃爍。我看向他：「人不純，又怎能造出純淨之物？這棵蘋果樹可讓人心生欲念，玥，如果你還占據這具身體，你會徹底毀了這個世界。」

「別再說了！」他忽然失控地拂袖掃走神案上所有的東西，粗喘著氣，凶狠地看我，一隻眼睛已經被黑暗徹底吞沒。我瞇了瞇眼睛，立刻抓起一旁可以映出人影的玉壺，大喝：「你好好看看自己現在是什麼樣子！」

他的眸光在觸及玉壺光潔的表面時，登時怔住了身體。下一刻，他目露慌張地後退，匆匆捂住了一隻眼睛，胸膛起伏，呼吸急促，徹底失去了他平日的鎮定。

我緩緩放下玉壺，看看他，又看看落神案：「唉～～你還是別做了，我來完成你本該在這個世界的使命吧。」

他眸光因為心慌而游移不定，也不知他是真的不知自己已經入魔，還是假裝不知道自己入魔。廣玥性格是真的陰沉，而非殷剎那般是因為長久被人疏遠後，才變得沉默寡言。

我開始從神泉中取出泉水，用神力取來一把神土放於案桌上，和入神泉之水開始揉捏。動物要有矯健的身姿，這神泥得要和好，否則會皮肉鬆軟無力跑動，或是過於僵硬邁不開腳步，這些全都是廣玥教我的。他是一位格外嚴苛的老師，還記得在初學時，我屢屢讓他生氣，半天不搭理我。

而現在，我這個徒弟卻擔負起他本該造物的責任。

手中的神泥漸漸軟硬適中，頗有韌性。我開始捏他剛才沒有完成的泥虎：「其實……我可以告訴聖陽一切，你知道我為什麼沒有嗎？」我一邊捏，一邊看他已經平靜下來的臉，和那隻恢復常色的眼睛。

他的喘息依然沒有平復，更像是有什麼痛苦在折磨著他，折磨得他呼吸困難。他拉長自己的呼吸，似是要讓自己從那折磨中緩緩脫離，嘴角帶出一抹冷笑：「哼，難道不是妳想在這裡統治六界嗎？」

我看他一眼，把捏好的泥虎放在唇前，腦中浮現色彩，張唇輕輕一吹：「呼……」一隻白虎現於我的手中，精緻而可愛，但還不會動。我瞥眸看他：「是因為這裡的你們還沒瘋。你們沒瘋，我怎麼好意思瘋呢？雖然我不想承認，但是這裡的你們喚起了我的回憶，那時的你們，還是很可愛的～～」

「不要噁心我。」他轉開臉，對我用可愛兩個字評價他們很不滿意。

我勾起唇，從神泉裡撈出一顆精魂，埋入白虎之中，登時，白虎眨了眨眼，在我的手心裡蹦跳起來。我把白虎放到他的面前：「老師～～看我這徒弟做得怎樣？可出師了？」

廣玥轉回臉，目光落在我掌心正在嗷叫的白虎時，面色立刻沉下。

我揚唇而笑：「是不是不順眼？別人做的，怎麼也沒有你廣玥大人的完美，是不是？不想讓我做出這些令你礙眼的東西，你最好讓這裡的廣玥出來，完成他的任務。」

他眸光開始收緊，瞇起眸光冷冷看我：「妳想幹什麼？就算他出來，妳也不可能戰勝我。」

「哼！」我不屑地白了他一眼：「你放心～～我不會動這個世界的你，誰像你公私不分？啊，我忘了，你那麼冷酷無情，這個世界的存活又關你何事？」

他在我的話中變得沉默。

我雙手托腮，瞇起眸光：「但是，如果我們回不去，只能生存在這個世界裡，這個世界的興亡就關乎我們的存活了。」

他的纖眉開始蹙起，冷冷看我一眼，閉起雙眸，神光在他身上隱隱閃爍。我勾唇邪邪而笑，看著廣玥開始輕顫的細密白金睫毛。我緩緩放落手心裡小小的白虎，雙手撐上神案，輕如貓兒般爬到他的面前，小小的白虎在我的手邊又蹦又跳，蹭著我的手背。

我的膝蓋也爬上了神案，與廣玥微微浮出汗絲的臉咫尺相對。他是真神，兩個神魂擠在一具身體，交替起來會消耗神力。此刻廣玥浮出了汗絲，顯然是他想對另一個自己進行控制。

「累不累？」我在他面前輕語，拿起那顆我咬了一口的蘋果繼續吃。我來自陰暗，這點小毒對我可沒用：「連自己都不相信嗎？呼……」我朝他輕吹一口氣。他蹙了蹙眉，閃爍著點點銀光的眼簾開始打開，裡面浮出一雙清澈透底的月牙色眼睛，眼中登時映入我壞笑的臉，他的視線就此定落在我的臉上。

我的鼻尖幾乎與他相觸在一塊。我細細打量他的眉眼，這才是最初的廣玥，那個雖然不愛說話，但與陽一起日日守護在我身邊的安靜真神。

他定定地看著我，我也久久看著他透徹的眸底，浮出了另一個廣玥的小小身影，宛如正透過他的眼睛，緊緊地監視我一舉一動。

「哼……」我退回身形看他：「都知道了？」

他看著我緩緩回神，神情中帶出一絲凝重：「知道了。」

「那就好好幹活～～不要亂想，以免又入魔吧～～」我一邊吃蘋果一邊說。

「我知道自己現在該做什麼。」他看向我手中的蘋果：「那蘋果有毒。」

「哼～～」我笑：「本娘娘來自於萬物陰暗，不怕毒。」

他看看我，拿起我做的白虎，滿臉嫌棄：「做得真差。」

我登時橫眉斜睨他：「放心～～等我找到回去的方法，會在你眼前消失的。」

他不動聲色地修整手中的白虎：「他和陽一樣付出，最後妳卻視他為空氣，所有的果都是妳自找的！」他忽然加重了語氣，像是在替另一個廣玥鳴不平。

我立刻拍案而起，俯看他：「我愛陽不愛他有錯嗎？有誰規定他守護我，我就要愛他？和他也要滾床？」

廣玥捏製白虎尾巴的手一顫，登時，白虎的尾巴掉了，但他面容依然平靜。

我憤然隔著神案一把揪住他的衣領，提到面前，看入他眸底那個小小的人影：「你看護就是為了回報？或許我也有錯，但別把所有責任推在我身上！你可是真神，心胸應該開闊一些！想想最初你對我的看護，難道就是為了讓我對你全身心的回報嗎？」

面前的廣玥冷冷淡淡地看著我，宛如只是在傳遞一個訊息，一個對我來說很重要的訊息。

我故作強忍憤怒地深深呼吸，緩緩放開他。他平靜地坐回原位，我冷冷說道：「好好做你的事，少管我們的閒事！」我拂袖而去，掀開層層銀色柳條，回眸看那個靜坐的背影。他是在告訴我廣玥入魔的原因，因為只有他看到廣玥的記憶；只有他知道廣玥到底發生了什麼事，在何時入魔。

我的頭開始嗡嗡作響。所以，廣玥入魔的誘因，是因為我對他的忽視，因為我辜負了他的情。我該好好待他，即使不愛他，也該常常去探望他，對他說一聲：「謝謝。」

而這個誘因讓他對我越來越嫌惡。我能感覺到他後面的變化，他總是用一種不完美的目光百般嫌棄地看我，那時他已經把心裡的嫌惡歸咎在我不是邪神、不夠完美上了。

而遲鈍的我，因為心裡及眼中只有聖陽，沒有察覺他的改變。

我回頭凝望遠空。心中的恨，在這個世界慢慢平靜……

第五章　令眾神畏懼的存在

我帶著反思回到聖陽的神宮。聖陽正在神泉邊閉眸凝神，神光從他的手中伸入神泉裡，如同陽光的神光越來越明亮。

他似是察覺到我回來，眼珠在眼瞼下輕輕跳動了一下，卻依然沒有睜開眼睛，繼續聚精會神地站在神泉邊，然後緩緩開口：「醒來吧……諸神們……」

登時，一道道霞光衝上高空。我只是看了一眼，隨即回到自己的搖椅中，慵懶躺下。因為當初在聖陽喚醒眾神時，我早就已經因為看到那恢弘的場面，而像個白痴一樣在那兒拍手跳躍，大呼：「好美啊～～～」

唉，我當時真是年少不更事，單純傻氣。

當一束束霞光在天空中消散後，聖陽緩緩睜開眼，溫柔地看我：「妳看上去不開心？」

「嗯。」我懶得說話。

他的目光落在我頭上：「這支髮簪是剎給妳做的？」

「嗯。」

他不再說話，靜靜站在神泉邊看著我，似是一時無話可說，神宮就這麼安靜下來。他看著我，我看著自己的手，他顯得有些尷尬，但我倒是很自在，因為在被封印的時候，每一任崑崙的掌門都會來圍觀我一下。

我已經習慣被人這樣看著了，這要感謝他對我的三千年封印！

我瞇起了眸光。手好癢，不拆點什麼總覺得渾身不舒服。

「妳殺氣很重。」他說：「為什麼？」

我轉身背對他，懶得回答。

身後是他輕輕的腳步聲。搖椅微微一沉，他坐在我的腿後，輕聲道：「我能感覺到，妳在那個黑色的單卵裡不是這樣的。妳到底怎麼了？妳不信任我了嗎？妳還記得我們隔著——」

「陽！陽！」嗤霆憤怒的呼喊從外面而來，打斷了陽越來越激動的話。陽從我身後起身，我懶懶地轉身看去，只見三個身影從遠處急急而來。

「陽！那個邪神出來了，你快看看她把琊騙成什麼蠢樣？」嗤霆憤怒地朝這裡大步而來，帝琊一邊走一邊攔阻他：「對母神大人尊敬點！」

陽落眸看向我，我勾唇邪邪一笑：「哼！」

陽再看我一眼。我聳聳肩，他似是已經了然，搖頭而笑，目光中是對我滿滿的寵溺與溫柔。

「去你的母神大人！」嗤霆氣呼呼地拉住帝琊的手臂，遠遠指來：「她是在騙你呢！」

一身黑色長衫的御人從他們身邊飄過，長髮披散在身後，目光驚嘆地遠遠落在我身上。他像是整個人被我吸引一般飄飛在地面，長長的黑髮隨他移動而輕輕飛揚，飄逸而儒雅。

他目不轉睛地看著我，頭上沒有任何髮飾，任由長髮披散。他飄到我的面前，定定地看我良久，緩緩單膝跪落，執起了我的手：「母神大人……」他崇敬而激動地俯下臉，額頭抵在我的手背上。

陽一愣。遠處的嗤霆大步到神泉邊，隔著神泉怒吼：「御人，你也傻了嗎？」嗤霆一頭半長不短的頭髮，流露出魔族之神的狂野，無袖的暗紫色皮長衣只在腰間用簡單的腰帶束起，如同奔跑在原野上的草莽少年，張狂而瀟灑。

御人轉臉看他：「嗤霆，不准無禮！你難道沒發現母神大人的頭髮和眼睛也是黑色的，是和我一樣的！」御人拿起自己的黑髮，一臉自豪。

嗤霆的臉因為憤怒，已經變成了醬紫色：「你這個蠢貨！你只要是黑色就喜歡。我拉的屎也是黑色的，要不要送你兩坨？」

「噗嗤！」我噴笑而出。御人立刻轉回臉，欣喜地看著我：「母神大人笑起來也是這麼地美。」

「乖～～」我落手撫上他的長髮：「這些孩子裡就你嘴甜～～」

「謝母神大人誇獎！」御人激動地起身。我瞥眸看聖陽，聖陽微微擰眉，露出哭笑不得的神情。

「嗤霆，快向母神大人行禮！」帝琊生氣地推了推嗤霆。嗤霆憤怒瞪他：「你們都是白痴嗎？就算我們不知道自己究竟是從何而來，但陽和玥是親兄弟這點我們是知道的，我們其他人跟陽和玥絲毫沒有血緣關係，我們的神血跟他們是沒有感應的！」

嗤霆說得沒錯，神血之間的感應成為他們確認血親的唯一證據。

帝琊怔住了神情，睜大寶藍色的眼眸，不敢置信地看向我。

御人也微顯吃驚地抬臉望向我，呆呆地看我。

帝琊寶藍色的眸光顫動起來：「妳……妳真是在騙我？」

「哼……」我單手支臉，邪邪勾笑：「我是邪神嘛～」

他寶藍色的眼睛睜了睜，目光顫動地落下，後退了一步，忽然轉身跑離。

嗤霆登時憤怒地看向我：「妳居然敢騙我們真神？妳等著！琊！」他轉身去追已經消失的帝琊。

御人依然半跪在我面前，眸中的驚訝已然褪去，在那片刻的驚訝後，他的神情並未因為我欺騙他而流露憤怒，反而多了一分好玩的念頭。他依然執著我的手說：「沒關係，妳依然是我心目中的女神，要怎麼欺騙我們都沒關係，只要妳開心就好。」說完，他俯下臉要吻落我的手背，我自然而然地抽回手。他一愣，陽目露微笑：「御人，她還不習慣別人碰她。」

他笑著點頭，起身：「那我就待在她身邊！我要陪著她！」他說得信誓旦旦。

聖陽搖頭微笑：「御，你對黑色太痴迷了。若她不是黑色的，你可還願意這麼說？」聖陽揮手拂過我的上方，神力頓時像一隻溫柔的大手拂過我的全身，金色緩緩覆蓋我的長髮、我的衣裙，我登時不悅擰眉。給我染色是不是該經過我的同意啊？

我斜睨聖陽，聖陽神情溫和從容。

在我的全身被金色覆蓋後，御人終於露出了大失所望的神情，悲傷地看聖陽：「你為什麼要這麼做？你為什麼要毀了我心目中的女神？」他像是無法再將目光落在我身上般，痛苦地扭頭：「陽，你太過分了！」

聖陽依然微笑看他：「我只是希望你不要太過痴迷黑色。」

御人百般哀怨地白了聖陽一眼：「那你答應我把她變回來，我就不纏著她。」

「好。」聖陽溫柔點頭。

御人像是忍痛般轉身，抬手揮過我面前空氣：「等妳變回來，我再來看妳。」

「滾！」我眯起了眸光，只給他一個字。

登時，他消失在我的面前。聖陽輕笑搖頭。

我斜睨他：「你這樣真的好嗎？我以為我騙單純的帝琊已算惡劣，但你更可惡。」

聖陽的笑容漸漸淡去，目露認真：「我是男人，我瞭解男人，我只是不希望妳被甜言蜜語迷惑。」

「哈哈哈哈——」我仰天大笑，真是好笑，這句話聽起來更像是吃醋，擔心我被御人給搶跑了。

我收起笑，坐起身，瞥眸冷冷看他：「那我也告訴你，我是女人，我瞭解女人，我們女人不喜歡看自己的男人對別的女人好。所以如果你愛上一個女人，請跟別的女人保持距離，不要太過關懷。你視她們為妹妹，但她們可不把你當哥哥。」說完，我轉回臉正視前方。男人和女人的話題可以爭辯上萬年，也不會有個結果出來。

女人不需要被懂得透徹，只需要對方好好去疼、去愛。

「為什麼？」他的話語裡是絲絲的不解：「我是男人，但我看到妳和我的兄弟能夠相處融洽，我很高興，即使妳騙了他們，也是因為妳貪玩，妳是在跟他們玩鬧——」

「哼。」我哼笑一聲，讓他止住了話音。我瞥眸看向他：「如果女人跟你一樣，還叫女人嗎？女人是你們即使活上萬萬年，也不會懂的生物。所以，你還是別嘗試著想要看懂我們了。」我瞥回眸：「這點御人倒是做得不錯，只要對方高興就好，他可以為她付出一切。哼！可惜他之所以喜歡我，只是因為我黑得完美。」

「妳……似乎對我們每個人都很瞭解。」聖陽的目光變得專注起來，細細打量：「妳真的是……我所守護的那個人嗎？」

我的唇角微微咧開：「一旦時候到了，你自然會知道真相。」我慵懶地再次側躺而下：「但在這之前，我玩得很開心，現在眾神已經甦醒，你不是應該舉辦一場酒會，讓大家彼此認識、慶祝一下嗎？剎和珋都是喜歡熱鬧的人。」我瞥眸看向聖陽，他應該感謝我能夠如此和平地跟他單獨相處那麼久，感謝我到現在還沒發瘋才對。

他想了想，點點頭：「好，先準備酒會。關於男人和女人的話題，我還會繼續和妳探討。我喜歡跟妳討論問題，妳是一個非常有智慧、聰明的女神，妳與我們六人很不同，妳似乎比我們知道的東西更多。」

我壞壞地笑了，抬起腳踢上他的大腿：「當然～～我是你們的娘嘛～～」

他一怔，目露無奈地搖頭笑了，再次抬眸溫柔地凝視我：「那……我們應該怎樣稱呼妳呢？」

我邪邪地笑了：「我知道你心裡已經有了個名字，但我希望你現在不要說出來。」

他再次因我的話而怔住了。

我收回看他的目光，望向自己化作黑色的指甲：「把這個名字先留在你的心底，等時候到了，你再問我想不想要你給我取的名字。現在，我叫娘娘，你們都要叫我娘娘。」

「娘娘……」他輕輕低喃，似是在細細品味這兩個對他們還陌生的字。

我之所以不喜歡魅姬這個名字，是因為對陽的恨。但我無法否認，在還愛著他的時候，我很喜歡這個名字。

但現在，我不是他的魅姬，這個名字還是等到我離開後，再讓他說出來給這裡的魅姬聽吧。

❖

一切又像是歷史重演般在我的眼前上演——眾神的酒會，那是我第一次與眾神見面、第一次參加神界的宴會。我還記得那時我激動而興奮，一直跟在陽的身邊。也正因為那時白痴般的激動，已經開始惹來眾女神豔羨的目光。而這些豔羨的目光，在漫長的歲月後，變成了妒恨。

我那時在激動什麼？廣玥造出來的東西明明還不算豐盛，酒也普普通通，連肉都沒有！對了，那時神族不吃肉，因為動物也是生靈，他們不吃。

別看我和聖陽之前在神泉邊彼此不說話只有一小段時間，這一小段時間，下界的世界已發生了翻天覆地的變化。廣玥造物完成，山川河流形成，樹木林立，飛禽走獸和妖獸魔獸是第一批著陸的生靈，並已經在大陸上繁衍。

在眾神的酒會後，人類開始投放繁衍，神界的時間在這一刻會有所調整，與人間同步，此時六界未分，各族在一起生存，神族會到下界向人類傳導，得到他們的信仰，這份信仰便是各個神族今後生存和獲得神力的來源。

當我以為這裡的眾神酒會也會和我那時一樣時，眼前的一切不得不說還是讓我小小地驚喜了一下。

長長的白玉神案上擺滿了琳瑯滿目的水果和食物，水晶的容器裡是不同顏色的美酒佳釀，芬芳四溢，讓人迷醉。透明的容器透出這些美酒的各種顏色，化作七彩水晶擺放在神宮各處。銀色的柳條浪漫地垂落，在光芒中閃爍幻彩的光芒，一朵朵鮮豔的奇花在柳枝上飄搖，讓整座神宮變得光怪陸離。

我勾唇笑著，這一定是這裡的廣玥借鑑了我們那裡的酒會，提前造出這些美味的果酒吧。豔麗的神宮讓聖陽也一時怔愣：「這是……玥準備的？」

「嗯。」剎手捧果盤從另一邊而來，落在我們身邊：「是他沒錯，我看著他布置的。」

我邪邪地笑了：「這才像個酒會嘛。嗯~~好像缺了點什麼？」正說著，從神宮銀色的柳條之間傳出了優雅的樂聲，我滿意地點頭：「這才對，沒有音樂怎成宴會？哈哈哈哈——」

「看來我來早了。」御人的聲音出現時，他已浮現我的身旁。當看到我恢復黑色後，他再次目露讚嘆：「美！我的女神真美。」

我冷冷瞥眸看他：「嗤霆說得對，他拉的屎也是黑的。」

登時，御人的臉上浮出尷尬之色，又露出一抹哀怨的目光睨向聖陽：「都怪你，女神不喜歡我了。」

「呵……」聖陽垂眸而笑。

殷剎淡淡看向聖陽，面無表情：「你打算把她鎖到什麼時候？」

聖陽的笑容一時凝滯，眸中的目光忽然複雜起來。他深深看向我，我瞥眸冷睨他，他微微蹙眉，露出一抹猶豫：「到你們都同意給她解開的時候。」

「我同意！」御人第一個說，執起我的手，優雅地拾起垂掛在我手腕下的金鏈：「這抹金色破壞了我女神的美，實在俗氣。」御人連連搖頭，百般的受不了，如同玄黑的布料上突然滴落一滴別的顏色，讓他不舒服。

「哦……你真是夠了。」我受不了地翻了個白眼，抽回自己的手。

「也就是說我們之中只要有一人不同意，你就不會摘除？」殷剎擰眉看聖陽。

聖陽點點頭。殷剎沉眉深思，看向御人：「你會幫忙嗎？」

「當然。」御人依然擰眉看著那金鐲，百般嫌惡：「太破壞美感了。」

我撇開臉，正好看見嗤霆板著臉遠遠而來。當看見我與眾神一起在場時，他的眸中幾乎都要噴火了。

「你們怎能讓一個邪神來參加酒會？」嗤霆劈頭蓋臉地怒喝。

「霆！」聖陽忽然目露威嚴：「她雖是邪神，亦是真神，邪神也是神。若她不能來參加，你這魔神也不能來了。」

嗤霆一怔，看著聖陽忽然威嚴的臉，久久沒有回神。

我邪邪而笑。聖陽很少會用威嚴的語氣，他一直以溫柔待人。但他的大愛漸漸的讓大家不把他的威嚴當一回事，因為他威嚴之後從不懲罰，反是寬容。

哼！

這算是聖陽第一次威嚴吧，對大家還是有用的。我不由失神，如果在我的世界，聖陽哪怕有一次像這裡的聖陽一樣，如此威嚴地對嗤霆說這句話，以正我真神的身分，那麼後來的事，是不是就不會發生？

無論如何，這裡的聖陽還是讓我吃驚了。我從沒嘗試去改變他，但是，似乎因為我的個性和與他相處的方式改變，而讓他也發生了意料之外的改變。

當然，這一切都是因為在這個世界，他們已經視我為真神。

殷剎和御人也微露驚訝地一起看向聖陽。

嗤霆怔愣許久，緩緩回神，看向御人和殷剎：「你們也這麼覺得嗎？」

御人優雅地點頭微笑：「當然！而且我的女神可從未騙過我。」

嗤霆受不了地看御人兩眼，再看殷剎：「剎，你算是他們當中最冷靜的一個，你怎麼也跟著他們一起犯渾？」

殷剎面無表情地認真看他：「霆，你怎能歧視別的神？你自己也是魔神，你真的從她身上感覺到邪氣了嗎？」

嗤霆一時語塞，再次朝我看來。我對他單手扠腰，邪邪而笑，指向自己的臉：「我只是笑得邪～～我也可以和你們一樣笑得聖人～～」說完，我收起邪笑，微微撐開雙手昂起臉，神光瞬間環繞我的全身，身上黑衣化作世上最純淨的白水晶般的顏色，雙腳微微離地；俯下臉時，我的臉上是和聖陽一樣聖潔的微笑。聖陽頓時怔住了，金瞳之中是深深喜悅的目光。

殷剎的臉上也浮現淡淡微笑；御人變得目瞪口呆；嗤霆則是徹底呆滯地仰臉看我，我如聖陽般聖光環繞的身姿映在他的眸中，他看得愣了神。

我緩緩張開懷抱：「我的孩子們啊……母神看到你們如此認真造世，心裡真的……很欣慰……我……愛你們——」

「噗嗤！」殷剎第一個笑了出來，他的笑聲讓御人回神，也優雅地抬起手掩唇暗笑。聖陽輕笑搖頭，看向還在發呆的嗤霆：「霆，我們是真神，我們可以改變外貌，別讓她再看我們的笑話了。」

嗤霆看著我，依然沒有回神，直到我收回聖光，衣裙再次染上黑色。我回到原地，伸手在他面前打響了響指，啪！

他猛地回神，第一個反應卻是全身打了個冷戰，接著臉猛地漲紅，鬱悶地轉身：「但她騙了琊就是不對！你知道琊有多傷心嗎？」他生氣地說：「他都不願來酒會！」

「呿！」我不屑地白了他一眼：「不過是小孩子受了欺負，賭氣而已。我去叫他來。」

「妳？」嗤霆轉身，滿臉的懷疑：「妳不會再騙他嗎？」

「哼！」我邪邪地笑了：「放心～～我不騙他。你們等我的好消息吧。」我掃視眾人一眼，起身飛起。

「妳知道琊在哪兒嗎？」聖陽立刻問。

我在空中轉身對他眨眨眼：「我當然知道，我是你們的娘嘛～～哈哈哈——」

聖陽露出無奈一笑。我大笑著，轉身離去。

帝琊小時候——哼！我只能用「小時候」來稱呼他還單純的時期——一遇到不開心的事，就會去聖巢。

聖巢是他造妖獸精怪的地方，那裡很神聖，也很安靜。

我輕輕飛落聖巢上方。聖巢裡是大大小小五彩斑斕的蛋，每顆蛋都散發出朦朧純淨、和它自身顏色相同的柔光，使整個聖巢被一層聖潔的光芒覆蓋。無論是誰看見這安靜純淨的光芒，心都會因為這些尚未出生的妖獸寶寶而融化的。

可惜，這裡最後變得荒蕪，只剩下那些妖獸精怪留下的殘破蛋殼。那些殼也失去了光澤，宛如失去主人的愛，在孤獨和寂寞中漸漸褪色。

在帝琊迷戀女色後，這裡被他漸漸遺棄，讓他忘記最初造世的自己，失去了那顆曾經純淨的心。

朦朧的暖光之間，我看到了那抹鮮豔的藍髮。我輕輕飛落，見他正抱著小八翼，悶悶不樂。小八翼乖順地躺在他的懷抱中，時不時伸出小小的舌頭舔舔他的臉。可惜，牠的舉動並未讓自己的主人開懷。

「是不是很難過？」我輕飄飄的聲音吹拂在他的後腦杓。他身體一僵，立刻抱緊小八翼，扭頭不理我。

我邪邪勾唇，落在他的身後，我俯下身到他耳邊：「是不是很氣憤？」

他更加轉開臉。

我再湊上前：「那就記住這種感覺吧，以後不要欺騙別人的感情。你的俊美和你真神的身分，會讓別人自然而然地信賴你。當你欺騙他們時，他們會比你現在更加傷心、更加氣憤……」

「我才不會騙人呢！」他生氣地轉回身，仰起臉瞪我，寶藍色的眼中滿是純真。

我笑著退回身形：「你是真神～～不死不滅～～你會漸漸變得無聊，漸漸想去尋找更加刺激的事情。你會遺棄這裡，會離開這裡……」我指向周圍，瞥眸看他。他立刻懷抱八翼起身，恨恨看我：「我才不會！這些都是我的孩子，我捨不得離開牠們，牠們不會像妳一樣欺騙我！」

看著他憤怒的神情，我邪邪地笑了：「好，你可得記住今天的話，不要遺棄這裡。因為……這裡才是你的初心。」

他一怔，藍色的眼睛閃爍起來，如同兩顆藍寶石在光芒中閃耀。

我的眸中開始流露邪氣：「記住……我是邪神——」我的嘴角緩緩咧開，以沙啞而邪惡的聲音在他的面前低吟：「一旦你心生邪念、貪色好淫，那時……你的神魂——就是我的囉——哈哈哈哈——」

他看著我，眸光猛地顫抖了一下，似是心中生出了一絲畏懼，懷中的八翼更是再次哆嗦，捂住自己的眼睛：「嗚……嗚……」

他的臉色也漸漸在我邪獰的大笑中發白，整個人竟是後退了一步。

我陰邪地瞥眸看他，伸出舌頭舔了舔嘴唇：「你的神魂～～味道一定不錯～～」

「妳騙人！」他眸光收緊，渾身閃耀神光：「我是真神，妳怎麼可能拿到我的神魂？」

「哈哈哈——」我好笑地看他：「只要你心生邪念，就會墮入邪道。而我是邪神，所有邪惡都歸我管，那時你也是邪神了，你說，你……是不是歸我了？」我瞇起眼，故作期待地看他。他的眸光開始發顫，顯然已經信以為真。

但我並未完全騙他。如果順著我的時間發展，最後他依然會變成那個墮落的帝琊，被我拆掉神骨、奪去神魂！

「哼……」我收起邪笑：「但若你沒有墮入邪道，我拿你也沒轍～」

他抱緊懷中的八翼，狠狠白我一眼：「哼！我才不會讓妳這個邪神得逞，奪走我的神魂！」他的眸光分外閃亮。我從他堅定的眸光中，似乎已經看到了一個不一樣的帝琊。

我挑挑眉：「好啊，那就看看最後誰會贏。現在……你去不去酒會呀？你可是真神，不過是被我騙了一下，便躲到這裡哭鼻子，會不會～太幼稚了？」我伸手去捏他的鼻子。啪的一聲，他拍開我的手，依然生氣地看我：「我才沒哭鼻子……我這就去。」

說完，他轉身欲走，似是不放心地轉回身，一把拉起我的鐐銬：「妳不能留在這兒，會教壞這些孩子的！」他掃視那些安靜的蛋，眸中的視線變得柔和。

「哼……」我輕輕一笑，起身緩緩飛起：「知道啦～記住你的話～我可是會時時盯著你們的神魂哦～」我指指自己的眼睛，再指指他，他的雙眸是滿滿的戒備。小八翼在他的懷中，害怕得全身變成了青色。

❖

我飛在神界的天空之中。現在眾神應該已經去了宴會，安靜的神界像是只有我一人。我慢慢飛過神界的每一處，絲絲回憶隨著那熟悉的景物緩緩浮現眼前。在來到這個世界前，我滿心憤恨，看到熟悉的景物只想通通摧毀。

來到這個世界後，我因為不想毀掉另一個魅姬的世界，只好讓自己的憤怒平息，總算可以像現在這樣，平靜地看著這裡的每一個地方、每一個……我曾經恨過的人。

這時……小紫應該還沒出生吧。

我看落身下的花海。克制心裡的恨後，我發現自己還是愛著這裡的，愛著這個伴隨我成長的地方，我在這裡有很多很多美好的回憶……

我靜靜落在神界的花海裡，眼前彷彿浮現孩子們跑過花海、揚起花瓣的畫面。我閉上眼睛，聽見了孩子們的歡笑聲，他們是神族的第一批孩子。那時六界未分，各個種族生活在一起，神族和神族相愛，神族和其他種族相愛，而他們的孩子便會送回神界，成為新的神祇。

我看到站在不遠處的那個小小身影——是紫垣，他害羞地遠遠看著我。奇湘跑向了他，把他撲倒，化無緊跟著跑來，又撲倒了他們兩個，震起無數花瓣。然後，吃不飽衝向了所有孩子們，把孩子們衝散，弄得漫天花瓣飄飛，小小的百花精靈們怨聲載道，紛紛跑去向花神洛兮抱怨抗議。

呵……

輕輕的，耳邊傳來衣袍碰觸鮮花的聲音。我睜開眼睛，眼角瞥見了那柔和清淡的月光。

「告訴我，你希望我是邪神嗎？」我轉臉看向他。他懸立在一朵斑斕的仙花之上，側落臉深深俯看我。我抬臉凝視著他：「請你告訴我。因為……你是最初的他。」

他的目光顫動了一下，靜默地垂下臉，搖了搖頭。

我站起身，拉住了他的手：「那你告訴我，你心裡是到底怎麼想的？因為，我在他那裡已經得不到答案了。」

「我……」他微微擰眉，抿了抿唇，轉眸看向我，目露認真：「我希望妳是我和陽的妻子。」

我一怔，握緊了他的手：「你希望……我是你們的妻子？」

他點點頭，眸光逐漸變得朦朧，如同蒙上雨霧的暖月。一縷尷尬與羞澀劃過他的雙眸，他的臉開始微微發紅。他側開了臉，抽回自己的手，放入袍袖當中，目光變得平靜：「你們不能再留在這裡。」

「哼……」我恢復邪邪的笑：「知道了～我還要復仇呢！在這裡整天看著你們，卻不能拆你們神骨，讓我很不爽！」

「呵。」他若有似無地笑了一聲。

我的雙腳也緩緩離開花海，飛到他面前，單手扠腰瞥眸看他：「我可是很喜歡喝酒的，怕自己喝多了會瘋，所以先教你一道困神陣。若是我瘋了，你可以阻止我。」

他抬眸看向我。被金鐲限制的神力流過指尖，我在他面前畫出一道小小的神印，他看得很仔細。

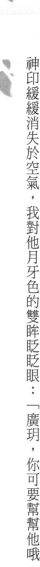

神族並非一開始就擁有強大的神術，最初的他們只是空有一身神力，神術是大家在摸索中漸漸學會的，包括聖陽他們也是後來才學會更加強大的神術。即使在我的世界的現在，神術仍在不斷地創造當中，唯有這樣，在戰爭中才不至於被人打敗。

神印緩緩消失於空氣，我對他月牙色的雙眸眨眨眼：「廣玥，你可要幫幫他哦，你是知道我發瘋之後會發生什麼事的。」他見過我入魔，知道我入魔後會化身成怎樣的惡魔。我邪笑地伸手環上他的脖子，看入眼底那個小小的身影：「萬一～我失控了～我可不保證不會吸人哦～～哈哈哈哈——」

我放開面前的廣玥，轉身飛入空中。今天是個喝酒的好日子，很多事情要是大家不醉，還真沒機會呢。

哼哼哼哼！哈哈哈哈——

❖

再次回到宴會時，整個會場異常安靜。只見眾神已經來到那銀色的柳條之下，目露恭敬和激動地仰看聖壇。

會場的中央是高高在上的神玉聖壇，無瑕潔白的聖台閃耀著暖玉般的神光，神聖而莊嚴。而在那聖壇之上，站著聖陽、御人、殷剎、帝琊和嗤霆。廣玥從我身邊平靜飛過，側眸看我一眼，我瞥眸邪邪看他，他收回目光，落於聖壇之上。

遠遠的，聖陽的目光朝我們看來。他金色的瞳仁中微微劃過一抹訝色，隨即目露溫柔地望向廣玥。

當我們落下後，聖陽微笑地看著我們：「你們和好了？」

「哼！」我邪邪一笑。廣玥平淡地垂眸：「算是吧。」

殷剎的臉上帶出一絲心安的淡淡笑意，讓他的臉上更添了分柔和。倒是帝琊和嗤霆，和我那個世界的一樣，站在一起狠狠瞪視我。

此時，位於中央的聖陽撐開雙臂，登時神光從他身上綻放，包裹了整個聖壇，而他溫柔響亮的話音也從他的神光中傳出：「各位神族，望你們能各司其職，與我們共同守護這個世界——」

「遵——神旨——」齊齊的激動喊聲響徹整個神界。我俯看下去，見他們無不崇拜地仰望我們。我看到女神們以截然不同的目光看著我，我真神的身分已經深入她們心底，感應到她們對我的崇拜和信仰……她們把我當作她們的女神至尊！

只是一個身分的轉換，卻讓兩個魅姬走上截然不同的道路。

邪笑從我嘴角揚起，邪氣也開始環繞我的全身。神光自我的身上綻放，緩緩壓過聖陽的神光，將他那身如同太陽般聖潔的光芒漸漸吞沒，讓整個聖壇瞬間化作令人恐懼的黑暗之光。

「妳在幹什麼？」嗤霆登時厲喝，卻被殷剎伸手攔住。帝琊和廣玥不約而同地看向殷剎，殷剎面無表情地看著他們。御人眉目含笑，依然一副「只要我的女神高興，做什麼我都不會阻止」的模樣。

聖陽轉過身來，微露不解地看我。我看都不看他們一眼，邁步上前，單手扠腰俯看面露惶色的眾神，他們就像初生的小鹿般未經大事，遇事慌張。

我邪邪俯看他們：「這裡有太陽神……」我指向聖陽，然後一一指向廣玥等人：「有月神、有人神、有冥神、有妖神，還有魔神。我想你們已經知道他們各自掌管什麼，但你們……是不是還不太清楚我這個邪神掌管什麼？」

眾神在下方面面相覷。

娥嬌冷靜地仰視我：「娘娘，您不是掌管我們女神嗎？」

我邪邪地笑了：「不錯，妳們這些女神是我幫助聖陽造出來的。但既然娘娘我是七位真神中唯一的女神，如果只掌管妳們女神，豈不是丟了妳們的臉？」我邪邪地咧開嘴角，娥嬌和瑤女等一眾女神登時目露崇拜，激動地看著我。

我撐開雙臂，光翅隨即在身後綻放。洪亮而足以震盪天地的聲音從我口中而出：「眾神聽著！吾乃邪神，掌管陰暗。若你們之中有人心生邪念，吾自會感應；當你們墮入邪道，你們會失去做神的資格，神魂也會被吾囚禁！吾是審判的存在——望你們謹記——」雄渾的聲音在肅然安靜的神界中不斷迴響，我的話瞬間讓整個宴會的氣氛緊繃起來，眾神的臉上也露出絲絲敬畏之色，紛紛垂下臉，比在聖陽面前更加恭敬！

「小神謹記——」眾神在我的周圍紛紛下跪，異口同聲。聖陽佂立在我身旁，我瞥眸邪笑看他，輕輕而語：「我知道你愛這裡的每一個孩子，若他們做錯事，你也會捨不得懲罰。所以這個惡人……就讓我來做吧。」

他緩緩看向我，目光之中卻浮現絲絲不解和氣憤：「妳為什麼要嚇他們？他們不會做錯事的。」

「哼……」我瞇眸笑了：「是，現在不會。但一千年、一萬年後呢？」

他怔住了。

我緩緩收回黑色的神光與神力，轉眸再次看向眾神，臉上露出與聖陽一般暖人的微笑，柔聲而語：「好了，都起來吧。是不是嚇到大家了~~只要你們謹守本分，時刻謹記自己為神的職責，自然不會心入邪道。今日酒會是為迎接你們降生而準備的，去好好地享受快樂吧！」

「謝神主賜宴——」眾神們紛紛起身。神光再次籠罩，音樂再次而起，他們目露喜悅和激動地看向彼此。仙果仙酒飛入空中，慢慢飄浮——酒會正式開始。

聖壇開始緩緩下降，神案浮現其上。我轉身嫌棄地看著聖陽：「你會不會教孩子？愛過了頭就是溺愛，孩子們會爬到你頭上的。」

他看我許久，無奈一笑：「或許，妳是對的。」他的目光再次溫柔地注視我。

他不會怪我的，因為他是聖父聖陽。

「走，我們喝酒去。」帝琊拉住嗤霆，小八翼趴在他肩膀上，小心翼翼而害怕地看我。帝琊也生氣地看向我：「你也要小心她。你是魔，她是邪，你的神魂小心被她盯上。」

嗤霆不悅地白了他一眼：「雖然不想承認，但邪魔力量之源相同，所以她應該不能拿我怎樣吧。」

「你們力量之源相同！」帝琊登時驚呼地看嗤霆：「對啊，我怎麼忘了！那你也離我遠點，別帶壞我！」帝琊說完，自己跑了。

嗤霆呆立許久，懊惱地一跺腳：「琊！琊！我是不會囚禁你神魂的！」

御人、殷剎和廣玥先是看著他們，接著彼此看了看，紛紛朝我和聖陽行了一禮，轉身離開。

「跟我一起去見眾神吧。」聖陽微笑邀請我。我邪邪一笑：「經過剛才的事~~他們怕我都來不及了，我還是不去掃他們的興，先喝酒去。」說罷，我也飛離聖壇，從空中抓了一只酒壺，朝殷剎的方向飛去。

殷剎正準備落地，我從空中截住了他，挽住他的手臂，再把他從眾神面前拉起。眾神驚呼起來：「娘娘！殷剎大人——」

殷剎疑惑看我。我微笑看向前方：「我有正事。」

他盯著我一會兒，轉回臉，陷入沉默。

我挽起剎的手臂飛離，感覺到了聖陽遠遠而來的目光，我回眸對他邪邪一笑，轉回身把剎拉入銀色的柳枝之間，飄搖的柳枝很快遮蓋了我們的身影。

我直到把他拉入柳枝深處後，才緩緩落下。

柳枝深處正是神宮的正中央，一座精美的噴泉汨汨地冒著仙氣。溫暖而清香的仙氣從噴泉中溢出，鋪蓋在地上，在我們落下時，微微掀起薄薄的氣浪，露出我們腳下的一片神玉。

我環顧左右，隨即認真地看殷剎：「你信我嗎？」

他看落我，神情變得嚴肅起來：「妳想做什麼？」

「我需要力量，你現在能給我嗎？」我深深看他，他登時一怔，青色的眸光閃爍了一下，卻是垂落一旁，點了點頭：「……嗯。」

我看著他側開的臉。他已經失去第一次被我吻時的平靜，微帶尷尬的神色透出他的羞澀與更多的感情。他顯然已經無法平靜地面對我吻他的這件事，儘管知道那只是在吸取他的神力。

我凝視他一會兒，伸手緩緩勾住他的脖子。他的眼睛眨了眨，不看我地慢慢轉回臉，閉上眼睛。這一刻，我頓住了身形。

他的睫毛在仙氣中輕顫，我的手環在他的脖子上，感覺到他心跳的加速。我心中劃過一抹心慌——我不能奪走屬於這裡魅姬的殷剎，不能在另一個世界留情，否則就不僅僅是改變歷史了。

我擰了擰眉，緩緩放開了他。

他睜開了眼睛，有些擔憂地看向我：「怎麼了？」

我淡淡地笑了：「沒什麼……我忽然覺得不吸更好，因為你始終會幫我，是嗎？」

他也淡淡地揚起一抹微笑：「是。」

我笑了，笑容漸漸帶出狡黠：「其實，我要抓個人。」

「捉誰？」他更加認真。

我揚起臉，壞壞地笑了：「現在還不能告訴你。但你我心靈相通，你若信我，到時我喚你時務必幫我……無論你看到了什麼。」

他的神情在我的壞笑中，更加顯得嚴肅，卻是毫不懷疑地點點頭，沉沉地應了一聲：「嗯。」

我感激地看他良久，他的眼神在我的目光中流露一絲迷惑。我的心裡浮出剎的身影，他總是站在我身邊，信我、幫我、守護我。

「怎麼了？」似是見我失神，他關心地問。

我回神看他：「當我喚你之時，你就會知道真相了。而這個真相足以改變你的一生……所以，我還在猶豫。」

當我說完時，卻輪到他久久看我，平靜的目光像是能坦然地接受一切。他深思片刻，再次看我：「我不知道我這一生會變成怎樣，既然不知，我只關心此刻，關心身邊的人。小妹，妳多慮了。」

他認真的話語如同大哥的諄諄教誨，真切而讓人感動。

我感激地看著他，與他相視許久，惺惺相惜，隨即對他壞壞一笑：「我得先去勾引我要捉的那個人了。對了，我送你樣東西吧。」

他聽著我的話，目露認真：「勾……引？」

「嘻嘻！」我但笑不語。他愣了愣，卻也露出淺淺的笑容。

我伸出右手，手心向下，無害的神力流過金鐲，凝聚掌心，手指開始慢慢抓握，下方的仙氣在神力中震開，一塊神玉從地面中緩緩浮起。

神玉懸浮在掌心之下，在我的神力中修整稜角，化作魚形，剔透的雙魚頭尾相接，如同陰陽。神力化作黑色流蘇和繩結，拴在雙魚玉佩兩端，散發鎏金的絲光。

我將玉佩拿在手中，伸手掛在殷剎的腰帶上：「這塊玉佩可以吸收你身上的陰氣。你因為造魂，身上陰氣太重，會讓靠近你的神族身體不適。你是真神，他們的神力無法阻擋你的陰氣，這會讓他們疏離你。但是有了這塊玉佩，他們便不會不適了。」我抬臉看他，似是玉佩吸收了他身上的陰氣，讓他的臉不再青白，只是比常人更加蒼白一些。但這份恰似病態的蒼白，反而讓他多了一分神祕和惹人心憐。

他看看我，又看看玉佩，青色的眸中帶出一絲謝意：「謝謝。」

我笑了，想起還有一件重要的事：「對了，我還要教你一道神印，在我喚你時可用。」說罷，我在他面前畫出神印。他目露驚奇，此時他們尚未掌握那複雜的神術。

「這是……」

他身後銀色的柳枝開始擺動，有人前來了。我揚唇一笑：「是要抓那個人用的。我先走了。」在我轉身時，柳枝間已經傳來帝琊的喊聲：「剎——我們喝酒去——別跟那邪神走太近，她太危險了——」

哼！我不由搖頭。帝琊忽然讓我有種一夜長大的感覺。

但是，我的帝琊哥哥又是為何突然轉變的？曾經純真純善的他，至多只是好色，如這裡的帝琊一般，那也是出於對女神的好奇，卻在一夜之間變得放浪形骸，分了六界之後，更是酒池肉林，貪淫好樂，讓聖陽心痛。

這裡的帝琊已經發生改變，未必會經歷相同的事件，我無法像詢問這裡的廣玥一樣，得到答案。

而我那裡的帝琊……

一想到他那副享受折磨的變態模樣，我就頭痛欲裂，想來也是問不出答案。說不定連他也忘了自己最初的樣子，以及為何而變。

應該讓他也來看看這裡，這裡或許可以喚回我們所有人的初心。

漸漸的，我已經看到了獵物，他正立於眾神之間，面容冷淡。眾神向他敬酒，他便一一回禮，但不交談。眾神心生敬畏，在敬酒後紛紛退開。

他似是有所感應，轉臉看向我，我正欲上前，卻被一群女神攔住，為首的正是娥嬌和瑤女。再見她們，我依然胸悶，儘管她們此刻眼中是對我深深的敬仰與崇敬。

「娥嬌和瑤女帶一眾女神向娘娘敬酒。」她們一起拿起酒杯，目露激動、興奮與期待。

我笑了。我得給這裡的魅姬留下良好的印象和關係，別讓她們覺得我跟廣玥一樣，高冷臭屁。

我溫柔地笑看她們：「姊妹們的酒，本娘娘一定喝～～」我一口飲下，她們激動地握緊自己手中的酒杯，一個個臉上紅撲撲，尤其是花神洛兮，如同紅牡丹在她的臉上綻放。

我看向每一位女神，她們像是接受洗禮般，渴望我的目光落在她們的身上。我溫柔地問：「剛才嚇到妳們了嗎？」

「沒有沒有，娘娘！」她們急急地說，眸光閃閃，激動萬分。

我勾唇壞壞地笑了：「娘娘我只是想保護妳們。妳們看看那些男神，一個個如狼似虎的目光，娘娘不希望妳們被欺負～～」

登時，她們的神情緊繃起來，紛紛看向周圍的男神們，果然他們正激動渴望地看著她們，那渴望愛情的目光無需解釋，也讓眼前的這些女神們本能地心生了羞澀與戒備。

這是一種本能，即使她們初生也能感應到。

娥嬌的目光登時放冷，瑤女也冷笑勾唇：「哼！」

娥嬌鄭重向我一禮：「娘娘為保護我們如此苦心，我等還不自知……多謝娘娘提醒。」

「謝娘娘提醒。」一眾女神在娥嬌的率領下，向我再次一禮。

我勾唇而笑：「嗯，大家小心便是，別讓那些臭男人占了便宜。去玩吧。」

「是。」

「姊妹們～～把頭抬起來，讓那些男人們給我們舔鞋！」瑤女率先把頭抬得高高的，不屑地瞥了那些男神一眼，婀娜地領著眾女神從他們面前走過，不看他們一眼。

男神們紛紛目露氣餒。我揚唇而笑。要讓他們知道，聖陽造女神不是為了給他們解決欲望和做妻子的，而是與他們一樣，為了守護這個世界！

娥嬌和瑤女帶著女神們紛紛散去，從她們的身後再次浮現廣玥清冷的身影。我對他勾唇一笑。玥哥哥，我來了～～

我手提酒壺，晃到他的身邊，他冷淡平靜地看我。我笑道：「我知道你不喜歡這種場合，要不要……出去？」我瞥眸看他。他靜靜看我片刻，雙眉忽的收緊，臉上浮出一抹痛苦之色。他抱住了頭，我搖了搖頭：「廣玥～～兩個神魂共處一個肉身，遲早會彼此吞噬的～～」

他有些痛苦地呼吸，緩緩平復，再次抬起臉，目露平靜：「我沒事。」

「哼。」我輕輕靠上他的手臂，倒了一杯酒，放到他面前：「對不起，咬了你。」

他從我手中接過酒杯，淡淡看我一眼：「無礙，那不是我。」說完，他喝了酒。我笑了：「他一直希望我成為眾神畏懼的存在，現在……我可算是做到了？」我瞥眸看入他月牙色透亮的眼底。

「嗯。」他應了一聲，眼神浮出一絲複雜的光芒。我邪邪地笑了：「怎麼？我變成你希望的樣子，你又不高興了？還是……你希望我把另一半也做到？」

登時，他的眸光收緊，浮出了絲絲恰似壓抑般的隱忍。

我用手臂撞撞他：「出來聊聊吧。這個世界全是孩子，聖陽他們也單純得像白痴，我很悶的～～雖然我們是敵人，好歹你我也是最瞭解彼此的人～～」

他月牙的瞳仁劃過一抹白金的神光，漸漸失神。片刻後再次變得冰涼，但已不再是方才那般的透徹。他擰起眉，瞥落眼眸看我：「妳不是很享受這裡嗎？」

我邪邪一笑，拉起他的手，向前邁出腳步。周圍的景物瞬間變成了廣玥的神宮，面前是汩汩神泉，和那張安靜的神案。

神案旁的那棵蘋果樹竟然沒有被銷毀，每一顆蘋果都染上了金色。

我勾唇看著眼前的蘋果樹，繞著它緩緩而行：「那當然～～我在這裡成了真神，而且還是第一女神，連嗤霆都開始忌憚我；又成了眾女神之首，與聖陽平起平坐。實在是順風順水，我都不想回去了呢～～」我摘下一顆金蘋果，從果樹後方看他，他倏然消失在空氣中。我冷冷一笑，轉身看向面前的空氣，他果然從那裡浮現，朝我邁進一步。我往後退一步，靠在蘋果樹銀色的樹幹上，蘋果樹輕搖了一下，滿樹銀葉在仙氣中輕顫，銀光閃閃。

我抬臉瞥眸看他：「你把這棵欲果樹留著，是什麼意思？」我張開口，喀嚓！咬了一口欲果，果汁比上次吃到的更加香甜，讓人欲罷不能。

他緩緩伸出手，撐在了我的臉龐，深深俯看我：「萬物成有因，它的出現必有它的使命。」

「哼……」我提起酒壺：「喝嗎？」

他看看，拿過酒壺，轉身坐在了蘋果樹下，華麗的衣衫墜地。我看他一眼，邪邪一笑，坐在他的身旁。

他喝了一口酒，凝視前方：「神界很久沒有宴會了。」

「誰讓你們分家了？」我拿過他手中的酒，也喝了一口。

他默默地垂下臉，朝我伸手，我再次把酒壺放入他手中。他忽的揚臉高舉酒壺，大幅度的動作讓他月牙色的長髮顫動，高舉的手臂衣袖滑落，露出半截晶瑩剔透的藕臂。

酒液從壺嘴中流出，不斷地倒入他的唇中。即使酒液溢出了他的嘴角，順著他的脖子流入了他的衣領，他也依然擰眉不停地喝入，像是在發洩壓抑太久的存在——可能是苦悶、是痛苦、是糾結、是憤懣、是太多太多可以化作腥臭的淤泥，孕育魔障的溫床。

我用復仇來發洩自己的恨，而他一直在隱忍，無處可發洩的他，怎能不入魔？

我瞇了瞇眸光，朝他探去身體，來到他的臉邊，伸出舌頭，輕輕地舔上了他的嘴角……

他的動作登時一滯。我瞥眸看他一眼，邪邪一笑，伸手勾上他的脖子，沙啞而語：「這裡……什麼都好……就是男人太單純，沒意思……我太久沒跟男人在一起了……玥，你我都已入魔，不如就此留在這裡，吞噬這裡的我們。你幫我取代這裡的聖陽，登上主神之位，好嗎……」

他緩緩放落手臂，呼吸開始急促起來，帶出一絲熱意的呼吸染上了瓊漿迷人的酒香。

我貼上他不知是酒醉還是別的的原因，分外燙熱的臉：「我想做眾神之主……我想擁有你們所有人……我一個都不想放手……我想把你們全部留在我的身邊陪著我……幫我……幫我好嗎……玥……」我撫上他的臉，將我的話音吹入他的耳中。他的胸膛開始大幅度地起伏，頸項裡的脈搏也開始劇烈跳動。我邪邪勾唇，貼上他的耳廓：「玥……我需要你……」

他猛地轉身，扯住我手臂之時，整個人朝我俯來，灼熱而帶著酒味的唇狠狠壓在我的唇上。我被他壓在蘋果樹的樹幹上，上方銀色的葉子震震顫顫，晃動不已，銀光閃閃，讓人眼花繚亂。

他呼吸急促地吻入我的唇，發出一聲聲粗重的喘息：「唔……唔……」火舌深深攪入，用力地吮吸我唇內的芬芳。

我迎合他的吻，吮住他的唇。在他瘋狂地吮吻我的同時，我的手緩緩撫上他的臉。他火熱的手胡亂地撫過我的頸項，將要滑入我衣領時，我的手已經撫上他的眉心。我眸光收緊，立刻朝他撲去！

抓到你了！

他被我登時撲倒在地。砰的一聲，周圍的景物早已斗轉星移，只剩下一輪又一輪大小不同的明月，懸掛在銀色的柳條之上。那些柳條飄搖懸浮在半空中，如同一串又一串美麗的風鈴。

我跨騎在廣玥的身上，緊緊扣住他的手腕，他眉心的神印開始閃耀。我立刻朝柳條深處大喊：「還不趕快！」

登時，另一個廣玥浮現空中，手心神印顯現，化作一條鎖鏈鎖住了廣玥的右手。他憤怒地朝我彈起身體：「這就是妳的目的？」他眸中的黑氣開始激烈地亂竄！

我一手掐住他的脖子，把他摁回原地大喝：「剎！」

剎那間，殷剎現於廣玥的意識世界中，浮現之時看著我們三人，目露呆滯。而這裡的廣玥也目露驚訝地看著突然進來的殷剎。

「快！剎，用我教你的神印困住他！」我朝殷剎急急大喊。

殷剎回神，匆匆使出神印，鎖住了廣玥的左手。我鬆了口氣，抬手將自己的神印摁落在廣玥的眉心，他眼中的黑氣徹底覆蓋眼眸：「不！不！不——」

「給我閉嘴——」神力集中在大拇指，我將自己的神印狠狠摁進他的眉心。黑氣自他的眸中緩緩褪去，他的身體僵直了一下後落回原地，疲憊地喘息。

「呼……」我鬆了口氣。身下的廣玥狠狠朝我看來，我俯身對他邪邪而笑：「你不是一直希望我成為真正的邪淫之神，勾引男神，和男神們滾床嗎？我今天～～就滿足你一下～～」我抬手輕拍他的臉：「被我勾引的時候～～是不是很開心～～是不是覺得我終於成為你心目中的邪神，變得完美了～～～」

他眯起眸光。這個世界的廣玥和殷剎都靜靜站立一旁。殷剎看向身旁的廣玥，眸光閃閃，深深思索。

「哼！」我身下的廣玥忽然發出一聲笑，然後徹底放鬆身體，仰天大笑：「哈哈哈——哈哈哈——是！我滿足了！我滿足了——」

「閉嘴！」我抬手直接扇在他的臉上，啪！打得另一個廣玥和殷剎怔住了身體，紛紛後退一步。

我揚起冷笑：「本娘娘打從開始復仇，一向喜歡簡單粗暴，就是沒用過美人計，因為本娘娘不屑對你們這群神渣用！今天給你破一次例，你也該瞑目了！」我抬手要抓入他的身體，另一個廣玥忽然上前：「慢！他現在是神魂！」

在這個廣玥的提醒中，我緩緩回神，看著身下一直冷笑的人，忍住憤怒收回手：「氣糊塗了……你這個鬼樣子，我拆不到你的骨頭。你已入魔，神骨也已經變成魔骨了。」他的眸光登時凝滯，呆呆地看著上空。

我從他身上起身，冷冷俯看他：「不管我願不願意原諒你，你的骨頭是肯定要拆的，認命吧。」我抬起手，啪的一聲，神印籠罩他的全身。他緩緩飄浮起來，神光瞬間炸亮整個世界。消散之時，他已被囚入魂珠之內。

我伸出右手，魂珠飄入我的掌心，漸漸沒入。我轉身看向柳條下屬於這個世界的廣玥和殷剎：「抱歉，給你們添麻煩了。」

廣玥淡淡地搖搖頭：「看到他的未來，我已經在想自己是不是不該太追求完美……執念容易入魔。」

我心感驚訝，同時有些高興我們的到來，讓這裡的我們也開始反思自己，避免重蹈覆轍。然後，我看向了剎，他的神情和以往一樣地平靜，似乎已經猜測到了一些。

我擰擰眉：「剎，我和這個廣玥來自另一條時間線，因為神戰而不小心撕裂時間與空間，形成了你們現在的這個世界。我們必須回去，否則會吞噬這裡的廣玥和另一個我。」

「……我明白了。」殷剎點點頭，臉上是分外嚴肅的神情。

我咬咬唇，有些欲言又止：「剎，我……跟另一個你的關係很複雜。請原諒我不能告訴你太多，因為我不想影響你在這個世界的感情和未來。」

殷剎微微一怔。從我的眸光中，他像是知道了什麼，青色的瞳仁顫動了一下，隨即恢復平靜，淡笑看我：「我說過，我的未來我不知道。既然不知，我只關心眼前的人、眼前的事。妳不用告訴我，我明白。」

我安心地笑了。在所有我稱作哥哥的人中，只有剎給我的感覺，是真的像一位可靠而值得信賴的大哥。

「那你們怎麼回去?」他關心地看著我。

我看向廣玥:「這個只有靠他了,怎麼來,怎麼去。」

廣玥在我的目光中犯難地擰眉:「不錯,怎麼來,怎麼去,我先要造出時光寶鏡。但以我現在的神力和修為來說,造起來會很困難,你們可能還要困在這裡一段時間。」

我心裡開始變得憂慮,雖然已經捉住了廣玥,但我還是會影響這裡的魅姬。

「我會幫你。」殷剎抬手放落廣玥的肩膀,廣玥看向他,點點頭。他們彼此相視,雖然他們兩人的目光一個平靜,一個淡漠,但這在我的世界是絕不可能發生的事情,即使在今天之前,廣玥和殷剎也永遠不可能這樣相視。

他們的性格讓他們相見甚少,一個因為被疏離而遠離,一個因為過於高冷而不屑與眾人為伍。兩個人總是在自己的神宮中,一個檢查靈魂的更替,一個刻刻鑿鑿。至少在我的記憶中,他們除了在神界的宴會上會相見,平日少有往來,更莫說成為朋友和兄弟。

而此刻,我的眼前正發生這麼不可思議的事情。在他們的關係像我的世界那樣變得更加淡漠之前,卻因為我們的到來而團結起來,變得更加牢固,終於像是真正的兄弟。

我世界的神族最後分崩瓦解,會不會也是因為眾神之間人情淡漠,不夠團結?

廣玥似是想起了什麼,嘴角很勉強地揚起一抹笑意。他那抹做作的微笑讓殷剎皺起了眉:「你為什麼要這樣笑?」

廣玥有些尷尬地收起笑容,微微垂眸:「我想從對人微笑開始改變,或許這樣也會讓小妹對我感覺更好一些。」他白淨的面頰上忽然浮出了兩抹淡淡的薄紅。

我看著看著，一時愣怔。這裡的廣玥已經完全不是我那裡的廣玥了，他想學會微笑，學著不再苛求完美，努力讓自己從至尊的位置回落我身邊，讓人不再覺得他遙不可及。

這裡的廣玥，在努力改變。

殷剎看看他，似是也深思了一下，才再看他：「你說得對，我也該學學怎麼笑了。」說完，殷剎也揚起了一個非常不自然的笑。那笑容陰森可怖，更像是死神在向人索命。

廣玥的雙眸睜了睜，撇開目光：「算了，我們還是別笑了。」

「別啊～～」我躍到他們之間，一手勾住廣玥的肩膀，一手勾住殷剎的肩膀：「這麼容易就放棄，你們還是真神嗎？好不容易做了決定要改變，若我的世界裡那幾個傢伙願意改變，也不會像今天這樣反目成仇了。」

他們同時變得安靜，殷剎看向廣玥，因為他還不知道更多的實情。

我放開他們轉身看廣玥：「廣玥，你可以把我的事告訴他，因為另一個廣玥在我的事上，算是一個旁觀者，對剎不會有太大的影響……」我在他們不約而同看向我的目光中，漸漸消失在了這個世界之中。

玥不知道剎對我的感情，不知道我對他的感情，不知道我們的一世之緣，他或許在和我正面交鋒時還認為剎只是因為迷戀我而幫助我。

所以，他在我和剎的事情上，是一個旁觀者。

回到自己身體時，我還趴在廣玥的身上，一旁站著目光呆滯地看著我們的殷剎。我從廣玥身上起身，他的雙眸也呆滯地看著上空。我淡淡一笑，感覺今天身心格外地輕鬆。

我拿起酒壺起身，飄然而去。我的仇，終於只剩最後一步了。是這裡的廣玥幫助了我。這……算不算是曾經的廣玥幫我壓制了未來的廣玥？最終，是廣玥自己打敗了自己，那個沒有入魔的廣玥打敗了入魔的廣玥。

第六章　生命的反思

再次回到神宮神泉邊，我躺入搖椅，攤開掌心之時，魂珠顯現，裡面是一個靜坐的小小身影。他抬臉朝我看來，我邪邪笑看他，抬手舉起酒壺，喝了一口，慵懶地地注視他。

「凡事皆有因，那棵果樹，我們的世界……」他冷冷淡淡地看向我，目光卻是凝視著我的臉龐：「妳可曾想過，我們世界的一切，妳也有責任？」

我邪邪地笑了：「你說得沒錯……我恨的，不僅僅是你們，還有……我自己。」我指向了自己。他的眸光忽然顫動起來，猛地起身：「妳瘋了！妳難道連自己的神骨都想拆嗎？」

「哈哈哈——」我破口大笑，仰天躺落搖椅搖晃，天空在酒醉中開始慢慢旋轉，我提著酒壺的手垂落神泉，隨著搖椅輕輕撥過神泉的池面：「你現在還管我？這個魅姬是你們造出來的，所以……我要還給你們！」我瞇緊了眸光，冷笑地盯視旋轉的天空。

頭突然鑽痛起來，我抱住了頭，記憶深處像是捲起了巨浪，把神識的世界攪得天翻地覆。呼吸因為疼痛而變得急促，我屏住呼吸，努力忍住疼痛，蹙緊雙眉，同一個世界、相同的神魂無法共存，遲早會相互吞噬，合二為一。

而因為真神的消失，我們的世界，很有可能會崩壞、消失。

「妳果然在這兒。」聖陽溫柔的聲音傳來時，面前如太陽初升般灑滿他淡金色的神光。我忍痛模糊地看向他的身影，他似是陷入吃驚，匆匆到我身邊，輕輕捧起我的頭放在他的腿上：「怎麼了？」

我躺在他柔軟溫暖的腿上搖搖頭，他抬手撫落我的額頭，我的疼痛在他溫柔的掌心中漸漸好轉。我握住了他溫暖的手，模模糊糊地搖頭：「要信我……不要……懷疑我……時機成熟……我會……告訴你真相……」我在隱隱的抽痛中斷斷續續地低喃。

「我一直信妳……我的……魅兒……」

「不……時間久了之後……你便……不再……信我……」我的手無力地從他手上滑落。

「噓……睡吧……睡吧……」

我在他溫柔的話音中，徹底陷入了沉睡。

不知睡了多久，感覺有人在盯視我。我緩緩睜開了眼睛，看到了一雙和我一模一樣的黑眼睛，他正連連讚嘆：「嘖嘖嘖，美……我的女神睡著了也這麼美……」

我看入他痴迷的眼睛。御人現在還只是單純的痴迷，沒有任何邪念，如同一個孩童看到了他久久渴望的玩具那般。

我緩緩單手支臉，他的視線隨我而起。我邪邪而笑，伸手撫上他的臉，他一怔，隨即開心地笑了：「娘娘，妳醒了？」

「嗯……」

我在他最激動之時忽然寒下臉，直接反手一個巴掌抽在了他的臉上。他登時愣住了，轉回臉呆呆地久久看我。

「妳為什麼打我？」

還是純善的他們不會因我此舉而動怒，或是露出我那邊御人的陰狠神色。此時他們六人，或許只有脾性暴躁的嗤霆有著脾氣。

「因為本娘娘看到了未來！」我眯起了眼睛，目露陰冷。他滿目困惑，我蔑然冷笑：「我看到你因為喜愛我而拚命要把我占為己有！」

「沒有，我不會的！」

他著急地站起身，連連擺手，急於解釋。

「不，你會的！」我直接打斷他的話起身，他往後退了一步，我朝他邁進一步：「你把我占為己有之後，反而不好好珍惜我，把我丟棄一邊，又去尋找新的、獨一無二的好東西！」我一步步逼近。

「不，我怎麼會丟棄妳？妳可是我喜歡的女神。」他一步步後退。我立刻指向他：「你說喜歡了是不是！」

「我、我沒有！我、我！」

他著急得語無倫次起來，腳後跟忽然踩空，登時墜入神池之中。

啪！晶亮的水花飛濺開來，如同一顆顆水晶在空氣中炸碎。

「哈哈哈——哈哈哈——」我撐開雙臂，仰天大笑。他從水中「呼啦」起身，呆呆看著我：「妳……難道妳故意戲耍我，跟戲耍帝琊一樣？」

我收起笑容，俯臉冷冷看他：「我沒有戲耍你。你現在是不是看見好的東西就想占為己有？」

他一時怔住了神情，眸光心虛了一下後側落：「這、這有何不對？我是神族，難道還不能得到自己想要的東西？」

「那些東西呢？」我再問。他抬起臉指向身後：「在我神宮裡。」

「哼！」我冷笑：「是不是被你隨便放在一處？」

他愣住了：「妳怎麼知道？」

我眯起眸光：「我還知道你現在對它們已經沒有興趣了，你開始尋找新的、讓你喜歡的東西，尤其是別人也喜歡的東……西。」

他站在神泉中怔怔看我：「可是、可是這又有什麼問題？」

我邪邪而笑：「這就是貪婪之欲……」

他的黑眸中登時劃過一抹恰似驚惶般的慌張。

我緩緩飛離地面，放落自己的身體平行在神泉之上，與他面對：「聽……時間在不斷地往前……往前……你的野心和貪婪也會一點……一點地擴大……那時的你……不再單純……那時的你渴望更多～～」我環繞他緩緩移動，長髮撫過他微微發白的臉龐：「從死物開始變成活物，任何別人爭搶的東西……你都想得到，都想占為己有……可是……在你得到之後……卻不知珍惜……把它們隨意丟棄……」

「不，我不會的！」他抬起臉，呼吸漸漸平靜，鎮定相信地凝視前方，轉身異常鄭重地盯視我：「我絕不會是妳說的那個樣子！」

「哼……」我瞥眸看他一眼冷冷勾唇：「你知道那些被你拋棄的東西是多麼傷心嗎？就像你

那麼地喜歡我，我卻給了你一巴掌……」我抬起了打他的手：「是不是很疼？是不是有種被冷落的痛苦和深深的困惑？」

他在水池中怔立，撫上了自己的心口，黑色的長髮披落臉龐，開始蓋住了他因為一絲反思而露出一分成熟的臉龐。

「聽……現在被你隨意放置的東西都在哭泣……嗚～～～主人你那麼喜歡我們，為什麼要丟棄我們……」我的身體環繞過他的身體，我的長髮如蛇般擦過他漸漸懺悔的臉：「嗚～～～主人……為什麼？為什麼？為什麼……」

「對不起！」他捂住了雙耳，痛苦地閉眸。

我掬起他一束長髮：「我說我看到了未來，是我對你現在心性的推測，你是真神，你會明白欲如雪球，只會越來越大……」

他放落捂住雙耳的手，緩緩抬起臉，黑色的瞳仁久久看在我的臉上。我勾唇而笑：「看來……你已經明白了……好好對待你喜愛的東西，屬於你的，始終屬於你；不屬於你的，只要它有一個愛它的主人，你何苦強求？記住你對我說的那句話：只要妳高興就好……」我捧起他的臉，看著他漸漸沉穩認真的目光：「只要我高興……無論我是不是屬於你……你這裡也會高興……」我放落手按上他的胸膛：「用愛來替代欲和貪婪填滿你的心～」

他怔怔看我許久，閃爍的眸光中是我的身影。他後退一步，竟是面容沉穩地緩緩單膝下跪，跪入神泉中：「多謝娘娘教誨，御人竟還不自覺，為神者需知欲之可怕，先前，御人不知可怕在何處，現在，御人知道了，可怕在無法察覺。」

他抬起臉，黑色的瞳仁中少了分痴迷，多了分敬重，這在我那個御人的眼中是看不到的。因為，他一直只是把我當作一件眾人搶奪的東西。

「很好——」我退回身形，懸立半空：「我是邪神，別讓我感應到你心生邪念，我不想你們六人中任何一人，被我裁決。」

「謝娘娘苦心。」他的聲音浮出一絲激動，他緩緩起身，深深看我：「原來娘娘並不邪惡，而是一盞警燈，時時提醒我們，不要太得意忘形，致使忘記最初之心！」

我在他真摯而純淨的目光中，反而久久怔立。我沒有想過要做那麼偉大的事，只是想讓這裡的魅姮日子舒坦一些，讓大家不會變成我那群神渣的欠揍模樣。

我在他崇敬的目光中，反而變得不適應。我已經習慣那群神渣看我的鄙夷、輕蔑、占有或是執著的目光了。

哼，這麼一想，自己還真有些犯賤了，竟是有些想念那群混蛋渣渣，真是好～～久沒有抽他們，罵他們，如同忽然間少了什麼，讓我渾身地不自在，雙手直發癢。

而這裡的他們卻一個個逐漸改變，變得甚至我已經不再認識、熟悉。他們太乖了～～他們是真神，一點就通，瞬間清醒，一個個純良純善，讓我都不好意思去戲耍他們了，在廣玥造鏡的這段時間，我又該怎麼打發？

好不爽啊……

本娘娘，好想……回家。

御人看我的目光不再像是看一件完美的物品那般喜愛與痴迷。他認真地看我許久，微露淡笑：「以前真的以為妳是邪神……」

「現在呢？」我繞過他，慵懶地躺回躺椅。他從神泉中緩緩浮起，神色越發沉穩，淡笑搖頭：「不，妳不是……」

我瞥眸看他：「那……你覺得我是什麼？」

他臉上的淡笑漸漸逝去，黑徹見底的黑眸中浮出一絲心憐：「至少……應該不是我現在所見的這樣。」

我的目光漸漸凝滯在他的臉上，他帶著心疼地微微一笑，頷首一禮，悄然消失在空氣之中。

御人感覺到了……

遲早，他們都會感覺到的。

我緩緩起身。忽然很想靜靜。

不知不覺的，卻是來到了帝琊的聖巢，聖巢中又多了不少五顏六色、大大小小的妖獸之蛋。我輕輕落入其中，一陣仙霧蕩開，妖獸之蛋身上的光芒開始閃爍，它們感應到了我的到來，它們在懼怕我身上的邪氣。

我的心底浮出一絲失落。在曾經的曾經，我的身上是祥和之氣。神蛋喜歡我的到來，它們在我祥和的仙氣中會漸漸安靜，光芒平穩。而今天……我讓它們害怕了。

「對不起……」我輕輕撫過身邊神蛋身上的光芒：「我讓你們受驚了。」身邊的神蛋輕輕顫動起來，它們因為沒有自己的父親帝琊在身邊，備感不安。

我看向右側輕顫的、一顆黑色的、蛋殼分外細膩光亮的神蛋，心中登時梗塞——那是吃不飽的蛋。

「連你也怕我嗎？」

我抬手摸向它，它卻滾到了一旁。我心中酸楚一分，是我身上的殺氣太重，是我的手血腥味太濃。而它們是生命的最初，能用本能感應善惡。

我緩緩收回手，看落自己的雙手，我幾乎清除了神界一半的神族。而在這個世界，我才看著他們誕生，眼前的這些蛋中也有神族的魔獸們。直到此刻，我才回想起當初自己是多麼地喜愛它們，甚至親自餵養和照顧它們。

而最後……它們卻還是死在我的手中……

吃不飽的蛋顫抖了一會兒，停了下來，靜靜躲在別的蛋後。我溫柔地看向他：「放心……我很快就走了，希望你不要怕這裡的我……」

他依然一動不動，和其他的神蛋一樣，像是連呼吸也屏住，身上的神光不再如呼吸那般閃爍，而是一直光亮。

我失落地垂下臉，緩緩仰天躺落。

今天的神界很安靜，因為這裡的時間已經開始和人類同步。現在嫦嬌應該在人間教女子採摘，瑤女應該在教女子歌舞，嗤霆在教男人打獵，帝琊在教男人馴獸……

各神各司其職，把生存的本領交給人類，從此人類將在世間開始繁衍，直到有了自己的人王。

輕輕的，吃不飽的蛋又顫悠悠地滾回我身邊。我轉過頭看它，它滾到我的臉邊。我眨了眨眼睛，看入它的蛋殼，裡面是懸浮在液體中小小的嬌嫩身體，小小的吃不飽頭大身體小，正用一雙格外大的眼睛看著我。

我微微地笑了：「聖陽和廣玥看護我的時候，會不會也是這樣呢？」

吃不飽在裡面眨了眨眼睛，身體晃了晃，整顆蛋便被帶動滾到了我的臉邊，蹭了蹭我的臉。不知為何，我的心底生出一股熱熱的感動，一行淚水從眼角溢出，我匆匆起身，眼淚落入掌心，化作了七顆晶亮的淚型水晶。

水晶在柔和的光芒中閃耀著朦朧的霞光，霞光閃爍的水晶中宛如一幅幅畫面在裡面旋轉，是對生命最初的感動讓我落下了懺悔的淚水。

我一直不想承認，不願承認自己……也有錯……

「妳快離開我的聖巢！」帝琊不高興的聲音傳來時，他已經落到我的身前。然而當我抬起臉看他時，他卻是一時呆住了，看著我的眼睛：「妳、妳哭了？」

我恍然回神，抬手輕觸自己的眼角，竟是還有些濕潤。

「妳……沒事吧？」他的神色開始變得柔和，緩緩蹲下，藍色的髮辮落在他的肩膀上。他擔心地看我一會兒，似是想起什麼，目光又開始變得戒備：「妳……該不會又是在耍花招吧？邪神的眼淚不可信。」他收起擔心，連連搖頭。

「哼……」我忍不住輕笑。

他的藍眸登時圓睜：「果然有詐！幸好我及時發現，不然又被妳欺騙了……哼！」他撇嘴甩起臉：「邪神的眼淚，哼！」他哼完後，卻是目露好奇地瞥我兩眼：「妳到底又想騙我什麼？玩這麼大，還裝哭？」

我一愣，登時哭笑不得：「呵……」

他一挑眉：「你笑什麼？」

我懶得看他轉開臉：「笑你犯賤笑你傻。」

「妳說什麼？」他倏然瞬移到我面前藍眸瞇緊：「妳敢說我犯賤說我傻！」

我好笑看他：「既然知道我想騙你，還不躲遠點？反而好奇我怎麼騙你？你這不是犯賤是什麼？」

他的眸光越發瞇緊：「嗤霆說，妳能收走我們的神魂沒準也是騙我們的！我真不明白，為什麼會有妳這種邪惡的真神存在！」

「因為正邪要平衡，陰陽也要平衡！」我認真看他：「即使你們沒有我這個邪神，天地陰陽也會自己孳生出一個邪神！」自己的邪神……如麟兒……

我的麟兒……

我為了復仇，總是屢屢忽略他；我說我愛他，卻次次把他拋開……我從沒考慮過他的感受，自認為那是在保護他，卻不自覺自己更像是尊長在安排他。原來，我和他的地位……從未平等過。

我從未察覺自己時時凌駕於他之上，而他從不介意；因為他尊我為師，敬我為母，他用守護的方式來表達對我的愛，我卻屢屢將他推開，只帶天水在身旁……

難怪他會生氣，他會吃醋……

我愛陽，所以我時刻在陽的身邊，即使要戰鬥，即使有危險，我依然在他的身邊。因為，我要和我的愛人並肩作戰。

可是，我太把自己當作神了，我自認為不讓麟兒在身邊是保護他，從沒給過他和我一起戰鬥、守護我的機會。明明他一次又一次說自己想和我一起戰鬥，明明他說過渴望成神，因為他知道，只有成神，才有資格站在我身邊，與我一起戰鬥，用自己的實力，保護自己的心愛的女人。

而我……卻把這些機會……給了……天水……

我抱住了自己的腦袋，是我造成了麟兒的死。我是可以讓他成神的，是我的過度保護害死了他。

麟兒的灰飛煙滅，也有……我的錯……

「喂！喂——」帝琊用力推了我一把，我放落自己的雙手，他挑眉看我：「妳今天怎麼怪怪的？」

我看向他純真的臉，溫柔而笑：「因為，這裡的你們讓我反思。」

他藍眸顫了一下，小心翼翼地看著我：「妳在說什麼？什麼叫這裡的你們？妳這樣笑，肯定又是想騙我！」

我笑了，搖了搖頭：「你想知道為什麼我要耍你嗎？」

「不！想！知！道！」他心煩地撇開臉，我繼續看著他，因為我瞭解他。果然，他偷偷看我兩眼，又轉回臉，煩躁地白我：「為什麼啊？」

我垂眸淡淡一笑，攤開掌心，掌心裡是七顆淚型水晶，其中一顆緩緩飛起，懸浮在帝琊的面前。帝琊好奇地看入，我在水晶後微笑看他：「我快走了，這顆水晶是我送你的禮物，希望成為你的心鑑。」我在他疑惑又戒備的目光中起身，俯身輕輕撫了撫吃不飽的蛋：「我們有緣，會再見的。」

吃不飽，我又看到你的蛋了。你小時候……可真是可愛啊……

不知道回去跟吃不飽說，他會不會不開心？因為他一直介懷自己被我只是當作獸來看，也一直介懷自己是被我養大的；所以，在能修成人形後，除了我的鞭策和監督，他也努力讓自己的身體盡善盡美。

只是我萬萬沒想到，在失去我後，他會自暴自棄成那個樣子！

「妳的時限快到了。」耳邊響起廣玥平靜冷淡的話音。我伸出手，魂珠浮現掌心，他立於魂珠之內，看似冷淡，眸光卻是分外陰狠地瞪視我：「快吞噬這裡的魅姬，否則妳們兩個都會消失！」

我冷冷一笑：「與你無關！」

「小妹！」他雙拳憤然砸上魂珠的結界：「妳可以恨我，可以拆掉我的神骨、毀掉我的神丹，讓我灰飛煙滅，但妳絕不能這樣對自己！」

「你閉嘴！」我厲喝，狠狠看他：「你我都有錯，就算我消失也沒什麼不好！這樣兩邊的世界都可以重置時間！你們就不會變成那副鬼樣子，麟兒也不會灰飛煙滅了！」

他登時怔立在魂珠之內。那個世界混亂的因到底是什麼？在來到這裡後，我心裡似乎已經找到了答案。

我忍下心裡的憤怒，將他收回體內。我已經回不到從前了，這頃刻間就能占據我身心的憤怒，讓我無法再回到那個祥和溫柔的魅姬；所以，我更不能毀了這裡所有人的生活。

我無法補救自己的世界，但我可以改變這裡的開始。

我看落掌心裡的淚珠，是時候讓大家知道真相，引以為鑑。因為很快的，人類對神族的戰爭就要展開。

而嗤霆，也是在那時開始變得殘暴與嗜血。因為他造的是魔獸，而不是人類；魔獸才是他的孩子，當人類與魔獸無法共存而相殺之時，他開始憎恨的，便是人類。

我該去見見嗤霆，邪神與魔神也該單獨對話了。

看了看手腕上的金鏈，我笑了笑，起身飛離神界，撥開雲霧已見人間。這時天不高，人不遠，神族與人類比鄰，人類只要抬頭即可見神族飛翔，神宮隱隱立於高空。

我從空中飛落，赤腳立於溫暖的大地，柔軟的地面讓我閉上了眼睛，溫暖的陽光灑落在身上，可以聽到風從面前經過的聲音。

只有在人間，才能感覺到大自然的奇妙。

「呼——」一陣狂風從我面前捲過，我沒有睜開眼睛。一團熱氣噴吐在我的臉上，隨即是一聲震耳欲聾的嗷叫：「嗷～～～～～～」

魔獸巨大的吼叫吹起了我的髮絲，幾乎吹掉我挽髮的髮簪。我緩緩睜開眼睛，邪氣瞬間布滿雙眸，陰冷的殺氣包裹全身時，面前這隻巨大如同一座小山的魔獸卻是像條狗一樣「嗚嗚」地縮起脖子，一步步後退，然後轉身，迅速竄入茂密的叢林，撞開一棵又一棵參天大樹，往深處跑去。

即使牠的身影已經消失，林中巨大的飛鳥仍被牠驚動四處飛起。

「陽真是給妳太自由了！」嗤霆不悅的聲音傳來時，他已經飛落我的面前，暗紫色緊身的皮衣在陽光下暗光閃閃，帶出神祕與肅殺的氣息。

我看看他，轉身走向一旁的溪流，小溪清澈見底，下面鋪滿色彩繽紛的鵝卵石和閃亮的寶石。

我蹲下身，從溪水中撈起一把寶石，邪邪而笑：「你看看，我們造的世界是這麼地美，可是人類會越來越多，他們就像螞蟻一樣遍及大地，像蝗蟲一樣掠過所經之處的所有資源！我們為他們所造的美麗世界，會被他們徹底毀滅，不如……」我把寶石輕輕放回溪水中，緩緩起身，轉身邪邪看著時時戒備著我的嗤霆：「我們把人類毀滅吧……」

「妳敢？」他登時怒目橫眉，手中神光乍現：「我看把妳毀滅才是最好的！」

「哈哈哈——」我掩唇大笑，瞥眸看他：「嗤霆啊嗤霆，我以為你會最懂我，我是邪神，你可是魔神～邪魔……不是同類嗎？」

「我是魔神！」他緊緊盯視我，像是防備我隨時毀滅世界：「是創造魔物之神，是掌管魔物之神，是捉拿這個世界自己生出的魔物之神，不是妳那種心性邪魔之神！」

我眯起了眸光：「嘖嘖嘖，說得自己好偉大啊～～像是……為了守護人類，而不讓魔物肆虐一樣。」

「我就是！」他捏緊雙拳，狠狠看我。

我挑眉蔑笑：「少吹牛了，我認識的嗤霆可不是這樣的。」

「妳認識的？」他警戒的目光中露出一絲迷惑，目光開始深沉地注視我的眼睛：「妳在說什麼？」

我邪邪勾唇，單手扠腰打量他：「我認識的嗤霆脾氣暴躁，心性暴虐，因為人類鄙夷魔族而心生厭惡，因為掌管各種魔族而被眾神畏懼……」

我緩緩拂過面前的空氣，黑色的神力化作黑色的煙霧，煙霧之中現出了萬千魔獸，而魔獸之上，是那個肅殺冷酷的人形。

「我認識的嗤霆可不想守護人類。他在人類與魔獸的大戰中，縱容魔獸吞食人類……」煙霧中的魔獸開始朝手拿刀槍的人類撲咬而去，一片腥風血雨。

「妳胡說！」他憤然上前，用手揮散煙霧，憤怒看我：「妳別想散布謠言！」

「哈哈哈——」我仰天大笑：「我若想散布謠言，會當著你的面嗎？」我瞥眸看他，他微微一怔，我邪邪勾笑：「很高興你還記得初心，不然……我做的這一切也就沒意義了……」

「妳在做什麼？」他雙拳握緊，目露戒備，一副隨時準備揍我的神情。

我收起神力，從煙霧後而出：「你是最初的他，還帶著他的初心。但是，他……已經變了。」

「妳到底在說什麼？」他憤怒地大喊，已經完全失去耐性：「什麼最初的他？他是誰？」

「想知道嗎？看這裡吧。」我拋出了水晶，他立刻抬手接入手中，低眸看了一眼，又立刻防備地盯視我：「這是什麼？」

我邪笑看他：「怎麼？不敢看？」

他瞇起雙眸。

我邪邪勾唇：「怕我害你？」

他冷看手中水晶，暖暖的陽光照落在水晶上，閃現朦朧的金色暖光，淡淡的光芒中，是隱現的畫面。

懺悔之淚裡，不是全部的歷史，而是到我復仇拆他們神骨之時，記錄下我們所有人的錯誤。空氣之中，有人降臨，他的金髮如太陽美麗的光線，一絲一絲在微風中輕揚。他靜靜地站落一旁，僅僅只是看著我們，也讓人感覺到絲絲的溫暖正從他的身上開始流入我們的心底，讓我們的心獲得平靜，獲得溫暖。

聖陽，是天地萬物的太陽，把溫暖帶給所有人，是他的本能。

嗤霆看向他，手中的淚晶正在閃耀。聖陽看了水晶一眼，微笑看我：「妳身體不好，得多休息。」

「她身體不好？哼！」嗤霆好笑看他：「我們是真神，不死不滅，身體怎麼可能不好？你小心被她騙了，她是邪神，最愛騙人！」

聖陽臉上的微笑開始淡去，目露擔憂地看向我。我側開目光：「知道了，我這就回去。」

嗤霆疑惑地看看我，再次看落手心裡的淚晶。

聖陽飛落我的身旁，執起了我的手，看向嗤霆：「她已不再傷人。霆，這東西能除去了嗎？」

他微笑看他，目光柔和如同春風。

嗤霆從淚晶中抬眸，沉下臉：「她現在之所以不傷人，正是因為她的力量被限制！你難道忘了她是怎麼戲耍琊的？等琊同意再來問我！」嗤霆甩開臉。

聖陽垂眸淡淡一笑：「琊剛剛來過了，他說同意了。」

嗤霆登時轉回臉，驚詫看陽：「琊同意了？」

聖陽微笑點頭，和藹如同一位慈善的長兄。

嗤霆憤然捏緊手中的淚晶：「琊這個單純的笨蛋！那玥呢？玥肯定不會同意！」他篤定地看向聖陽。確實，玥是他們當中最冷靜鎮定的人，且又清高自傲，脾性難以相處；如非他願意，即使是世間最好的說客，也別想說服他半分。

聖陽笑了，金色的瞳仁如同兩輪明日：「玥早已同意。」

「到底是怎麼了？」嗤霆不可置信地大吼：「你們都被她迷惑了嗎？哦，我明白了，一定是你們都看了她的水晶！」嗤霆再次攤開掌心，水晶在陽光中閃耀。當聖陽目露疑惑時，嗤霆已經憤然看我：「妳到底用了什麼邪術？說！」

我收起邪笑，平靜看他：「我沒有使用邪術，這是我給你們留下的禮物。」

「禮物？哼！」他一挑眉，竟是甩手直接扔了出去，淚晶在陽光中劃過一抹痕跡，如同女人面頰上滑落的一條淚痕。

咚！淚晶掉入溪水中，緩緩沉入溪底。

「我才不會上妳的當！」嗤霆冷笑看我，眸中帶出一分得意：「我會喚醒其他人，讓他們擺脫妳的控制！」

「那顆水晶是妳送給霆的？」當聖陽溫柔的話傳來時，嗤霆愣住了神情：「你們沒收到那顆水晶？」

聖陽淡淡搖頭，看向我，眸光卻是微微側開，沒有看我的臉：「我……沒有嗎？」

看著他微露一抹失落的臉龐，我攤開掌心：「你的還在我這兒。」

聖陽的嘴角浮起一抹喜色，看落我手中剩餘的水晶，還剩五顆。他的眼簾緩緩抬起，金色疏密的睫毛如蝶翅般打開，深深看我：「我也有嗎？」

「嗯。」我平靜地看著他，微笑點頭：「你們都有。」

「都有……」他輕喃一聲，眸中帶出了一絲失落：「妳要走了嗎？」

我微微一怔，了然看他：「你知道了？」

他搖搖頭，帶出一聲輕嘆：「我並未入妳意識，只是察覺罷了。」

他沒有入我心中……是啊，他只需入我意識便知一切。但他是聖陽，不會那麼做的。

「你們到底在說什麼？」嗤霆有些暴躁地看我們。聖陽轉臉微笑看他：「要是想知道，把她送你的禮物撈上看看便知。」

嗤霆怔住了神情。

聖陽微露調笑：「她可是第一個送你的。」

我笑了笑，補充道：「不，是第二個，第一個是琊。是琊的孩子們，讓我找回了初心……」

我微微落眸，看落手中的淚晶：「是那些孩子們，讓我悔過……」

「第一個原來是琊啊。」聖陽微微點頭：「難怪他同意讓妳自由。」

我看落淚晶：「陽，我們的事……我想親口告訴你。等你知道後，我再送你這淚晶作為心鑑。」

「沒關係。」他伸出手慢慢包起我的手：「回去休息吧。」他溫柔地輕輕扶起我的身體。

「喂！」嗤霆叫住了我們，目露煩躁，看向別處：「再給我一顆。」

我白他一眼，正想說話。聖陽卻在此時轉頭微笑看他，微眯金瞳，視線在金色的睫毛中帶出一分威嚴：「自己丟的，自己找回來。」

「那麼多寶石，怎麼找？」嗤霆指向鋪滿小溪溪底的寶石與卵石，既氣悶又煩躁。

聖陽微微一笑：「那是你的責任。當你找回時，才會知道她的珍貴。」說罷，我們在嗤霆瞪大的眼中飄然飛起。

輕盈的身體感覺不到任何空氣阻力，它們柔和地從身邊靜靜飄過，像是女子的柔荑溫柔地撫過臉龐。

輕輕地，我們再次回落神宮之內。我立於神泉旁，仙氣在腳下微微蕩漾，清涼地繞過我赤裸的雙腳間。

聖陽靜靜站在我身旁。我抬手撫過神泉上的仙氣：「知道我是誰嗎？」

神泉清澈的水面映出他有些神傷的面容：「我知道。我也知道妳不屬於我。」

「哼……」我苦澀一笑：「我糾正了這裡的錯誤，卻是付出了另一個世界滅亡的代價……陽。」我轉身抬眸看向他：「答應我，給這裡的我多一點信任。」

「我信妳！」他有些激動地說：「到底發生了什麼事，才會讓妳不信我？」

我的心猛地扯痛起來，閉眸轉身：「不要再問了，你會讓我失去平靜。」

「對不起。」他有些懊悔地垂下臉：「我該聽妳說的，是我急躁了。」

我看落神泉，神泉裡宛如映出我的一生：「萬事皆有因。原本只是一個小到幾乎不可見的錯誤，被我們所有人忽略。它在我們的忽略之中越滾越大，最後終於無可挽回……」

我攤開了掌心，一顆淚晶飄浮而起，閃爍著悲涼的淚光。淚晶飛離我的手心，緩緩落入神泉中，神泉震顫起來，平靜的水面蕩起了一層層漣漪，浮現無數破碎的畫面。這些畫面在漸漸平靜的水面上拼湊出一幅畫面，是我與聖陽和此刻一樣，一起站在神泉邊的畫面——水中的我，身上依然穿著那件聖陽為我做的裙衫，臉上泛著純真的微笑。

「是你們六人的到來，喚醒了一直沉睡在暗光中的我。我是這個世界之陰，我是母神。但我在自己的世界，卻是直到你封印我時才明白自己的身分。而那時，一切都晚了……」

神泉的水面再次震盪起來，浮現出他們六人封印我時的畫面。我被他們六人用六道困神法陣封入崑崙山底，從此三千年……

「我們為什麼要封印妳？」

「因為你們當我是邪魔！」我滿心的恨登時湧起，悲痛地看他。三千年的怨與恨瞬間衝破了理智，黑色的神力纏繞手臂，衝上金鐲，金鐲登時收緊，在我的手腕開始灼燒。

「魅兒！」他情急之下，脫口而出我的名字，握住我的手腕。我憤然抽回，甩手指向神泉：「這點痛算什麼？你知道我的心有多痛嗎！你說你信我……這就是你的信嗎？」

他看落神泉中我想衝破封印的畫面——我一次又一次衝撞封印，封印還給我的卻是鞭笞和灼燒！鞭子抽在我的身上，神光灼燒我的身體，讓我體無完膚，痛不可言！

他的金瞳顫動起來，心痛的淚水從眼角而下，內疚而痛苦地深深看我。我的渾身都開始痛了起來，宛如那曾經的酷刑之痛再次浮現全身。我抱緊了自己的身體，十指深深掐入手臂：「他聽信了讒言，認為我是邪魔的存在。他為了眾生而犧牲我，為了大愛而捨棄我們的感情。我衝破封印後，開始向他們復仇，我拆掉他們的神骨，挖走他們的神丹！終於，我找到陷害我的人——廣玥！」我狠狠看落神泉裡廣玥清冷無情的臉：「我和他大戰時，誤闖時間，撕裂了時間，成了這個世界。」我深吸一口氣，努力恢復平靜地看向聖陽。他神情哀傷地看著我：「所以，妳要改變這裡？」

「當然！」我狠狠看他：「所以我看見你就討厭，我沒辦法忘記一個背棄我的男人。但我也知道，你不是他，這裡還只是剛剛開始，我可以改變一切，我不能影響這裡你和你的魅兒之間的感情……」

他忍痛閉上了眼睛，睫毛垂落時，顫落點點淚光。他點了點頭，深深吸入一口氣，宛如平復內心的梗痛。他再次睜開眼睛，金瞳因為淚水而格外澈亮：「她現在討厭我嗎？」

我淡淡搖頭：「她是最初的我，她沒有討厭，更不會恨你，我在這裡平復了很久，才可以像此刻這樣平靜地面對你。我知道我無法改變你，你是陽，是大家的陽，你的大愛沒有錯；但是，信任這二字，遠遠不像你現在說出口那樣簡單，不要讓她和我一樣……」隱藏了三千年的酸楚讓我的眼淚再也無法控制地潤濕了雙眸：「被信任欺騙……」

他的眸光隨著我的眼淚一起顫動。他抬手撫上我的淚水，自己的淚水也控制不住地滑落眼角，哽咽而語：「請允許我替那個聖陽……對妳說聲……我……錯了……」

我喉嚨發痛地低落臉龐，任由淚水落下。我要聽的，一直不是什麼對不起；因為，對不起，是他對封印我的歉意，他依然不知錯。

我信聖陽，因為我愛他，所以，我不會對他設防，那日他約我相見，我怎知是個陷阱？我居然被深愛之人背叛！陷害！封印！我恨的不是廣玥他們封印我，恨的是聖陽騙了我！他從未騙過任何人，卻騙了我！而我，正是他口口聲聲說的，唯一愛著的女人！

相愛不易，相信難。

我與聖陽相愛數萬年，信任卻因眾人之言而一朝盡毀！

「妳那天咬的……是另一個玥嗎？」他輕輕拭去我的淚水。

我點點頭：「是……我已捉住了他，我會帶他回去繼續完成我們的孽緣。」我拂開他的手，轉身看落神泉。

神泉輕顫，畫面消逝，淚晶從水面上緩緩浮出，我伸出手，淚晶回落我的手心：「每一顆淚晶裡，是我對你們不同的記憶，你會知道到底發生了什麼事。我把它們留給你們，希望能成為你們的心鑑，勿讓謠言再擊敗了你們之間本該有的信任。」我轉身托起淚晶放到他的面前。

他徹亮的金瞳浮起一絲感激和複雜的情愫。他深深看我片刻，落眸取走了我的淚晶，目露感動：「這是世上，最珍貴的禮物。」一縷金線穿過淚晶，下一刻，淚晶浮現在他身前，掛落在了他的胸口，閃現帶著一絲蒼涼的淚光。

他俯臉久久凝視我，金色的髮絲在他的臉龐微微輕揚，如同絲絲朦朧的光芒讓他俊美無瑕的容顏越發迷人。

我側開臉避開了他的目光，看落神泉映在水面上凝視我的他：「給這裡的我換個名字吧，不要再說我雙眸生媚，又帶魅惑，讓別人覺得我是魅惑之神，只會魅惑男人。」

他看著我，陷入沉默。因為這句話是他為我取名時所說的，按照時間，這句話早已在他心中：「對不起，我未曾想過只是一句話，卻會汙了妳的名。」

我深深嘆息：「現在眾神純良，不會作此想法，但當他們有了男女之愛，知曉男女之欲後，我這魅惑之神便坐實了。」我抬眸看他，已經心如止水般平靜：「你是真神六人之首，一言一行，自會被人放大。」

他的眸光中捲起了一絲驚訝後，是深深的沉思與謹慎，那份謹慎讓他的神情也變得深沉起來。我不由看他出神，聖陽從未露出如此深沉的神情。這裡的聖陽也正在悄然改變，他依然是他，面目依然溫柔慈善，那眸中的深沉卻抹去了他臉上本該有的親和之感。

「妳什麼時候走？」他認真地問。

我回神擰眉：「盡快。你應該能察覺到，我和這裡的魅兒已經開始彼此吞噬。」他的臉上浮出一絲凝重，眸光裡劃過一抹猶豫後，深深看我：「妳可信我？」

我抬起了臉，這是他第一次這樣問我。

我久久看他，眨了眨眼：「我信你。」

他露出欣喜和安心的微笑：「謝謝妳信我，那……讓我收了妳吧。」他抬手放落我的頭頂，我深深地看了他許久，他金色的瞳仁裡，映著我黑色的身影。我釋然地笑了：「好，我把這裡的魅兒還給你。」我閉上了眼睛，溫暖的光芒開始籠罩我的全身，我的身體變得更加輕盈，緩緩飄離地面……

忽的，他收回了暖暖的金光。我再次回落體內，擰了擰眉，睜開眼睛，和他一起看向神泉另一邊，帝琊正匆匆跑來。

帝琊停在神泉邊，目光中是大大的驚訝。他呆呆瞪大眼睛看了我們一會兒，似是想起什麼，猛地看聖陽：「陽，你知道了？」

聖陽點點頭。

帝琊藍色的眸光閃爍了一下，急急看他：「你剛才想對她做什麼？你既然知道一切，她是無辜的！」

陽面露凝重：「她們的神魂已經開始彼此吞噬，我必須把她們分離。」

「沒那麼快！」帝琊躍起，呼一聲飛落我面前，抓起我的手看聖陽：「我現在有很多話想問她，等我問完你再收。」說完，帝琊便拉著我飛起。聖陽匆匆大喊：「快沒時間了……唉！」他大嘆一聲，在神泉邊無奈搖頭。

帝琊帶著我一直飛。果不其然的，他帶我飛回了聖巢。小八翼正在聖巢裡和神蛋們玩耍，神蛋們滾來滾去，小八翼邁著小腿追來追去。忽然，牠像是感覺到了什麼，立刻激動地仰起臉，看見我時卻滋溜了一下，竄到一顆巨大的神蛋後面躲藏。

帝琊拉我落入蛋中，取出了我的淚晶：「這裡面說的是真的嗎？」他還是有些懷疑，緊緊抓住我的手腕，像是想從我口中得到「不是」的答案。

我看著他一會兒，勾起唇角，白了他一眼：「既然不信，你還同意除去我的封印？」我抬起被他抓住的手，金色鏈條垂落手腕。他放開我的手，拾起金鏈：「陽怎麼還沒給妳鬆開？難道有人不同意？」他眨眨眼，想了一會兒，恍然看我：「是霆嗎？妳快跟他解釋啊！」他竟是有些著急起來。

我勾笑看他：「連你都在懷疑，他怎會信？」

他看著我，又是呆了片刻，目露不悅：「妳能不能別再裝了？妳這樣看著就像壞人，讓人怎麼信？」

我微微一怔，不由哭笑不得地搖頭：「你覺得我還能回得去嗎？」

他怔住了，藍色的雙眸裡有水光開始盈盈顫動，他陷入深深的內疚和煩躁：「雖然不是我把妳變成這樣……但、但我心裡也很不好受，畢竟那個人終究是我。我、我怎麼會變成那副樣子？不是我，一定不是我！」

「誰知道呢……」我輕輕嘆氣，轉身看落腳邊一顆顆神蛋。小八翼躲藏的神蛋正在顫動，是牠在發抖。忽的，吃不飽的蛋滾到了我的腳邊，輕輕地撞了撞我。我露出微笑，彎腰拾起它，抱在懷中輕輕撫摸：「只要你自己保持正心不變，理應不會走上他的老路。」

「變，必然有因，更何況我們是真神！我的理智與善惡非那些人間生靈，怎會突變？」他如同不服一般走到我面前：「那個人畢竟也是我，我還是希望妳回去找出真相。既然他是我，我始終最瞭解自己，我一定是不想那樣做的！」他的眸光中忽然流露出堅定的神色，剎那間，純真純善的他多了一分成熟男人的穩重與堅毅。

他的成熟會讓他擁有更加堅定的意志，才能保持最初的初心，不會被陰暗的一面乘虛而入，埋入邪念。

「答應我！找到真相，挽救他！」帝琊鄭重地握住我的雙手：「作為報答，我去說服嗤霆那個死腦筋！」說完，他異常認真地對我點點頭。

我看他一會兒，笑了：「謝謝。嗤霆把我給他的淚晶丟了，等他找到後，應該會知曉一切。」

「什麼？那個魯莽的傢伙把這淚晶給丟了？」帝瑯舉起自己的淚晶。見我點點頭，他生氣沉臉：「我去幫他找回來。走！」他忽然又匆匆拉起我，風風火火地直飛人間。

第七章　蛻變

雖然神界與人界的時間幾乎同步，但依然有所不同，神界一天，人間一月。只這在神界的片刻，人間或許已經過去三、五日了。

剛剛飛落雲天，人間已是入夜，一輪明月將月光如霜地灑落整個世界。

啪啦啦！小八翼拖著自己肥嘟嘟的身體追了上來，落在帝琊的頭頂，緊緊抓住他的藍髮，緊張地看著我，帝琊把它隨手抓下放入自己的衣領看向我：「還好那個我沒碰八翼，不然噁心死我了。」他的臉一時變綠，看樣子是真噁心到了。

帝琊的沒有節制和種族性別不論，讓此刻還純真純善，甚至未嘗人事的帝琊噁心，倒也不奇怪。

他的臉綠了一會兒，又在月光中開始發紅，偷偷看我兩眼，目光側落別的地方：「那個……為什麼我看不清那些女人的臉？」

我明白了，他是指和帝琊睡過的女人。拆帝琊神骨時，帝琊的一些記憶也流入了我的腦中，被我記了下來。

我看著他越來越紅的臉，沉臉：「怎麼？你想知道？」

「不不不，這樣挺好，免得我看見尷尬……」他越來越尷尬，煩躁地抓抓飄飛在月光中的藍髮：「哎！我只是好奇！」他終於承認地看向我。

「哼……」我輕笑搖頭：「其實我也不知原來淚晶還會做了這樣的處理，想必也是為了讓你不尷尬吧。」

他寶藍色的眼睛在月光中變得雪亮。他尷尬地眨眨眼，蠢蠢地笑了：「呵呵，也是。」他衣領裡的小八翼抬起臉看看他，伸出舌頭舔了舔他的下巴，他愛憐地伸手摸了摸小八翼：「放心，我已經知道錯了，我一定不會讓你有危險的！嗯！我絕不能像那個混蛋墮落，害你陷入危難！」

「唔～～」小八翼瞇起眼睛，開心地蹭帝琊的下巴，帝琊也露出了純真的笑容。他藍色的長髮因為他純真的面容而不再顯得妖豔，而是如同天山之水般碧藍純淨。

其實，那裡的帝琊也是愛護八翼的。此刻，似乎只能從這一點看到兩個帝琊的相同之處了。

「送你個寶貝。」帝琊說著，抬手撫過八翼的額頭，登時，我的淚晶鑲嵌在了八翼的眉心，八翼疑惑地伸出小肉爪摸上自己的眉心，帝琊笑看牠：「你可要好好守護，這可是世上最珍貴的禮物了！」

「嗚嗚。」小八翼點點頭，閃亮亮的大眼睛裡露出了守護的堅定眸光。

遠遠的，已經看到站在溪水中的人影。他煩躁地撓頭，暴躁地跺腳，踩起嘩嘩的水花，看樣子心情早已差到極點。

帝琊帶我飛落溪邊，我們的身影映入清澈明亮的溪水中。嗤霆一見，登時朝我暴跳如雷：「妳又來幹什麼？是看我的笑話嗎！」

忽的，一抹水晶的光芒在月光中反射上他的臉。他的雙眸登時瞪大，直直看著帝琊衣領裡的小八翼：「你真的有！」他指向小八翼眉心的淚晶。

帝琊變得得意起來：「當然！我可是第一個拿到的！你這個白痴，怎麼可以把這麼珍貴的禮物丟了！」

「珍貴？」嗤霆好笑地撇嘴：「現在你們人人都有，珍貴在哪裡？」

帝琊沉下臉，有些生氣：「你這個笨蛋！這都找幾天了你還找不到！」

嗤霆的眸光登時瞇緊，雙手抱胸狠狠看帝琊：「有本事你來！」

帝琊白他一眼：「哼，本來還想幫你找，沒想到你是這樣的態度！算了！就讓你自己慢慢找，等找到了你就知道珍貴了！我們走！」帝琊拉起我的手，又要風風火火地離開。

就在這時，不遠處火光閃現，御人黑色的人影已經浮現空氣。他疑惑地看我們：「你們怎麼都在這兒？」他疑惑地看向嗤霆：「你又在找什麼？」

「你管我找什麼？」嗤霆沒好氣地說，甩開臉更像是不想承認自己找了好幾天也沒找到。

「別管他，你怎麼也在這裡？」帝琊問。

御人淡淡一笑：「我剛教會人類如何取火，感覺到你們下凡，所以來看看，因為……」他看向了我：「妳一向不離陽的神宮。」

他帶著一分疑惑地看著我。我見他來了正好：「御人，我有樣禮物給你。」

御人微露驚喜：「我有禮物？」

「哇，我就說每人都有～～」嗤霆陰陽怪氣地扔了一句過來，帝琊瞇起眼看他：「但等你找到了，你就會知道那只屬於你！」

嗤霆在帝琊的話中發了怔，御人聽著他們二人的對話目露深思。

我走向他，他看向我，我攤開了掌心，一枚屬於他的淚晶現於手心。我揚起臉，平靜地笑看他：「給，你看了就會明白一切。你的感覺沒有錯。」

御人落眸看我的手心，淚晶在月光中閃爍，如同悲涼的淚光，似是感應到了什麼，他黑眸中已浮出一抹心傷。他從我手中用極其溫柔小心的動作取走了淚晶，淚晶懸浮在他的掌心，他的黑眸開始顫動。

嗤霆和帝琊不約而同地陷入安靜，靜靜地站在月光中一起看著御人。帝琊的目光裡露出了絲絲感觸，而嗤霆的眼中是滿滿的好奇，與因為好奇而變得極度著急。

小溪邊的世界如同時間靜止般的寧靜，只聽見溪水潺潺的聲音，但那溪水也宛如不想打擾觀看的御人，努力收起自己流動的聲音。

御人的黑眸浮出大大的驚訝之後，是久久的出神。

一絲夜風靜靜拂過他的臉旁，揚起了他垂在臉邊纖長的髮絲。緩緩地，他抬眸看向了我，神情複雜而憂傷：「我終於明白妳對我說的那些話了。」

我沉默地點了點頭，他攥緊了淚晶，眼眶微微濕潤：「這真是世上最好的禮物，謝謝！我會時時以此警醒！」

我欣慰而笑。我似乎明白了此行的意義，沒有什麼是補救不了的，只要有心的話。

他的神情變得有些激動，攥了又攥手心裡的淚晶，然後抬手撫過垂在臉邊的黑髮。當黑髮被他順在耳後時，他的耳垂已經掛上了我的淚晶。他深吸一口氣，雙眸變得格外明媚和生機勃勃，他看過帝琊的小八翼，然後看向嗤霆：「你的淚晶呢！」

嗤霆擰擰眉，雙手環胸轉開臉。

帝琊瞪他一眼：「被他這個笨蛋扔到溪裡啦！」

「什麼？」御人一怔，轉而大笑起來：「這倒是像你的性格，那你慢慢找。」

「啊？」嗤霆登時轉身：「你們真的不幫我！你們還算兄弟嗎？」

御人含笑看帝琊，帝琊壞笑看嗤霆：「你不是說人手一個不稀罕嗎？」

嗤霆的臉登時青了。我知道，嗤霆最要面子，這樣下去，他更不會找了。

淚晶是我懺悔之淚，能與我感應，我可以喚回它，不用這樣在密密麻麻的寶石和卵石中尋找，我伸出手：「還是我來吧。」

「不准動手！」嗤霆忽然朝我大喝。我怔然看他，他卻是狠狠看我：「我一定會找到的！」

我一驚，他居然沒有放棄？他怎麼了？他還是我認識的那個嗤霆嗎？不，他不是了……我不由笑了，不是才好。

「為什麼？」我看向他：「我以為你不會找了。」

他有些彆扭地轉開臉：「我是不信妳，但我信琊、信御、信陽，既然他們三個都說那東西很珍貴，就一定很珍貴，我會把它找回來！你們誰都不准插手！」他狠狠指向帝琊和御人，御人勾唇輕笑：「放心～～我很忙。」

「那你慢慢找～～」帝琊摸了摸胸口的小八翼：「別等人家走了你還沒找著。」

「走？」嗤霆疑惑地轉回臉：「誰要走？」

御人吃驚地看向我：「妳……」

「我們回去吧。」帝琊看御人一眼，朝我伸出手：「回陽那裡。」

我點點頭，拉住了他的手。御人在我身旁陷入沉默，靜靜地也朝我伸出手，我看向他，他神情複雜，依然把手放在我的面前，宛如想送我一程。

我落下目光，緩緩伸手，慢慢放入他的手中。從沒想過有一天，我會和他們攜手同行，再重溫兄妹家人之情。

我們緩緩飛起，輕盈地飛入空中，長髮一起飛揚，衣帶一起飄飛。

轟！水珠忽然從我們身下而起，在月光中化作一顆顆晶瑩的珠晶，如同我的淚晶，它們和寶石、卵石一起在夜空下凍結，美得如星星墜落人間。嗤霆開始在凍結的寶石、水滴和卵石中細細查找。

這個世界，如夢一場。

當我們站在廣玥的神宮中時，時空寶鏡已開始成形。廣玥和殷剎用神力將複雜到甚至他們此刻都還無法理解的神印刻上，全憑廣玥從另一個廣玥那裡得來的記憶重造。

「我們來幫你！」帝琊和御人也一起上前，加入自己的神力，協助廣玥製造這面可以看到未來的神鏡。

我看著他們四人齊齊站立的身影，心，徹底靜了。

在我的世界裡，他們六人很少在一起。

聖陽總是四處施予他的溫暖；廣玥總是幽閉自己在宮中，不停地鑿鑿刻刻；殷剎早早下了神界建立冥域，從此不再上神宮；御人忙著爭奪別人都在爭奪的寶物；帝琊在女神間來來去去；嗤霆整日拉攏神族，想奪主神之野心日益明顯。

此刻，這裡的玥、剎、琊和御人站在了一起，為送我回去而團結在一起。

「我找到了！」嗤霆在我和他們之間落下時，他們四人停下同時轉身。嗤霆怔了怔，高舉的手一時頓在了空中，手指間是那滴閃亮的淚晶。

「找到了！」帝琊高興地看他。廣玥和殷剎莫名問道：「找到了什麼？」

御人淡笑點頭：「找到就好。」

嗤霆愣愣看他們：「我看到的畫面裡，可沒出現你們站在一起。」

在嗤霆的話中，御人和帝琊相視一笑，廣玥和殷剎齊齊朝我看來，目露疑惑。

御人上前拉下嗤霆的手臂，看落他手中的淚晶：「所以才說這件禮物很珍貴，好好收起來。你這性子，時間久了只怕會忘記現在的你。」

嗤霆變得沉默，握緊了手中的淚晶。帝琊也走到他的面前，和御人站在一處。嗤霆看向他們點點頭：「我會好好保管的！」

聞言，我握緊拳頭，眼中淚光閃現。只見淚晶的戒指隨即現於嗤霆的食指之上。

「怎麼回事？」殷剎問。

我看向他和玥，攤開掌心：「給。」

淚晶分別現於我兩隻手的掌心，一顆給剎，一顆給玥。我看著他們，他們也看著我；嗤霆、御人和帝琊靜靜站在一旁看著他們。

剎和玥相視一眼，紛紛伸手拿起了我手心的淚晶，在拿起的那一刻，他們的眸光登時閃爍起來，清澈的眸中閃現出淚晶裡的畫面。

「雖然，你們已經知道了一切，但是，我還是想把我的懺悔留給你們。」我握住了他們兩個拿著淚晶的手，他們一起看向了我。我朝他們揚起了幾乎快被自己遺忘的微笑：「再見了，我這裡的哥哥們。」

他們神情複雜地看著我，複雜到一時難言，只是一直一直看著我。淚晶從他們手心消失，嵌入了玥的白金王冠和剎的雙魚玉佩之間。

他們緊緊地握住我的手。

忽的，御人和帝琊也紛紛上前，伸手一起抱住了我，緊緊的力度包含了太多太多複雜的感情。

嗤霆呆滯地站在外側：「妳……真的要走了？」

「她必須走。」當陽的聲音傳來時，大家放開了我，和我一起看向陽。他金色的眸中也帶出了絲絲的不捨，他深深地凝視著我：「因為這裡不是她的世界，我們也不是她愛著和恨著的人。」

他的眸光越發糾葛起來。

我對他揚起淡淡的微笑：「我準備好了。」我的手心裡，是最後一顆淚晶，是留給這裡那個還不會恨，沒有背負恨的魅兒的。

「等等！」嗤霆大步到我面前，看看我，眸光倏然收緊，一把拉起我的雙手，握上我的手腕，瞬間神光乍現，我手上的鐐銬在神光中炸成了點點星光。他帶著一分彆扭地側開臉：「我想在妳還在的時候還妳自由。謝謝妳給了我那麼珍貴、只屬於我的禮物。」

聖陽伸出手落在他的肩膀上，輕輕按了按。他擰擰眉，轉身大步再次離去，心情無法平靜地始終側開臉，宛如不想看後面的事情。

我抬眸看向陽，他伸手輕輕撫過我的臉：「我知道我無法化解妳心裡的恨，但希望妳在復仇後，能夠活得快樂。」

「哼。未來的事，誰會知道呢？只管眼前就好。」我在他疼惜的眸光中深吸一口氣，閉上了眼睛，當再次睜眼時，我已在金光琉璃的世界中。謝謝這次特殊的安排，讓我用另一種形式在另一個世界修補了自己的人生。

一張大大的臉現於我的上方，透過金光看著我，是另一個我。她神情複雜地看著我，空靈縹緲的聲音也隨即而來：「妳現在還恨嗎？」

「哼……」我懶懶地臥於地面：「在這裡……不恨了。在那裡，要等我殺了聖陽再說。」

「所以……妳不打算改變？」

「世界總需要一個魔頭。要是別人做了，我還不好控制呢。」我瞥眸看她：「妳現在叫什麼？」

「陰女。」

「陰女……」我想起了鳳麟讀的卷軸：「這是世人對我的稱呼。」

「不錯，還是世人心中明亮。陽覺得陰女娘娘很適合我，陰陽之陰，男女之女，他是陽神，我是陰神，也證實我是真神的身分，妳可以放心了。」她笑容燦爛地看著我，對我眨眨眼：「拆光他們。他們已經不配做神了。」

「哼……」我瞥回眸光。我果然還是我，真高興自己沒有變成和聖陽一樣的聖母。

「陽他們都這麼說。」她的話讓我有些吃驚，起身看她：「陽也這麼說？」別人這麼說我還可理解，但陽會那麼說，真是奇特。

「嗯！」她笑著點頭：「陽說拆了才能讓他們清醒，讓他們重生，讓他們重新找回初心。」

我落眸深思，我從未想過要去拯救他們，我一直只想復仇，只想讓自己解恨，但當我復仇之後呢？我該如何處置他們？

陽的話，算是提醒了我。

一切重來。

「神鏡好了。」她的身邊現出了陽、玥、剎、御人、帝琊和嗤霆，周圍現出了那六個男人，六個我最初相信的男人，他們的臉紛紛現於我的周圍。在我的世界，他們如此「團結」的出現只是在封印我的那一刻。

「我們要開始了。」陽認真地對我說，我也肅然看向他們七人：「記住，等我回去後，把鏡子毀滅，它也是源頭之一，我回去後也會把那裡切斷，從此我們兩個世界不會再相通，彼此影響。」

他們一起點了點頭。

我伸出手，廣玥的魂珠現於掌心，我勾唇邪邪而笑：「我們要回去了，跟你們了結這段孽緣！」

他立在魂珠中狠狠盯視我：「被我愛就是孽緣？哼，妳的麟兒才是真正的魔物，妳跟他才是孽緣！」

「閉嘴！」我冷冷俯看他：「我是邪神，他是魔神，你不覺得我們才配嗎？哈哈哈哈——」

金色的光芒開始吞沒這個小小的球形世界，它飄浮起來。我的前方出現了那面巨大的時空神鏡，聖陽、陰女、廣玥、御人、殷剎、帝琊和嗤霆站在我身後，他們的神光同時衝出，撞擊在我的球形世界上，登時強大的推力將我推向那面時空寶鏡。

啪！鏡面在我面前瞬間炸碎，時間突然凝固，我繼續向前，接著轉身看那七個站在一起的人影，希望你們能活得開心幸福。

強大的吸力再次將我和廣玥吸入那股漩渦，無數畫面從我身周飛過，我看到了麟兒！但是麟兒好像被封印了！

那一瞬而逝的畫面屬於那個世界，成為了另一端的故事……

我和廣玥被巨大的力量急速甩出，面前再次出現鏡片凝固在空氣中的世界，一股強大的推力把我推向了那些鏡片。衝破滿是鏡子碎片的世界時，我看到了麟兒焦急的臉龐，他依然被時間封凍在鏡框前，一手緊緊抓住鏡框，一手伸入了鏡子內黑暗的世界。

我立刻朝他伸出手。當我握住他的那一刻，鏡片倏然飛濺開來，耳邊傳來他用力的大喊：「師傅——」

我被他用力拉出了鏡面，同時將身後的廣玥也一起帶出！

「師傅！」麟兒激動地把我拉入他的懷中擁緊：「師傅……」

周圍的世界開始崩塌，漸漸現出站立在外面、面帶血絲的殷剎和吃不飽等人，殷剎在看見我的那一刻，安心浮上他無情冷酷的臉龐。所有人驚訝而又安靜地站在崩塌的世界之外，其餘被困在封印中的神族則呆滯地看入中央。

廣玥的身體隨著那崩塌的碎片一起墜落，砰的一聲，重重摔落在一塊殘破的神宮碎片上，登時，被囚困的眾神驚詫地屏住了呼吸。

「廣玥大人！」

「廣玥大人——」

「妳這個魔女——」

「妳對廣玥大人做了什麼——」

我緩緩從麟兒的擁抱中離開。他在眾神憤怒的喊聲中來到我身前大喝：「你們都閉嘴！」宏亮而威嚴的聲音瞬間讓眾神噤聲，呆滯地看著在我身前被麟兒占據身體的啮霆。

當然，他們的眼中應該還是那個啮霆大人吧。

我看落下方廣玥的肉身，他靜靜地躺在那塊神玉上，隨著那塊神玉緩緩飄浮，顯得虛弱不堪。在回到自己的身體時，我也感覺到了自己的疲憊和乏力。和廣玥的一戰，又在時間的漩渦中來回，讓我們都耗盡了彼此的神力。

我緩緩飛向他，殷剎、闕璿、君子、紫垣、吃不飽、長風、焜翃、八翼、奇湘、茶花等人不約而同地落在了我的周圍。

殷剎飛落我的身旁，伸手捏住了我的手臂，擔憂看我：「還好嗎？」

我搖搖頭，他放開我的手臂，退到玉台外，和鳳麟一起護住我的周圍。

我攤開手心，取出了廣玥的魂珠，空氣中登時傳來聲聲抽氣。

站在奇湘身後不遠處的化無也徹底呆滯。

「娘娘捉到他了？」紫垣驚訝地看著我。

嗚！震天錘回到了我的身旁，殺氣繚繞。

「妳捉到他了——太好啦——」帝琊的身影剎時浮現震天錘：「快讓他進來——我快等不及了——」

「小妹，妳收手吧！」御人的身影隨即浮現，用少有的真切目光看著我：「妳這樣會萬劫不復的！」

「哼！」我手拿魂珠，苦澀而笑：「萬劫不復的，該是你們！」我看都不看他們一眼，把魂珠直接埋入廣玥的體內。

「娘娘！」

「妳在幹什麼——」帝琊嘶吼起來。

我瞥眸看所有人：「我刑姬自復仇以來，一直光明磊落，正面交鋒！我要的，就是公平二字，讓你們可以輸得心服口服！所以，我要讓廣玥再站起來面對我！廣玥！」我收回手時，他猛地伸手扣住了我的手腕，睜開了那雙緊閉的眼睛。

「師傅！」

「小妹！」鳳麟和殷剎立刻到我身旁。

廣玥依然躺在玉台上，我冷冷盯視他，他拉住我的手，也冷冷盯視我，白金色的瞳仁裡漸漸劃過黑氣，他登時擰眉，像是在努力壓制體內開始躁動的魔性。

「妳還在等什麼？」他朝我大吼，緊緊扣住我的手腕。

我捏了捏手，瞇起眸光：「你真的準備好了嗎？」

他狠狠地看著我，一直看著我，忽然，他猛地起身撞上了我的唇。月牙色的髮絲泛著白金的光芒飛過我的臉龐，一滴淚從飛揚的髮絲間滑落。

他拉住我的手，狠狠挖入自己的體內。他的唇在我的唇上顫抖了一下，滑過我的臉龐，淚水在他的臉擦過我的臉時染上了我的眼角。他靠落在我的肩膀上，輕輕環住我的身體：「讓我解脫吧……我累了……」無力的話語現於我的耳邊。

我的心開始梗痛，在另一端的回憶開始浮現眼前，那個最初的廣玥，他對我說的那些發自內心的話：

『我想讓妳做我和陽的妻子……』

『可是妳的眼裡只有他……』

『他入魔，也是因爲妳……』

「玥……我原諒你了……」我的手從他的身體裡狠狠抽出，拔出了他的神骨，他緩緩從我身上滑落，整個世界忽然陷入了時間靜止般的寧靜。

撲簌！他的身體墜落在玉台上，我的手中是一根完全徹黑的神骨，它已經化成了魔骨，魔氣在神骨上纏繞。

「廣玥大人入魔了？」

「這……到底是怎麼回事？」

「到底誰是對的？」

「大家冷靜一下，或許娘娘真是冤枉的！」

眾神的驚呼聲聲而來，殷剎從我手中取走了魔骨，目露憂慮：「魔障在他心裡，妳要把他的心挖出來。」

我點點頭，鳳麟立刻蹲下身扶起廣玥，廣玥已經氣若遊絲，蒼白的臉如同冬夜裡最蒼冷的銀月。

我的神力開始纏繞指間，看向廣玥，月牙色的長髮凌亂地遮蓋住了他的臉龐，在他微弱的呼吸中輕顫，靠僅剩的神丹保持他的肉身。

魔障必須除掉，否則會跟著他輪迴轉世！

我毫不猶豫地挖入他的胸口，他登時痛苦地仰起臉，整張臉因為劇烈的疼痛而抽搐。我立刻捏住了一顆竟是分外陰冷的心臟！我心中不由大驚，抓住那顆心一把挖出。

「啊──」

一顆黑色的心臟被我從廣玥的體內挖出，可是我萬萬沒想到那顆心竟已經生出無數觸手，牢牢地抓住廣玥的體內，如同我挖出不是一顆心，而是一顆心形的魔物。

「啊──」廣玥痛苦地大吼，那個魔物在我身體裡扭動，牢牢揪住廣玥的體內，這不是廣玥的心，這不是！

「你的心呢！玥！你的心呢！」我失控地揪起廣玥的衣領，他虛弱地抬起臉，卻是對我揚起了笑：「呵……呵……哈哈哈——」那笑容像是在說：妳被我騙了。

我驚然起身，趔趄了一下，殷剎立刻扶住我的身體，我的全身感覺到一陣陰寒的戰慄，我到底，被誰愛著護著？

那黑色的魔物想要鑽回廣玥的體內，君子立刻伸手截住它，抓住了它的一條觸手，將它再次強行拽出，它其餘的觸手卻依然與廣玥體內相連。

「沒用了。」殷剎凝重地開了口，君子和所有人驚訝地看他，他扶住我身體的手一緊：「這魔障已經成為他的心，和他神魂相連，如果強行取出，他的神魂會萬劫不復。」

我呆滯地看著他，看著他臉上像是贏了一切的笑容。麟兒的那顆影子心……是他的……那顆影子心裡，帶著他對我的愛……

「唔！」忽然，麟兒痛苦地捂住了自己的心，他扶住廣玥的手開始痛苦地收緊：「啊——」仰天痛苦地大喊時，雙眸瞬間徹黑。登時，君子抓住的魔物像是感覺到了什麼而扭動起來，宛如吸血鬼聞到了血腥味，無數條細細小小的觸手從它體內而出，驚得紫垣一時脫了手。

在君子鬆手的那一刻，那個魔物的觸手飛快地纏住了麟兒扶在廣玥身上的手，瞬間進入了麟兒的皮膚。

嗖嗖嗖！原本連結廣玥神魂的黑色觸手也從廣玥體內抽出，和其他魔障一起鑽入了麟兒的體內。

「鳳麟！」殷剎正要上前，我伸手攔住，無神地搖了搖頭：「麟兒是真正的魔神，魔障是他的食物。」

「鳳麟是魔神？」殷剎目露驚訝，其他人也陷入驚訝。

那魔障已經徹底消失在了廣玥體內，廣玥的身體往前無力地倒落，麟兒的手臂開始浮現一條又一條黑色的魔障，如同一條條黑色的小蛇正向自己的主人靠近！

「啊——啊——」麟兒變得異常痛苦，他要蛻變了！

玥是真神，他生出的魔障竟是已經成形，若再過萬年，那魔障甚至可以反過來吞噬玥，讓玥徹底消失。

這被玥孕育出來的魔障正好成了麟兒的食物，讓他可以瞬間脫胎換骨，成為魔神！

只見嗤霆的衣衫開始染上了黑色，黑色的魔氣從他的雙手而出、纏上了他的身體、他的脖子、他的臉，將他一點點吞沒，五官徹底消失。他徹底變成了黑色，更像是一個人在一張黑色的皮中掙扎。

「唔——唔——」因為沒有嘴，他痛苦的嘶喊被封在了那張黑皮之下。

「不好！魔神要誕生了！」殷剎登時上前一步，看向眾人：「散開！」

立刻，眾神散開，將麟兒圍在了中間。

我靜靜地看著他，他是我的麟兒，即使那顆心是玥的，他依然是我的麟兒。我要看著他重生，迎接他重新來到這個世上，成為他第一眼看到的女人！

「小妹，快退開！」殷剎憂急地來拉我：「他重生後就不再是妳的麟兒，他未必會記得妳！他會傷害妳的！」

「不！」我拍掉殷剎拉我的手，緊緊盯視那個扭動掙扎的魔物：「無論他變成什麼，他始終是我的麟兒，他一定記得我！」

「啊——」黑色的皮在他的臉上開始龜裂，出現了一張嘴，痛呼立刻從他口中喊出。登時，嗤霆的神魂也被驅逐出來，虛弱地倒落。震天錘立刻飛來，帝琊和御人的神魂扶住了他神魂的同時，也把他收入震天錘中。

強大的魔氣從他體內衝出，整個天空也瞬間風雲變色，出現了一個黑色的漩渦，這是魔神誕生而帶來的異象！

「麟兒……」我心痛地看著他痛苦的掙扎，聽著他痛苦地嘶喊，朝他一步一步走去。

「小妹！」

「娘娘！」大家都焦急地呼喊我，但是，我始終沒有停下腳步。我站到他面前，強烈的氣流揚起我的髮絲，他的臉上裂出了一隻全黑的眼睛，他痛苦地喘息，用那隻黑色的眼睛牢牢盯視我。

「呵，呵，呵，呵。」

「我知道很疼，很快就好了。」我伸手抱住了他的身體，他的全身開始繃緊，魔力碰到我身體時，竟是劃開了我的皮膚，他成了真正的魔！我們神族的剋星！

「吼，吼，吼，吼。」他靠落我的肩膀，痛苦而吃力地粗吼，我輕撫他的後背，每一次撫過他冰涼繃緊的皮膚，我的手心便被他的魔力劃傷，神血從手心流出。

「娘娘——」小竹焦急地要朝我而來，綠眸已被淚水覆蓋。

「娘娘！」焜翃、長風、紫垣、吃不飽、君子和其他人也都要過來。

鳳麟登時感覺到了殺氣，仰起臉咆哮：「啊——」登時魔力炸開，卻是繞過我，直朝他們而去。

「不准過來！」我登時伸出手，鮮血從我手腕滑落，一滴一滴滴落神台，闕璿的淚水也隨之落下。

他們頓住了腳步，痛苦而憂急地看著我。

魔力在他們面前頓住，如同一條條可怕的黑色的樹藤在周圍搖曳。

「回來！」殷剎大喝一聲，緊緊盯視那些橫生的魔杖。他們捏了捏拳頭，咬了咬牙，再次退回，狠狠地盯視朝他們瞪視的鳳麟。

殷剎擰緊雙眉，和其他人一起立於周圍，可是神光已經在他們手中隱現。

小竹擦了擦眼淚，雙手也開始浮現神光，恨恨地看著我懷中的麟兒。

「我不准你們封印他！」我在麟兒身前轉身，狠狠環視眾人，他們吃驚地怔立原地。

「小妹！不能心軟！」殷剎憂急看我：「他現在沒有心性了！」

「你想像當年封印我一樣封印他嗎？」我厲聲大喝。

殷剎登時怔立在原地，目光開始不停地顫動。

我的心哽咽而痛，含淚看他：「我信他，因為他愛我，愛是不會消失的！總之！」我擦去淚水，撐開雙臂護在麟兒身前，狠狠看眾人：「我不會讓他和我一樣！被信任欺騙，被愛背叛！」

殷剎的身體顫了顫，失神地垂下臉，手中的神光漸漸淡去。

眾人在怔愣中也緩緩收回了神力。

魔杖慢慢從我身旁收回，大家再次看向我身後的鳳麟。

「師傅……」嘶啞的喊聲從身後而來，我怔了怔，驚喜地轉身。他用那唯一的一隻黑眼睛看著我：「把我……關起來……」

我的淚水再也無法控制地滑落，我知道！我就知道！我相信我的麟兒是不會忘記我的！

他似是痛得全身顫抖，顫顫地伸出手，撫上我的淚。在他的手撫過我的臉龐時，登時帶出一抹刺痛，他黑色的眼睛裡眸光猛地收緊，顫顫地收回手，黑色的手上染上了我的神血。

「沒關係的。我不痛。」我握住了他的手，鮮血頓時在我碰到他時流出，但我沒有放開，牢牢握住他的手，撫上我的臉，任由鮮血從臉上和淚水一起落下：「記住我的溫度，記住我的氣味，醒來時，一定要記住我。」

他那唯一的黑眼睛裡，流出了一行淚水。

我微笑看他：「相信我，我會讓你記起我，重拾人性！」

我伸出手，啪的一聲響指，暗光從他的背後浮現。

他對著我，點了點頭，忽然痛苦地閉緊眼睛，他再次捂住了心口，他的手化作了利爪，挖入了自己的心口：「啊——」他痛苦地大喊，手像是抓握著什麼從胸膛裡而出。可他的手心裡是空的。而他身旁的影子，手中是一顆跳動的心臟！

忽的，空氣中浮現了細細小小的血精，那些血精開始在他的手心彙聚凝結，一顆鮮活的心開始浮現，心臟的神血在他的魔力中又開始剝蝕。他放開了心臟，心臟變得完好無損，飄浮在我的面前。他吃力地往後倒去，被暗光溫柔地包裹。

「還給……他……」他閉上了那隻黑色的眼睛，沒入了暗光之中。

天空裡的漩渦開始消散，霞光瞬間灑落整個神宮，每一塊神宮的碎片在霞光中閃耀聖光。

我托起那顆心臟，靜靜地看了許久，溫熱的心臟裡，感受到了那熾熱的愛意。他拋棄的不僅僅是對我最初的愛，還有他善良的本性。

整個世界隨我一起陷入安靜。誰也沒有再說一句話，甚至連那些大驚小呼的眾神們，此刻也沒了聲音。

鏡子的碎片開始慢慢從四周匯攏，刺目的光芒閃現之時，一個人從光芒中浮現，虛弱地跪倒在玥的身旁，他滿頭如同鏡光的長髮也隨著他灑落在玥傷痕累累的身上。

「主人……」他哽咽地、顫抖地抱起了玥的身體：「是我害了你……」他抱住玥無聲地哭泣，輕輕地，再次放落玥的身體跪行到了我的裙旁：「娘娘……主人為了讓妳成為完美的邪神，挖出了自己的心，捨棄了對所有人的情和善念，才能狠心封印娘娘，殺了聖陽。娘娘……主人做的這一切……全是為了娘娘……」他抓住了我的裙襬，痛苦地哭泣。

而我的心裡，卻是憤怒在熊熊燃燒！

愛一個人，可以做到怎樣的地步？

可以許妳一個諾言？可以陪伴妳一生一世？還是可以為妳捨棄生命？

但是，沒有一個人會像廣玥，為我挖出心，拋棄對所有人的感情和善念，只為能狠下心讓我成為他心目中唯一的女神！

玥，你真是個瘋子！是你這個瘋子把我逼瘋的！

我毫不憐惜地轉身踹開抓住我裙襬的男人——那面時空神鏡。

他撲倒在地上，散開而如同鏡光的髮絲裡透出他龜裂的臉龐。

我冷冷地俯視他：「所以你覺得玥這麼做是對的？」極度的憤怒幾乎讓我的聲音也開始顫抖。

他抽泣地低下臉，那絲絲縷縷如同鏡光的長髮滑落他的臉龐，遮蓋住他那張盡毀的容顏。

「他因為愛我而散布謠言！因為愛我而辱我清譽！因為愛我而封印我！因為愛我更是殺了他的兄長！因為愛我讓自己都入了魔！你還覺得他為我做的這一切都是對的嗎？你就是這麼愛你的主人的嗎？」我憤然再次抬起腳，朝他狠狠踩去。

啪！忽然，我的腳踝被一隻冰涼的手牢牢拉住，他含淚吃驚地看我腳下。是玥……是他的主人抓住了我的腳，阻止我去傷他。

玥無力地躺在我的裙下，卻是用那隻染滿鮮血的手抓住我的腳踝，不讓我傷他的神鏡：「玄鏡……阻止過我……不要……怪他……」

「主人……」玄鏡哽咽地朝玥爬去，重傷的身體四處龜裂，每爬一步都變得異常地艱難，他顫顫地伸出同樣龜裂的手，抓住了玥的衣襬：「我不該給你看的……我不該給你看的……」

玥的手緩緩滑落我的腳踝，無聲地再次倒落地面，用他最後的一分氣力，護住了他的玄鏡。

我手托玥的心臟深深呼吸，強行忍下心中翻江倒海般的憤怒，連呼吸也在隱忍中不停地顫抖。

殷剎默默地蹲下，輕輕地扶起了玥。帝琊、御人和嗤霆的神魂拖著震天錘飛至他的身旁，陰沉地看著玥：「他是我們的——」

如同陰魂的嘶吼般，他們朝玥齊齊伸出了手。

殷剎靜靜地看向我，我看落手中的心臟，眸光一緊，一把把心臟埋入了玥的體內。他的身體微微繃直了一下，再次癱軟，無力地靠在殷剎的身上，徹底失去了呼吸。

我從他體內抽手之時，帶出了他的神丹，他的身體瞬間失去了肉身，只剩下稀薄透明的神魂。他從散亂的髮間疲憊地抬起臉，失神地看著我，月牙色的眸子裡顯得一片空洞，空洞得如同整個世界正在被掏空。愛、恨全開始在他的世界裡風化，讓他的神情不再陰鬱，不再深沉，不再淡漠，他徹底失去了表情，卻顯得是那樣地輕鬆。

我心痛地看他：「你的愛，對我一直是傷害！你把我傷害得體無完膚，身心俱瘁！」

他的眼神渙散了一下，低落地垂下臉，沒有任何辯解的話語。

我強忍心中沉沉的痛。我不知道為什麼會痛，明明對他是那麼地憤怒，卻無法像對別人那樣地絕情。

我狠心拂袖轉身，閉眸擰眉：「他是你們的了。」

「玥——來跟我們打牌吧——哈哈哈哈——」陰氣從身後掀起，揚起了我臉邊的髮絲，我能感覺到他們席捲了玥的全身，將他深深拖入震天錘之內，算清他們之間的帳。

「替我對陽說聲……我錯了……」這是玥在這個世界，留下的最後一句話。

「主人————」玄鏡痛哭的嘶喊劃破了神界的安靜，如同一道蒼白的閃電靜靜地劃破了漆黑的夜空。

我閉眸深深地呼吸，每一次呼吸，都帶起心底撕裂般的痛。我拆光了自己哥哥們的神骨，呵……我拆光了自己的哥哥們！

我應該笑的，可是，為何我卻笑不出？反而我的心是那麼地痛！

我明明解了恨，可是心裡的結卻越大、越死，重得如同一塊巨石！讓我無法呼吸……是因為……我在另一個世界重遇最初的他們嗎……

「娘娘……」小竹大著膽子到我的面前，輕輕呼喚。

我緩緩睜開眼睛，明明復仇了，我反而沒感覺到半分輕鬆。自己的身體越來越沉重，沉到我無法邁開腳步，重到我的心無法跳動。

我看落哭泣的玄鏡：「你身為神鏡，理應讓他多看看自己的初心，而你！」他在我的話音中緩緩起身，龜裂的臉上是心如死灰的神情，我隱忍憤怒地看著他：「你已修成神身，是可以阻止他的！而你，卻縱容他繼續錯下去！是你讓他萬劫不復的！」

「玄鏡……知罪……」他伸出雙手，面無表情地緩緩拜落我的面前：「玄鏡知道該怎麼做。」登時，刺目的鏡光從他身上龜裂的皮膚中迸射而出，他揮開雙臂之時，整個人在我的面前無聲地炸碎。

一片片鏡片的碎片，迸濺在了我的面前，沒有半分破碎的聲音，卻讓每個人都彷彿聽到了一面鏡子被徹底炸碎的聲音，無數細小的碎片飄浮在我的四周，碎片圍繞之間，是屬於玄鏡的神骨和神丹。

玄鏡在我面前，自毀神身。

一縷淡淡的幽魂飄浮我的面前，沒有一絲裂痕的臉是那麼的完美無瑕，他的眼睛更是我見過最清澈透亮的眼睛。但是此刻那雙眼睛裡，只剩下空洞與死寂。

「你可知玥最後為何護你？」我努力保持平靜，淡漠地看他。

他微微一怔，無神的雙眸緩緩看向我，清澈透亮的眼睛裡映出了我的身影。

我痛惜看他：「玥若護你，你必是他心中最完美的傑作。所以，他不忍你灰飛煙滅，他已將你當作自己唯一的朋友。」

他怔立在我的面前，呆滯的雙眸中再次湧出了淚水。

我抬起了右手，神力開始纏繞指尖：「一切，也是因他愛我而起，所以，我給他個面子，不殺你……」我的指尖點上他的右眼，黑色的封印烙上了他明亮的眼睛：「從此，你只能看到過去，不能再看未來。下凡入輪迴，歷劫去吧。」我收回了手，側開臉龐不想再看他。

「多謝娘娘的……不殺之恩……」他再次朝我拜落，久久沒有起身，鋪散而如同鏡光的長髮間，傳來他失神如同低喃的話音：「月光沒有像日光那般……驅散夜，是因為月……深愛著黑暗的夜……」

我微微一怔，剎、紫垣、小竹、闞璿和君子也陷入了怔愣，目光落在他淡薄的身上無法移開。吃不飽擰起了眉，長風、焜翃、奇湘和茶花靜靜地站立一旁。

「他想與她，相依相伴……想與她……相依相存……」

整個神界再次變得安靜，讓他的低喃可以映入這裡每個人的心，沒有人打斷他的話音，沒有人阻止他說下去。

他緩緩起身，透徹清亮的眼中悲傷地滑落兩行清淚，無神而空洞地凝視前方，繼續低喃：「月用自己微弱的光想吸引夜的注意，渴望她的側目，渴望得到她的擁抱，溫暖他孤冷的心……可是……即使月和夜相依相伴每個夜晚，夜的眼中，依然……只有那閃耀的……陽光……」他死灰般無神的視線緩緩移向了上方，那輪空中的太陽，清淚劃過他的臉頰，在太陽中閃爍出淒涼蒼冷的鏡光：「主人……你愛錯了人……」

我的心猛地抽痛，怔怔地看他。我一直覺得是自己愛錯了人，愛錯了聖陽，我知道愛錯人的那種痛！那種悔恨！

而此刻……玄鏡說玥也愛錯了人……

我的心好痛，痛得大腦嗡鳴，痛得淚水模糊了雙眸。

愛錯人，誤一生，是我誤了玥的一生……

玄鏡在說完這些話後，不再開口，只是呆滯地一直望著太陽，恰似時間在他的四周已經靜止。剎在我的身旁輕嘆了一聲，緩緩伸出了手，神光將玄鏡的魂魄籠罩，他在我身前漸漸消散，收入殷剎的衣袖之中。

玄鏡，消失了……可是他的話音……卻已經深深印入了我的心底……

黑暗對光明的追隨，與生俱來；而月對黑暗的注視，黑暗卻從未察覺。因為黑暗的眼中……只有那蓋過月光的光明……

「小妹……」剎握住了我的手，我緩緩看向他，他複雜地看我一眼後，目露認真：「該結束了。」

我垂下眼瞼，深深呼吸，努力平復心底的痛，緩緩收緊了眸光，是該結束了！

第八章　相隔三千年的對話

腳下的玉台開始飄起，殷剎、紫垣、吃不飽和小竹、君子他們一起隨我飛起，我終於回到了九天之上，眾神之前！

我高高地俯視他們，法陣從他們身上退去，他們重獲自由。但是，他們沒有離開所站立的玉柱，而是仰起臉，一起靜靜地看向我。

我緩緩開了口：「廣玥入魔……」說完這四個字，我的喉嚨卻是梗痛起來，久久沒有再說下去，失神地看著前方。

輕輕的，剎再次握住了我的手，我緩緩回神：「廣玥入魔，弒殺真神聖陽；帝琊淫亂六界；嗤霆嗜血暴虐；御人殘殺神器神獸。各真神分崩瓦解，忘記初心，殘害六界，已不配成為六界之神！今，我刑姬以六界審判之神之身分，拆去廣玥、御人、帝琊、嗤霆等四人之神骨，收其神丹，囚其神魂，賜四神思過之刑！」我朗朗的話音迴蕩九天之上，震盪神界每一絲空氣！

我環視那些全身發緊的眾神，冷冷地再次開口：「另有娥嬌、瑤女、洛兮、勾嫌等一眾叛亂之神，也已被收回神骨神丹，聽後發落！所有神骨神丹本尊將重尋新人，重塑新神，司職六界！從今而後，六界由本尊刑姬執掌！諸神聽本尊號令！」我撐開了雙臂，黑色的袍袖如羽翼般振開，神界天空瞬間霞光萬丈，照落在我所站的神台之上！

眾神紛紛下跪，恭敬行禮：「謹遵娘娘神旨——小神知錯——」

終於看到眾神跪在了我刑姬的裙下，我的臉上卻始終無法露出笑容。

我的心底一直在壓抑著，我知道自己在壓抑什麼——壓抑著他！

❖

站在意識的邊緣，他漸漸浮現在我的眼前，淡薄的神魂，淡薄的衣衫，凌亂披散的長髮，以及滿是傷痕的身體。

重重的鎖鏈鎖住了他脖子，纏繞在他的身上，他赤裸的腳下是連接震天錘的法陣，神印浮現他的腳下，讓他無法離開半分。

他依然淡漠清冷地看著我，他憑什麼到這個時候還能保持他的高傲與冷靜？宛如錯的那個人是我，宛如操控全域的人是他，宛如我才是那顆被他把玩在手中的棋子，宛如我成為六界之神是他的手筆！

「你一開始就知道麟兒的心……是你的嗎？」我狠狠地瞥眸看他。見他身上傷痕累累，顯然是他已經被御人、嗤霆和帝琊三人狠狠回報了一番。

若是他知道，那麟兒成了什麼？麟兒對我的愛又算什麼？我到底是在被誰守護？被誰深愛？

他的眸光微微垂落，神情依然寡淡。他微微抿唇，卻是帶出一抹似有若無的輕笑，輕蔑的神態像是就算我求他，他也不會告訴我！

「玥！」我恨得咬牙切齒，手中蛇鞭啪的一聲甩出：「你一直把我當玩笑看嗎？」我狠狠地揚起了鞭子。他淡淡抬眸，淡淡看我：「心既然被我捏碎，我又怎會關心它的影子去了哪裡？」

我頓住了手，怔怔看他。他月色的眸中劃過一抹黯然：「妳的麟兒對妳的愛，不是我的，妳可以安心了。」

我垂下手臂，鞭子嗒啦一聲落地。我走向他，一步一步，一步一步到他身前，一把揪住他的衣領，狠狠看他：「你為什麼不能用正常的方法來愛我？」

他月牙色的雙眸也顫動起來，猛地狠狠看我：「因為妳根本不看我一眼！」

「那是你自己高傲！不把任何人放在眼裡！」

「如果我眼裡沒有妳，我為什麼要和陽一起守護妳降生？」

「那你可以說啊！你為什麼不說？」

「妳給我機會了嗎？」他朝我大吼，徹底失控：「妳給了嗎？在妳降生之時，妳的眼裡只有陽……只有陽！妳只看著他，妳只投入他的懷抱，妳只對他說：我來了！妳有看過我一眼嗎？有嗎？妳就那樣和陽從我面前直接走過，根本沒看我一眼！妳知道我當時的心有多痛嗎？」

「所以你不要你的心了？」我大腦嗡鳴地看他，哽咽難言。

他的眸中也露出了抽痛，卻是狠狠地甩開臉：「它總是痛，很煩，讓我無法專心造物！」他說得異常絕情，宛如此刻他可以把他的心再丟一次，也不會去找回。

「你真是個瘋子！」我久久看他，他的嘴角帶出一抹苦澀：「瘋了才好，不然怎麼讓妳只看我一人！」他轉回臉狠狠地盯視我，和我憤怒心恨的視線緊緊糾纏在了一起，即使世界上最厲害的大力士，也無法把我們絲絲糾纏的視線扯開！

我終於忍無可忍地狠狠扯落他的長髮，吻住了他的唇，我不知道自己為什麼要這麼做，但是，我想！我好想撕去他冰冷淡漠的外衣，高傲輕蔑的姿態，甚至連要我時都是一副鎮定冰冷的神情！我要看到真正的他，那個為我瘋狂，為我入魔的他！

登時，他毫不客氣地一把攬緊我的腰，深深吻入我的唇，整個世界帶出鎖鏈叮噹的聲音。他緊緊地圈緊我的身體，用他身上的鎖鏈將我也緊緊纏繞。我貼上了他滿是鎖鏈的身體，冰涼的鎖鏈印在我的身上，堅硬地帶出了絲絲的疼。

他抬手扣住我的下巴，大口大口吮吸我的唇，雙眸緊閉，像是不顧一切地吻入我的唇。他的呼吸瞬間升溫，宛如壓抑了太久太久的熱情在一朝噴發，燃燒我的身體。

他的嘴唇熱燙如同烙鐵，含住我的唇時甚至帶出一絲灼燒般的疼。他圈緊我身體的手帶著鏈條從我後背撫上，撫上了我的後頸，牢牢扣住，不讓我再逃離他的吻半分。我清晰地感覺到沉重的鎖鏈垂掛在我的後背上。

他重重地壓下唇，牙齒撞在了一起，他的舌登時伸入，壓住了我的舌，用那火燒般的溫度狂亂地掃過我唇內的一切，粗暴而狂野。

「呵，呵，呵，呵。」他的呼吸開始急促，身體也朝我靠來，我被他壓得後退了一步，他就進一步，登時鎖鏈鎖住了身體，讓他無法貼上我的身體。他擰了擰眉，猛地一扯自己的身體，鎖鏈立刻勒緊了他的身體，瞬間勒破了他身上淡薄的白衣，帶出了一絲血痕。

我用力推他，他睜開眼睛灼灼地看我，裡面是狂野的情欲。我避開他赤裸裸的目光開始掙扎，他的眸光漸漸變得發狠，狠狠咬住我的唇，一把扣住我推開他的雙手，用他手腕上的鎖鏈繞住了我的手。我吃驚看他，他卻微微閉眸，再次吻入我的唇。

他的吻開始變得緩慢而綿密，更加緊緊地握住了我的雙手，不讓我離開他像是在岩漿中浸泡過的手。

他的唇離開了我的唇，吻上了我的耳垂，火熱的檀口包裹住了我的耳垂，瞬間熱意襲遍我的全身。他扣住我後頸的手緩緩撫落我的後背，停落在我的後腰，猛力一攬。登時我的下身貼上了他的下身，瞬間堅硬的熱鐵抵在了我的小腹上，那堅硬的物體像是要刺入我的小腹般狠狠頂上，而那可怕的溫度更是隔著衣衫直接烙在我的小腹上，顯示出他主人此刻體內翻江倒海般的灼熱。

他不斷地吮吸我的耳垂，吞進吐出，用他的舌捲起、繞過，火熱的呼吸也隨之噴入我的頸項。他的吻帶著粗喘開始下落，大口大口地吮吻而下，在我的頸項上留下一點又一點刺痛。

他扣住我雙手的手壓上了我的胸口，順勢一把握住我的聳立，熱燙的手帶出一絲刺痛，也燒熱了我的酥胸。他不再像上次那樣有條不紊地揉捏，而是一把握緊後不再鬆開，並在我的頸邊長長吐出一口氣息：「呼……」像是片刻的喘息般，他的腿擠入我的腿間。

他的胸膛在我的胸前起伏。倏然，他放開了我的聳立，雙手圈抱我的身體，猛地將我托起，鎖鏈叮噹作響，瞬間將我的雙乳送到他的面前，他登時隔著我的衣衫狠狠含入火熱的檀口之中。

「嗯……」我不由發出一聲輕吟。他緊緊抱住我的身體，埋入我的胸裡，濕熱的舌隔著我的衣衫舔上，大口大口吮吸、輕咬，舔濕了我的衣衫。他一手托住我的身體，一手撫上我的後背，抓緊了我的衣領。

嘶啦！他由上而下徹底撕碎了我半邊裙衫，碎衣掛落肩膀，也露出了那他久久渴望的雪乳，他登時再次含入，肌膚的完全相親，讓我的理智早已被情潮沖毀。

我明明恨他恨得咬牙切齒，他為什麼、為什麼要讓我知道他做這一切全是因為愛我？他知道這讓我有多壓抑、多滯悶嗎？

我要在他身上獲得解脫，把這些讓我喘不過氣的感情通通還給他！

他大口大口啃咬我的酥胸，火熱的舌舔過柔軟的每一處，捲弄、吮吸、用牙齒咬住輕扯。

「呼，呼，呼，呼……」靜謐的世界裡只有他的喘息聲，他不停地啃咬，不停地吮吸，像是永遠不想放開我的身體，像是品嘗得遠遠不夠。

他含住了我另一邊的玉乳，在啃咬時用他的手也握住了原先的聳立，近乎粗暴地捏緊，猛然間，他一口咬在了我的心口，尖銳的牙齒刺破了我的肌膚。我悶哼一聲俯下臉，用被鎖鏈拴住的雙手套過他的脖子勒緊之時，也狠狠咬上了他的頸項，以牙還牙！以血還血！

「哼……哼哼……哈哈哈哈——」他在我的胸口開始大笑，全用一隻手托住我的身體，將我緊緊按在他的身前。

「哼……」我也不由笑出，眼淚卻流出了眼眶：「你讓我恨得想咬死你！」

「彼此彼此！」忽然間，他鬆了鬆托住我的手，我的身體緩緩滑落他的身體，與他的臉再次面對。他深深地凝視我，我也深深地凝視他，呼吸在我們之間交融，他白金色的髮絲上是頸側斑斑的血跡。

他緩緩放落手，撫上了我的腿，順勢緩緩抬起我的腿，讓我的小腹再次貼上他的，他定定地盯視我的臉，下身猛地撞上，堅硬粗壯的烙鐵瞬間進入。他的眸光依然落在我的臉上，像是要看盡我所有的表情。

但我怎會讓他如意？我也狠狠盯視他，微微側臉瞥眸斜睨他：「你還能這樣鎮靜嗎？」

登時，他的眸光收緊，神情變得繃緊，微微輕顫，每一處火熱摩擦帶來前所未有的舒爽感，根本無法讓人再保持冷靜。我看著他快要失控的神情，揚起邪笑。

他月色的雙眸在看到我的邪笑時變得憤怒，猛地再次狠狠挺進。他托住我的身體，開始近乎粗暴地馳騁，讓整個世界響起響亮的鎖鏈聲，叮噹叮噹！

「呵呵呵呵。」

潮紅漸漸染上他的臉龐，他盯視我的月色眸光也開始混沌，但他像是努力要保持冷靜般挑釁地望著我的臉，帶著一股狠勁，想讓我遍體鱗傷，鮮血橫流。

我也喘息地看著他潮紅的臉，看著他的理智漸漸自臉上瓦解，因為那感覺是毒藥，可以輕鬆地擊敗任何想違抗它的人。

他的雙眸緩緩瞇起，月色的臉被潮紅覆蓋，如同傍晚的晚霞般迷人豔麗，連他渾身的神光也浮出了一絲醉人的紅色。他閃爍著白金色的月牙色長髮在他的律動中震顫。他的臉從震顫的長髮中微微抬起，開闔的微翹紅唇不斷吐息，雙唇水光瀲灩，如血般潤濕。絕不會有人想到那個冰冷的廣玥大人，居然會露出如此妖冶誘人的表情。他沉溺在情欲中的神情，豔麗得讓人目不轉睛、心跳凝滯。

他毫不吃力地站在法陣裡托住我的身體，讓我圈在他的腰上，使他自己和我一起淪陷在他從未有過的感覺中。我和他的長髮在汗水中開始糾纏沾黏，久久沒有停歇。

我情不自禁地撫上他的臉。他微微一顫，停下了動作，睜開那雙迷濛的眼睛看向我。我細細地撫過他汗濕的額頭，拂開他因為汗濕而沾在鬢角、散發著神光的髮絲，撫上他眉心閃耀的神印，一點一點撫落，撫上他噴吐著火熱氣息微翹的紅唇。

「玥，讓我看看真正的你……」

他的眸光開始迷離，淡漠的神情因為這份迷離而漸漸柔和，他的眸光開始顫動起來，竟是帶出了盈盈的淚光。他俯下臉，嘴唇輕顫地吻上了我的唇，一行熱淚滑入我們相連的口中，卻是格外地苦澀。

「對不起……魅兒……」他輕輕摩挲我的唇，閉上眼眸，呼吸輕顫地沙啞低語：「這不是我的本意……不是……我錯了……我知錯了……」

鎖鏈從我的雙手上鬆落，我圈抱住了他的身體，將他的臉輕輕放落我的肩膀，我靠在他的頸邊說：「沒事了……和我一樣發洩出來，放空自己，讓我們重來……」

「嗯……」他抱緊了我的身體，喉嚨裡是哽咽的聲音，他緊緊靠著我的頸項。

鎖鏈的聲音又一次響起，堅硬冰冷的鎖鏈在我們的身體之間擠壓滾動，帶出絲絲的疼。但這小小的疼痛無法熄滅我們隔了數萬年燃燒的愛，這份遲來數萬年的愛卻是那麼熾烈、那麼失控。是的，我們失控了……我一直以為愛有多深，恨就會有多深，愛只會變成恨；卻從未想到，它可以逆轉，讓我和他願意在它熊熊的火焰中，化作灰燼……

熾熱久久燃燒我的身體，我靜靜坐在他的懷中，他在我身後輕輕環抱我的身體，用他寬大的衣衫一起把我包裹，讓我蜷在他盤起的腿間。

他一綹一綹地拾起我汗濕的長髮順在了我的腦後，輕輕地在我的頭頂留下啄吻，然後靠落我的頭頂久久沒有說話，只有我們彼此輕輕的呼吸聲。

時間在相聚時總是不覺緩慢，不知就這樣坐了多久，一起發呆了多久……

「後悔嗎？」他問。

我眨眨眼，輕笑道：「哼！我從不後悔自己做過的事。」

他再次沉默，在包裹我們的衣衫下環緊我的腰：「我拿回鳳麟的心後，才知道怎麼去愛一個人……我居然被一個魔族教會了愛。」

「呵……」我仰起臉，往後靠在他的身上：「你們神族一直不懂愛也不會愛。聖陽、殷剎、御人、帝琊……」

「御人他們？」他忽然打斷我的話。我微微側臉：「怎麼了？」

他微微擰眉，側開臉：「六界男人任妳選，但唯獨御人、帝琊和嗤霆三人不可以。」

我愣了愣，因為我從未想過要和他們三人一起，唇角不由慢慢勾起：「為什麼？」我更是轉身看他。

他的臉微微一紅，沉沉側開：「不可以就是不可以！」他的語氣分外強硬：「妳與剎、與陽、與妳的麟兒、與紫垣……即使跟妳的神獸、妳的蛇在一起，我也不會介意，但他們三人絕對不行！」

「哼……」我邪邪地笑了，靠上他的身體，緩緩繞到他的面前：「因為……他們打了你？」

他的神色登時發黑，將臉立刻轉向另一側。

我慵懶地躺落他的臂彎，單手支臉：「他們我從未考慮過呢，沒想到你如此大度。只是……下次不要再說我的神獸、我的蛇好嗎？這讓我更加無法和他們在一起了，好歹他們現在也是人形。」

「吃不飽始終是獸，小竹是條青蛇。」他一一說了起來，更像是有意提醒我：「闕璿是塊玉，君子是把扇子，還是我造的……」

「但我們現在也不能在一起。」我無語地打斷了他的話音，轉臉看向他。

他微微蹙眉，抿起了微翹的紅唇。

我收回目光：「我可以等你。」

他微微一怔後垂下了臉，長髮滑落他的手臂，落到我的面前。

「我身犯重罪，已是萬劫不復，若妳放我，之前所做的一切再無意義……」他頓了頓，面色下沉：「而且，我也不希望妳因放我而放了那三人。」

我微微而笑：「是，你和他們都必須受到懲罰，否則神界剛剛建立起來的威嚴又將不復存在，神族會再次鬆散不堪。」

「妳打算如何處置我們？」他輕輕撫上我的臉。我從他身前起身，拉攏破碎的衣衫，邁出了他的身前。

叮叮噹噹！帶著鎖鏈的聲音，他隨我起身。

我背對他淡淡看著前方：「你們人還沒齊。」

「沒齊？」

我轉身看他，他怔怔側眸思索，登時目露驚訝看我：「妳是說陽？」他登時收眉，焦急看我：「陽已經付出了代價！」

找回心的他，也找回了他的善和他的大愛。

我邪邪而笑，瞥眸看他：「他付出代價了嗎？你是在替我報仇，還是那時被心魔所惑而恨他？」

他怔住了身體，眼神一時閃爍，無言以對。

我收回目光：「我替他報了仇，回報他對我的愛，剩下要了結的是他對我的欺騙和懷疑。玥，你那句對不起還是親自對他說吧，我會讓你們團聚的。」

「那……妳還會愛他嗎？」他淡淡地問。

我轉臉看他：「你覺得呢？哼。」我不由冷笑，在他憂慮的目光中看向前方：「愛人之間最重要的，是信任。他還不如你，至少你始終堅信我是唯一的邪魔存在，遲早會一統六界；而他，說信我無害，但最終還是相信了你們的話，把我封印。」我轉身再次看他，他朝我擰眉看來。「所以，我會等你刑滿，悔過自新。但是聖陽……我對他已心如止水。」我平靜地看他，他月色的眸光開始陷入內疚和自責。

他擰緊眉，側落了臉。

「你不必自責。若是沒有你，我也不知這世間還有其他人對我的深情，我不會認識麟兒、不知紫垣的忠心與真愛、不知剎對我原來不是兄妹之情、不知神界還有很多心繫我的神族。」他在我的話音中再次抬起臉看我，我微笑看他：「是你讓我看到了更多值得我去珍愛的男人，是你讓我成長了，今天的我，始終是你塑造而成，你不覺得自豪嗎？」我微微撐開手臂，他看著我的目光開始恢復平靜，漸漸帶出一絲笑意：「妳說得沒錯。」

「哼……」我邪邪地笑起：「我始終是要長大的。玥，你從前若是像此刻這般與我多說說話，也不會壓抑到入魔了。」

他的嘴角浮出一抹自嘲的輕笑，輕輕地撫上自己的脖子被我咬傷的傷口，又微微露出一抹凝重之色，放落手抬眸看我：「我對陽有愧，還是請妳不要對他太狠。」

我平靜而肅然地看他：「我自有分寸。」

他的眸中稍露安心，深深凝視我片刻後，漸漸消失在法陣之中。我靜靜站了片刻，看著那淡淡的法陣，轉回身，踏出了自己的意識世界。

醒來之時，第一刻感覺到的是心口的刺痛，我登時從玉床上坐起，抽氣：「嘶……」我捂上了心口，玥咬得也真狠，我彷彿聞到了血腥的氣息。

「娘娘！」身旁傳來小竹的驚呼，他已經躍落我的身邊，伸手拉開我的手：「哪裡不舒服？」當他拉開我的手看落時，他的身體徹底僵硬，我看落心口，果然一個牙印正在慢慢浮現。

小竹的臉登時紅起，匆匆放開我的手直接退到床外，低落臉，用他長長的綠髮遮蓋自己的臉龐：「我去告訴大家娘娘醒了。」他的聲音也顯得有些不正常。

我放落手，轉臉看他。他登時全身一緊，像是知道了什麼祕密，怕我殺人滅口。

「不用了。」我問。

他呆呆站在床邊，像是走神。

我微微擰眉：「小竹！」

「哦！」他恍然回神，立刻說：「我這就去告訴紫垣大人他們。」說著，他轉身要走。

我立刻說：「我說不用了！」

他僵住了身體，我起身走下玉床，他立刻轉身伸手扶住我。我看向他，他又是一緊，我氣悶地白他一眼：「你在怕什麼？」

他始終低著頭不敢看我：「我、我什麼都沒看見。」

「看見又怎麼了？」我從他手中抽回手，他竟是慌忙下跪：「小竹什麼都不知道！」

「你！」我揚起手掌，他立刻伸手擋住自己。我鬱悶地放落手：「是廣玥。」

他全身一怔，驚呆地緩緩抬起臉，綠眸瞪到了最大：「廣、廣玥大人？我還以為是殷剎大人……」他不解地起身，抓了抓頭：「我就想說殷剎大人那麼古板，怎麼會那麼狠……」

「你說什麼？」我冷冷斜睨他。他捂住自己的嘴，僵硬了一下，小心翼翼地看我一眼，目露同情地再次低下臉嘟囔：「廣玥大人真可憐……雖然他做得過分，但也不至於被吸得灰飛煙滅……難怪娘娘心情好了……」

「嗯——？」我的殺氣開始升起，忽然好想揍他。

他猛地縮緊身體，眨眨眼偷偷朝我看來，小心翼翼地輕聲說：「難道……沒有吸？」他猛地瞪大眼睛：「娘娘，妳真的跟廣玥大人……？」

我登時揚起手，他登時收住話音，再次縮緊脖子嘟囔：「娘娘……妳這樣不好……應該先來後到的……」

「那是要跟你嗎？」我收回手邪邪看他：「按順序，不是該你嗎？」

登時，他的臉更紅了，在他翠綠的髮絲間像一顆熟透的紅蘋果，半天沒能說出一個字。

我登時玩心起，伸手捏上他發燙的紅臉：「來，陪娘娘玩玩。」

他登時瞪大綠眸，眸光閃爍，彆扭看我：「玩……那個啊……」

「是啊！」我眸光一閃，邪笑勾起時已經轉身化作了巨大的黑蟒，小竹見狀牙一咬，顯得極不情願，那神情像是在說死就死吧！他全身綠光閃現，登時一條渾身如同翠玉般通透的綠蟒現於我的身前，我嘴角大大咧開，朝他撲去！

小竹立刻從我嘴下逃出，我一口咬上他的身體，他扭動了一下，瞬間滑出我的嘴，蛇尾朝我抽來。我鬆開他的身體，再度纏上他的身體，他碧綠的身體成為神身後更加滑膩難纏，不用倒鉤是無法纏住他的。

他很快從我身下逃脫，遊到了大大的玉床上立起身體，綠眸雪亮看我：「娘娘妳再這樣，我就不客氣了！」

我也妖妖嬈嬈地豎起身體，邪邪看他：「讓我看看你到底長進了多少，哼哼哼……」我緩緩朝他遊去，他慢慢後退，忽然，他朝我撲下，要咬我的七寸。小畜生還想咬我？我立刻閃開，反口就咬向了他的脖子，他驚然瞪大眼睛，從我嘴前繞過，順勢纏上了我的蛇身，我們再次緊緊纏繞在一起，在大大的玉床上和他捲成了一個麻花。

他冰涼的鱗片滑過我身上每一寸鱗片，纏緊的身體讓我清晰地感覺到他皮膚下激烈搏動的血脈。看他之前不情願，原來也玩得很興奮。

我壞壞一笑，從蟒身中分出一隻利爪，一把把他的頭摁在了床上：「哈哈哈哈哈哈——哈哈哈哈哈哈——」

「娘娘，妳耍賴！」小竹扭動身體，鬱悶地大喊。

我開心地把他死死摁在床上大笑：「哈哈哈——看你怎麼起來~~起來啊~~小竹~~嗯……你也是個真神了，我是不是該給你換個名字？小紫……小綠怎樣？小綠~~」我用腳爪上堅硬的指甲抓撓他的臉，他鬱悶地用那雙綠眼睛瞪我，張開大嘴輕輕咬住了我的利爪，忽然吐出了信子輕輕舔過了我的手心，登時一陣酥癢竄過手心，我不由收回了利爪，他趁機拉長脖子朝我的脖子咬來！

「放肆！」忽然，剎的厲喝傳來。登時小竹綠光一閃，下一刻，已經消失在了我的身下，規規矩矩站立在了床邊，動作快如閃電。

我不悅地盤起身體，蛇頭放落自己層層盤起的身體，陰陰地盯視面色比我更陰沉的殷剎。他正冷冷盯視小竹，小竹倒是並不慌張，氣定神閒地站在那裡，似乎現在除了我之外，他已不怕任何人。

「正玩得開心呢，剎。」我慵懶地用臉蹭了蹭自己的身體。

剎這才把目光從小竹身上移開，朝我看來，小竹的嘴角揚起一抹偷腥般的壞笑，悄悄抬臉對殷剎做了鬼臉。

剎沉沉看我：「妳還玩？現在妳已經是六界之主！莊重點！」

我瞥眸看他：「我在我的神宮內，跟我的寵物玩，有什麼不對？還是……」我揚起了壞笑，咧開我大大的蛇口：「你吃醋？」

他的面色登時一緊，讓他的臉看上去更青一分。他忽然拂袖轉身，側臉看我：「神界之事已了結，我回冥界去了。」

我一驚，登時躍起，轉身落於他面前時，已恢復人形，抬手直接推上他的胸膛：「我不准！」

他沉臉看我，我也倔強看他，總之，我是不會放他走的。他的目光漸漸無奈，輕嘆一聲後認真看我：「我要回去打理冥界。」

我笑了，收回手：「冥界之事，在這裡也可打理。不就是把大命盤再搬回神界嗎？從今而後，你不准離開我的身邊。」我堅決地說，他怔立在我的面前。

我轉身側對他，揚起下巴說道：「我在神界，你在冥界，我們怎麼成婚？」

登時，他的神情也徹底凝固起來，雙眸像是放空般陷入驚訝的呆滯。

我側眸看他那副呆滯的神情一眼，邪邪而笑，望向同樣吃驚的小竹：「跟我去趟崑崙，我們該把那個人接回來了。」

小竹恍然回神，匆匆頷首：「是！」然後跑到還在呆滯的殷剎身邊：「恭喜殷剎大人！」他說完笑了笑，立刻緊跟在我身旁。

剎的性格我還不知道嗎？我不開口，只怕他永遠不會開口。我身邊男人多，他心中誤會糾葛也是正常。就連玥那樣鎮靜的人，也會在舉例時把小竹他們算在其中。哼……他們真是想多了，反而是小竹看得比他們任何人都清楚，深得我心。

我帶小竹飛落神界，人間竟已經是一片祥和之氣。還記得在和玥對戰時，人間正是戰火紛飛之時，只是休息了半刻，竟已是太平天下。

這場戰爭來得也未免太巧了。

我深吸一口氣，神界肅清後，天地一派清氣，不再烏煙瘴氣。

「人間過了多久了？」我立於雲端俯看下方壯麗山河。

小竹掐指算了算：「娘娘，已經過去一甲子。」

神界一戰，人間竟是六十年。

哼，不過六十年，那個人應該還不會老吧，他可已經是半神了。

「走！」我一聲令下，小竹已化作翠綠可愛的綠蟒現於我的身下。我踏其頭頂，他帶我一飛而下。

穿過重重雲天，終於再次看見了那座封印我三千年的巍巍崑崙。太多太多的回憶湧上心頭，心中感慨萬千。我的恨、我的愛，都記錄在崑崙的每一絲空氣、每一滴露珠中。

「娘娘，到了。」小竹輕輕提醒。

我抬起右手，化作龍蛋大小的暗光現於掌心：「麟兒，我們回崑崙了，這裡是你成為人形後，生長、生活的地方……」我看落崑崙。崑崙依然在仙雲霧海之中，仙氣繚繞，巍然磅礴。但今天似是有些不同，我看到各方劍仙紛紛向崑崙飛去，他們是其他仙山的弟子。

是仙法會。

又是一年仙法會……時間過得可真是快啊。

「小竹。」我喚了一聲，小竹會意，消失在我腳下，化作人形，一身淡墨綠的粗布衣衫，黑髮盤於頭頂，用同樣顏色的髮帶綁緊，形如隨從跟在我的身旁。

我也換上一身不顯眼的亞麻色長衫，喚出震天錘化作劍形在腳下，和他一起飛落崑崙。

身邊不斷有新的年少劍仙飛過，他們朝氣勃勃，目光咄咄，是為爭奪仙法會第一而來的。人間無論經歷再多劫難，在劫難之後，他們總是像鳳凰一樣，能浴火重生，更加生機蓬勃。

這正是我喜歡人類的原因，他們永不言棄，他們生生不息。

我帶小竹飛過崑崙一座座浮島，最後，落在了曾經是麟兒和天水居住的小島上。登時，一排仙鶴從空中降落，紛紛降落在我們的身旁。

我勾起一抹邪笑，一隻仙鶴朝我而來，用頭蹭了蹭我的身體，我撫上牠漂亮修長的頸項：「你們曾用羽毛為我做床，我們有緣，娘娘不會忘記你們，隨我走吧。」牠們登時撲棱棱地拍打起翅膀來。

我看向小屋。小屋還是六十年前的小屋，但主人已換。屋前晾衣的架子上依然飄蕩著男子的道服，但我知道那不是天水的……奇怪，天水呢？

「姑娘，這裡不是妳該來的地方。」身後傳來了溫潤的女聲。我認出了那聲音，轉身看她——是芸央。

六十年過去，曾經的少女已是滿頭華髮，過去充滿靈氣的眼睛也染上了滄桑。

她溫和地看著我，像是一位和藹的尊長。因為修仙，她的臉上只是多了幾條皺紋；為了修仙，一個女子就這樣虛度了六十載。

我揚起了邪邪的笑容，一步一步朝她走去：「我還以為妳會想開，下山尋求幸福去了，卻沒想到～～妳還是在崑崙耗去了自己的年華。」我抬手執起她已經雪白的髮絲。她吃驚地看著我：「妳、妳到底是誰？」

我上上下下打量她：「多好的一個姑娘，現在卻成老太婆了。嘖嘖嘖，可惜……可惜～～」

她登時後退一步，目光顫顫地看我的臉，像是在驚疑著什麼：「妳是……」

我單手背到身後，瞥眸看她：「怎麼，認不出了？還是……這個樣子妳會更好認些？」我揮袖拂過面前，衣袖緩緩放落時，嫣紅的容貌慢慢浮現。

芸央登時吃驚地趔趄了一步，不可思議地看著我，眸中淚光漸漸閃現，呼吸微微輕顫：「嫣……紅……」

「哼……」我抬步走到她的身側：「想必妳也早知我不是嫣紅。妳與我也算相處過幾日，這世上，能與娘娘我說上一句話的人不多，更莫說妳還與我相處過一段時日。既然妳我有緣，今日又能再見，那娘娘我送妳一件禮物吧。」我轉臉邪邪看她，她呆呆看我。我抬起手，啪的一個響指。

登時，狂風乍起，吹散了她的華髮！

「啊！」她下意識抬手擋住臉龐，她的華髮在狂風中開始漸漸染上黑色。

漸漸的，風靜了下來，一頭烏髮從她頭上凌亂地垂落。她立刻放下手，吃驚看我：「妳……到底是誰？」

「她是娘娘！」小竹笑著上前：「還不看看娘娘給妳的禮物？」小竹抬手之時，拿出了他的寶鏡，芸央登時怔立在鏡前，徹底呆滯。

她的面容已經返老還童。

我從小竹身旁走出，唇角揚起看她：「六十年前，我就告訴過妳，女孩子要尋找自己的幸福，別在這種地方虛耗自己的青春。今日，我還妳十八容貌，再賜妳六十年壽命，這次可別浪費了。」

她長髮散亂地呆立，緩緩回神朝我看來：「妳到底是……」

「哈哈哈——」我甩袖轉身：「我們走！」揚袖之時，風捲草葉，仙鶴撲棱棱一起飛起，在空中化作了一隻巨大的仙鶴，將我和小竹載起。我們騰空而起，直上高空。

芸央在風中黑髮飛揚，抬臉看向我們，然後緩緩跪落，拜伏在地。

「娘娘。」

「什麼？」

「下次能不能溫柔點？妳那樣子讓人總覺得妳是壞人。」小竹小心翼翼地說。

我邪笑看他：「難道……娘娘不是嗎？」

他閉起了嘴，側開臉，輕輕嘟囔：「當然不是……但只有我們知道……」

「哼……我怎麼覺得……做壞人挺過癮的。」我看落自己神力纏繞的雙手，這雙手不知拆了多少神骨，摘了多少神丹，至今讓我回味無窮。

呼啦啦！忽的，兩隻烏鴉掠過我們的上空，我揚唇而笑，牠們落在我身後的仙鶴身上，現出了一男一女兩個人形。小竹高興地迎向他們：「你們修成人形了！」

「是的，主人。」他們也激動地看著小竹，趕緊朝我下拜：「娘娘，天水主人一直在洞府裡思過。」

洞府……是我被封印和曾經住過的地方吧。

「我知道了。」轉身時，仙鶴朝那個曾經封印我三千年的地方而去，萬千思緒再次湧上心頭。我雖然在崑崙三千年，但一直被囚禁在黑暗之中，重獲自由後在崑崙的時日儘管不多，卻是我最懷念的時刻。

和麟兒的第一次相見，第一次看他因為我騙他是娘而氣哭，第一次教他仙術，第一次和他躺在一起看星星，第一次聽他說：師傅，我愛妳……

還有天水……

第一次見到天水，第一次罵他，第一次打他，第一次救他，第一次聽他喚我：師傅……第一次……知道他不是天水……

也不知和天水、麟兒一起的崑崙七子怎樣了。

六十載過去，七子已非當年那般，他們應該和芸央一樣已經容顏老去，黑髮變華髮，成為崑崙師尊；但我的眼前依然浮現出麒恆、潛龍、天水和鳳麟在瀑布下嬉鬧的畫面，那樣的景象，已不會再有。

潛龍是否知道朝霞一直愛他？霓裳現在又怎樣了？

月靈必是依然守護在天水的身邊，她和娥嬌有幾分相似，但又非常不同。她比娥嬌更豁達，她早已放下對天水的情，不像娥嬌始終放不下，最終入了歧途。

忽然間，我們察覺到身後有人跟上，小竹立刻到我身旁輕聲提醒：「娘娘，有人跟來了。」

「哼……隨他們吧，都認識。」我只看向前方。既然來了崑崙，也該讓麟兒見見他曾經的兄弟們。若是我真想隱藏蹤跡，早就隱身了。不過既然來了，也是為帶麟兒見他們，這對他恢復記憶有幫助。

當仙鶴帶我們浮出雲海之時，前方已現出那高聳的鎖妖塔。我揚起手，仙鶴浮在雲海之上：「我自己去，你們不用跟來了。」

「知道了。」小竹靜立一旁，和他的烏鴉僕從們正好敘敘舊。

我一人飛落仙鶴，穿過清涼的雲海之間，已看到自己洞府的入口，那隱藏在瀑布後的洞門。輕輕的，我如雲霧般無聲無息飛入洞府，映入眼簾的，卻是那靜坐玉床上的白髮背影。我疑惑地落在了自己的鞦韆上，靜靜看他後背上的絲絲白髮。

他……怎麼老了？

他已是半神，半人的部分會老，但不會那麼快。不過區區六十載，他不至於容顏蒼老，滿頭華髮。

那一絲絲白髮在玉床的暖光中染上了柔柔的絲光，即使滿頭華髮，他的髮絲卻依然鮮亮迷人，恰似清新的雪霜布滿他的長髮，讓空氣中也帶出一分沁人心脾的感覺。

他一直背對洞口跪坐在玉床上，微微側臉呆呆地凝視上方，宛如那裡有封印旋轉的法陣正困住他，讓他失去了自由，唯獨與黑暗相伴。

烏鴉說，這六十年，他一直在這裡反思，難道，這六十年，他當真沒有踏出這裡一步？

微微的涼風帶著崑崙的雲霧吹入洞門，輕輕掠過我的腳下，拂上了玉床，拂過了那個枯坐的背影，輕輕掀起了他銀白的髮絲。他的側臉在如同蛛絲的髮絲中若隱若現，無神的臉龐，不變的容顏。

他沒有老，反而變得更加俊美。

我抓住鞦韆輕輕搖起，他卻是有了反應，微微側落臉，淡淡開口：「月靈，我說過，不要碰這裡的東西。」平淡的語氣中，卻是帶出了一絲威嚴。他不再溫和的語氣，讓我有些意外。

這六十年，他到底在想什麼？會讓他失去了往日暖日的光輝，多了一分無法觸及的距離？

我靜靜地看著他，繼續慢搖鞦韆：「你的頭髮怎麼白了？」

他登時怔住了身體，猛地轉身朝我看來，雪髮隨他大力的轉身而飛揚，如一捲雪花捲過玉床。

我揚起邪邪的笑容，瞥眸看他：「我來接你了，你準備好了嗎？」

他目光凝滯地看著我，黑亮的眼睛在周圍暖玉的光芒中，帶出了一絲我熟悉的金色。他的眸光顫動起來，裡面掀起了巨大的海浪。他忽然從玉床上躍起，輕輕飄落我的面前，雪髮緩緩垂落他的胸前。

他一手握在我的鞦韆上，牢牢地握住，不讓我再在他身前搖擺，目光就此落在我的臉上，沒有離開。

我抬臉瞥眸看他，他激動得嘴唇微微顫抖，握住我鞦韆的手越來越緊，忽然，他撲了下來，雪髮蓋落我的面前，他重重地撲在我的身上，將我緊緊擁入他的懷抱。

我怔住了身體。沒想到我們的再會，會是這樣開始的。

他沒有說一句話，只是緊緊抱著我。

耳邊是他近乎輕顫的呼吸，他將我越擁越緊，始終沒有放開。

我坐在鞦韆上，雙手漸漸從鞦韆上滑落。

他一直抱著我，空氣因為他帶著痛的呼吸而變得沉重、哀傷和苦澀。

這六十年，對他而言又意味著什麼？

噹啷！身後傳來托盤落地的聲音，有人匆匆在洞門跪下：「娘娘！」

是月靈，月靈一直在照顧幽禁自己的天水。

「我准你抱我了嗎？」我冷冷地開了口，他卻越發地抱緊。

「娘娘，師兄因妳離開而一夜白……」

「住口！」天水大聲打斷了月靈心疼的話音，揮起手臂：「妳走吧！」

身後變得靜謐，月靈在無聲中離開。天水再次緊緊擁住了我：「三十年前，天象大變，是妳嗎？」

「哼……還能有誰？」我伸手去拉他緊抱我的手，他卻是死死不放：「我不會放的！」堅定似鐵的話音從他口中而出。我眯起眸光：「我離開時，你已是半神，你我一夜……」他擁緊我的身體發了怔，我繼續淡淡說了下去：「雖你虛脫，但因我未吸盡你，你我已成雙修。你在陽光中恢復，神骨應該已經成形。」

他倏然放開了我，在我面前直接轉身，雪髮在玉光中閃現絲絲的金光。

我抬眸冷冷看他：「既然神骨已成，六十年下來，你也該恢復記憶了。怎麼，還想以天水的身分逃避我？」

陽了。

「我沒有！」他的聲音微微顫抖。

「哼……」我在他身後起身：「既然沒有……為何不敢看著我？」

他的背影開始再次陷入靜謐，如我進來時看見的那個枯坐的人一樣。面前的人，已經不是聖陽了。

陽總是散發暖人的氣息，即使坐在那兒，也如太陽般散發溫暖。

而我進來看見的那個人，身上如同被北冥最寒冷的冰封凍，身上感覺不到半絲溫暖，只有絲絲的悲涼飄散在空氣裡，讓人的心也跟著涼了起來。

他是活的，可更像是死了……一輪燃燒殆盡的太陽。

「妳殺光了？」他微微側落臉，低落的話音不答反問。

我揚唇輕笑：「哼，差不多吧。」

「玥也殺了？」他的聲音又開始顫抖起來，但依然沒有轉身面對我。

我靜靜看他，沒有回答。

他像是從安靜中得到了答案，悲痛地仰起臉：「他不該死的……他只是因為……太愛妳了……」一行淒涼的淚水從他的眼角滑落，我的神思不由飄離。他知道？他竟然知道了？

「你是什麼時候知道的？」我注視著他側臉上的淚痕。

他俯下臉，雪髮蓋住了他的淚水：「……他殺我的時候。」他抬手扶住自己的額頭：「是我的錯，是我的錯……我沒有做好一個愛人，也沒有做好一個哥哥……」

「那你更應該謝我，我讓玥解脫了。」

「妳該殺的人……」他的話音再次輕顫起來：「是我！」他猛然轉身大聲說，悲痛的眼中是他的淚水。他痛苦地看著我，唇色蒼白：「是我決定封印妳的！是我一個人的錯，妳為什麼要讓剎、琊、霆、御人和玥他們一起陪葬！」

「哈哈哈哈——」我仰天大笑，甩臉冷笑看他：「帝琊淫亂神界，不該拆嗎？」

他怔住了神情，水光顫動的眸中開始失了神。

我好笑地看他：「娥嬌、瑤女與帝琊、嗤霆長久私通，還有御人。神界成了什麼？妓院嗎？你當初造女神就是為了給男神淫樂的嗎？」

他失神地後退了一步，眸中湧起了深深的痛心。

我收回目光，微揚唇角：「嗤霆暴虐，嗜血成性。神魔大戰之後，他一直不滿足居於魔界，他的野心，你不是不知，只是認為自己可以感化他。哼，可惜，他這三千年來，又殺了不少人，把人抓到妖界魔界囚玩，也是他和帝琊想出來的樂子。當察覺世界孕育出新的魔神時，他更是違背自然法則，追殺這個新的魔神。他……」我側臉看他：「不該拆嗎？」

他的臉上徹底失去了神情，只有那雙恰似痛到無神的雙目裡，流出他的悲傷和痛苦，他枯乾的雙眼已經流不出半滴眼淚，他無法再為蒼生落淚。

「御人呢？」我轉身朝他邁進一步，他落眸失神地看落地面。我笑了笑：「御人想要的東西，總會不擇手段地得到，得到之後卻不知珍惜，隨意丟棄。或許之前那些只是東西沒錯，但他們後來可是神啊，已經有了生命，難道只是因為他們是神器、神獸，就可以隨意扔進焚天爐焚毀？這難道不是殺生嗎？」

他在我的話語中徹底陷入安靜，無言以對。

我轉身回到鞦韆上坐下：「你善良，你慈祥，你大愛蒼生，你不忍責罰你的兄弟，懲戒你造出來的生靈，但是我可以，你應該謝謝我，是我，幫你整理了那個烏煙瘴氣的神界，而你，只要在人間躲著就好。」

他在我的話音中緩緩抬起臉，目中無神：「那玥呢……」

「玥？」我的目光開始柔和：「我已經知道他做的一切，是因為愛我。但是，以他所做的事，不罰難以公平，而且他入魔了，我不得不殺。」

「玥入魔了！」他吃驚看我。我搖頭冷冷而笑：「嘖嘖嘖，你真是過得省心啊，連自己弟弟入魔了都不知道，你到底關不關心他？」

他失神地後退了一步，我瞥眸看他：「真不知道玥是害了你，還是為你好，至少，你可以遠離這些齷齪的事，不用再心痛悲哀了。現在，一切都解決了，玥，也有句話想對你說。」

「玥……」他的口中輕輕低喃。

我抬起手，啪的一聲，震天錘飛出，一顆魂珠從震天錘中而出，月光柔柔閃現，漸漸浮出了玥的身影。

他的神情因為看到玥而凝固，眸中已帶出內疚和自責，還有痛心與悲傷。他依然愛玥，即使玥殺了他，他的眼中也沒半絲恨意。

可是玥的目光卻依然冷淡，他只是靜靜地看著天水，微微蹙眉露出一抹尷尬，再次抬眸看他時，眸中一片坦然與平靜：「陽，對不起。」他只淡淡說了四個字，別無他話。

「玥！」天水朝他走去，玥擰擰眉，直接轉身消失在他的面前，他一驚，急道：「玥！我不怪你，你出來見見我好嗎！」

魂珠消失在震天錘內，回答他的只有無聲的安靜。

「哼。」我輕笑：「玥不願見你，不是因為自己殺了你。」

他緩緩朝我看來，我在鞦韆上慢搖：「是他在生你的氣，氣你居然信了他的話而捨棄了我。他愛我，你卻那樣輕易地信了別人和一面破鏡子，封印了我。你說，他怎能不氣？」我轉臉沒有任何神情地看他，他再次失神地垂下臉，陷入死寂般的沉默。

我收回目光，心中平靜得如同一灘死水。這片死水讓我面對他時已經做不出任何表情，沒有愛，也沒有恨，連半絲的氣也沒有了。

「嘖嘖嘖，你連自己的弟弟都不瞭解，又怎會瞭解我？原來愛，不代表瞭解與信任……」他的身體無風搖曳了一下，緩緩後退，像是無法站立般，坐回了玉床，呆呆地看著一個方向。

我也定定地看著前方：「你說……如果當年我愛的是玥，今天我們的結局是否會不同？」

絲絲落寞從他的身上飄散在玉宇的空氣中，他一手撐在身邊垂下了臉，無神而語：「我那時……沒有選擇……」

「沒有選擇？」我的怒火登時而起，從鞦韆上躍起，直接落到他面前，揪緊了他的衣領。他朝我看來，我憤怒地看著他：「你怎麼會沒有選擇？你不是一直相信我不會作惡！你不是一直相信可以讓我從善！但是，你為什麼沒有信到底？」

「我！」他的眸光開始亂顫，揪緊的衣領幾乎要被我的憤怒撕碎：「就算看到了未來又怎樣？

你難道從沒懷疑或許是你們出了錯！」我用力扯起他，他的雪髮在天蒼色的外衣上輕顫：「剎沒有信那些話，但你信了！」

他的雙眸倏然瞪大，我冷冷把他推開：「哼，想起來了？剎那樣說的時候你可曾有過半絲懷疑？不！你沒有！因為你要保全蒼生！我從不怪你為了蒼生而封印我，我恨的是你居然不信任我的為人！你甚至不聽我半句解釋！你信了你的眼睛，卻沒有信你那顆承諾只看我一人的心！」我狠狠摁在他的心上，裡面是倏然凝滯的心跳，停滯的心跳讓裡面變得是那樣地安靜，如同一個世界正在消亡。

他的視線開始渙散，太多太多的痛讓他的眸光越來越蒼白，越來越空洞。

我從他面前緩緩站起，仰天苦笑：「哈哈哈——看……這裡就是你封印我的地方，你封印我的時候我朝你大喊，一遍……又一遍地朝你大喊，告訴你，我是真神！你可曾信過？」我俯下臉看他，他呆呆地坐在我的裙下，如同漸漸石化的太陽，最後在黑暗中慢慢風化。

心中帶出一抹抽痛，在我的嘴角化作一絲苦澀，我不由輕笑：「你以為把自己關在和我一樣的地方，就能感受到我那時的恨與不甘了？你以為你這樣就是在懲罰自己了？不，你不知道，因為，你一直不明白我為何恨你，你一直以為我恨你是因為你封印了我。」

他深吸一口氣，緩緩閉上了眼睛，蒼白的臉上是深深的苦痛：「原來……是我錯了……我一直……都錯了……」他慢慢睜開了眼睛，沒有任何神情地看著前方：「所以剎還活著，是嗎？」

「哼……」我緩緩再次蹲下身，俯落他的耳邊：「不錯……只有他信我。只有他在三千年後，願為我逆天弒神，向我贖罪……」

他面露一分安心地垂下臉：「他也愛妳吧。我該聽他的……」

我抬手放落他的肩膀，貼上他冰涼的耳垂：「現在……我告訴你，我是真神，是在你們降臨之前就已經存在的真神，我之所以一直沉睡，是因為那時世界未成，沒有善……沒有惡……沒有愛……也沒有……恨……你是看著我甦醒的，你應該明白……我為何甦醒了吧……」

他怔了怔，陷入了驚訝。他似是深思片刻，緩緩開了口：「因為……我們的心裡……也存有惡……」

「不錯……」我緩緩離開他的耳邊，與他收緊的雙眸正對：「我感應到了你們帶來的惡，所以醒了。你不覺得……你們才是天神……給我送來的丈夫嗎？因為只有我……才能孕育真神。」

他的眸光閃爍了一下，吃驚地朝我看來。我揚唇冷冷一笑，看入他吃驚的眼睛：「可惜……你到今天才知道……」

他的瞳仁劇烈地收縮了一下，一抹抹激烈的思緒劃過他的雙眸。他驚然起身，站在了玉床旁邊：「妳我的神丹可造世，妳我又可孕育真神。原來……這才是天神的安排！」

「哼……」我瞇起了眼睛，起身俯看他，他依然陷在大大的驚訝之中：「我一直以為創世只是在這個世界創造生靈，原來，天神是讓我們真正地去創造更多的世界！」他驚然轉身，揚臉朝我看來。

我冷淡地俯看他：「不錯，你我神丹可創世，你我又可孕育真神，那，便又是一個新的世界。你們，也聽清楚了嗎？」我赫然看向震天錘，震天錘已經閃現出帝琊他們的神光。

我輕笑地看他們：「本來我們可以創造無數個世界，任君挑選，可現在你們沒機會了！」我瞇起了眸光，揚起了陰冷的邪笑：「但是，我還是會滿足你們的心願，給你創造一個屬於你們的世界，從此，你們滾遠點，我再也不想看見你們！」我拂起衣袖，神力掃過整個玉宇，玉光登時閃爍！

「妳要流放他們到別的世界？」他驚訝地看向我。

我躍落玉床瞥眸看他：「怎麼？心疼？」

「我是心疼妳……」他著急地拉住我的手臂：「那樣一來，妳也得拿出自己的神丹！」

「有什麼關係？」我無所謂地甩開他的手，冷笑道：「他們不是一直想要嗎？我就給他們。而且我殺了那麼多的神，這樣的懲罰不算什麼。」

「不算什麼？」他再次拉住我的手，看向震天錘：「玥！你現在還不願出來說句話嗎？」

月光從震天錘裡閃現，玥再次立於震天錘之前。他不看天水，只看向我：「妳六界之位未穩，不可取神丹。」

我含笑看他：「我答應過你，要和你重新開始。你不期待新世界嗎？」

他登時沒了話音，抿唇沉思。

「你們背著我們做了什麼——」帝琊憤怒的嘶吼登時從震天錘裡衝出。當他的臉浮現，玥隨即抬手捂上他的臉，不讓他再出來半分，同時微笑看我：「好，我等妳。」說完，他轉身按住帝琊的臉，直接回到震天錘中。

我看向怔立的天水，勾起邪笑：「不過是區區一顆神丹，為了讓你們滾出我的世界、滾出我的視線，我捨得。要穩定我六神之主之位，我有很多種方法——比如你。」我指向天水，他的目光憂心忡忡地落在我的臉上。「替我做完這件事，你我的帳就清了。」我拂袖轉身，不想再與他多言。

「妳想讓我做什麼？」他在我身後微帶一絲低沉地問。

我勾唇冷笑：「怎麼？要為我做點事那麼不情願嗎？」

「不，我願意為妳做任何事，除了……讓妳傷害自己。」深情的話語，再次染上了他的溫度和他的溫柔，讓人心動。

心底那片平靜的湖水，微微蕩起了一層漣漪。我淡淡地凝視前方：「放心，我沒帝琊那麼變態，喜歡自虐……事成之後，我希望你到另一個世界，能做好一個大哥，帶領他們……重生。」

「魅兒，妳——」

呼！我揚手直接射出黑色綢帶，牢牢綁住他的身體，也捂住了他的嘴，阻止他激動的話音繼續下去。我不想聽他說出接下來的話。

「唔！唔！」

我深吸一口氣，放冷了眸光：「你該閉嘴了！」我拽起他直接出了洞府，一揚手，身後登時石落洞埋，轟隆隆的聲音如同滾滾天雷。

出洞時，已看見小竹和月靈正攔住跟隨我們而來的幾人。他們立於仙鶴之外，身上是崑崙仙尊的道服，髮絲也已經變成與素袍相同的白色。

哼……他們，正是曾經的崑崙七子。

當然，現在，只剩四子了。

第九章　正名

遠遠也傳來麒恆的聲音：「月靈，妳是怎麼回事？妳到底站在哪邊？」

月靈不說話，只是和小竹一起攔著他們。似是不想暴露自己早已非人，她把自己的頭髮也變成和他們一樣的白色。

我拉著天水飛落仙鶴。潛龍因為激動而顫動的目光落在我身上，久久無法移開。而朝霞和霓裳則是目露驚訝與戒備。

「妳是誰？放開大師兄！」麒恆和以前一樣，第一個衝了上來。潛龍聽到他的話音，登時攔住他，大喝：「不得無禮！」

麒恆一愣。他雖滿頭華髮，但容顏依然只有三十上下，即使如此，仍比六十年前那幫十七歲的愣頭小子成熟了許多。

我把綢帶交給小竹。月靈目露擔心，微微垂眸。

我瞥眸看著他們：「麒恆，你都已經是快七十歲的人了，怎麼還那麼不穩重？」

麒恆的華髮在風中揚了揚，怔怔看我。

「潛龍拜見娘娘。」在麒恆發愣時，潛龍已然下跪，這舉動登時讓朝霞、霓裳和麒恆面露驚訝。

潛龍看向朝霞和霓裳，順道拉了拉麒恆：「還不跪下？」

朝霞和霓裳目露疑惑地跪下。麒恆莫名而有些生氣地看他，卻也被潛龍一把拽下，跪落在雲海之上。

我微微而笑，漸漸平靜：「潛龍，你已是天尊了？」

潛龍恭敬低頭：「是，娘娘。」

我點了點頭：「好，御人大人曾入你神識、借你肉身，看來你與真神的緣分頗深呢……」

「御人大人？」麒恆驚呼地看著潛龍，朝霞和霓裳也目瞪口呆。麒恆不可置信地握住潛龍手臂：「是真神御人大人嗎？」

潛龍謹慎地看我一眼，點點頭。

看到潛龍點頭後，麒恆徹底陷入呆滯，朝霞和霓裳也驚得完全凝滯了呼吸。

我繼續看著潛龍：「你與真神有此緣分，在崑崙做個小小仙尊實在委屈了。跟本娘娘去神界吧！娘娘我正在用人之際，從今日起，你就直接進入仙班，為我所用。」

登時，潛龍目瞪口呆地看向我，半天沒有回神。

和他同樣驚訝的，還有麒恆、朝霞與霓裳。

「妳、妳到底是誰……」麒恆呆呆地看著我。

「不得放肆！」月靈登時上前一步，到我身邊：「不可如此對娘娘說話！」

麒恆再呆呆看向月靈：「妳……妳不會早就知道她的身分吧？」

月靈擔憂地看天水一眼，默然無聲。

「她早已成神了。」小竹響亮地說：「是娘娘讓她做神的。」

小竹的話音登時讓所有人驚訝，他們今日已經無法從驚訝中回神。

月靈輕嘆一聲，周身的神光開始顯現，漸漸仙裙加身，鮮亮如同水晶琴弦般的顏色染上她的長髮，絢麗的神光灑落在潛龍、麒恆、朝霞和霓裳臉上。她歉疚地看著他們：「對不起，瞞了你們那麼久。」

四人啞口無言。

我再看向麒恆：「潛龍一人做仙太悶了，不如你也來吧。」哼哼，我倒是很期待麒恆能給仙界帶來怎樣的樂子。

「我……我？」麒恆指著自己，呆若木雞。

我再看向朝霞、霓裳：「朝霞、霓裳，妳們也是。」

朝霞一愣：「這、這合適嗎？朝霞惶恐。」她惶恐地垂下臉，霓裳也目露憂慮：「我們不過是小小修仙之人，怎能突然成仙……」

「突然成仙？」我揚了揚唇角：「妳們修仙不就是為了成仙嗎？」

朝霞和霓裳陷入怔愣。

我淡淡看向遠方，那裡傳來絲絲的殺氣——仙法會上，每個人都懷揣成仙之夢。

「修仙之人所歷劫數盡無差別，所修仙法也無差別。那麼你們覺得，是什麼決定一個人最後能否成仙？」

潛龍、朝霞、霓裳和麒恆面面相覷，臉上是深深困惑的神情。

我抬起手，啪！纏在天水身上的綢帶鬆開。天水靜靜走出，溫和地俯視他們四人：「是機緣。」

他們四人怔怔地看向天水。

我微微抬首而笑：「不錯，差別只在於機緣。你們崑崙七子能與真神有一世之緣，這便是機緣。你們當天水是誰？是和你們一樣的修仙者嗎？」

他們看著天水的目光中已流露一分小心，又聽到我這樣問，似是再也不敢肆意揣度。

我看落他們：「他便是創世之主神，聖陽的轉世。」

四人頓時目瞪口呆。

我含笑轉臉看我的舊愛——聖陽。

「你可知麟兒又是誰？」

天水臉上的神情已與聖陽合二為一，卻比聖陽少了太多太多的溫暖。見他靜靜搖頭，我對他邪邪一笑：「在你封印我之後，天地之陰無處可去，於是孕育出一個屬於自己的邪神。」

大大的驚訝從天水的眸中湧出，帶出一絲如同見證世界孕育新的真神般的激動：「這個世界……居然孕育出了自己的真神！」

我點點頭：「詳細的情況，待你回神界後自會知曉。至於你們……」我看落潛龍他們四人：「在崑崙完成最終的使命後，自會有人來接你們。」

「謝、謝娘娘！」他們四人拜伏之時，我與天水駕鶴而起，呼呼的風拂起了我們的髮絲。

我手中再次出現暗光，放到天水面前：「跟麟兒打聲招呼吧。生前他最愛的兄弟，可是你啊。」

他沉默了。先是伸手輕輕撫上暗光，隨即緩緩收回手：「我……還配被他愛嗎……」他惆悵地立於仙鶴身上，遙望遠方，月靈、小竹和烏鴉夫妻靜靜地看著他，絲絲華髮在他身後揚起，如同一條白綾飄揚在他的身後，淒涼而孤寂。

「我用盡所有的愛去愛我的兄弟、我的愛人、我的生靈……最後……我卻全部都失去了。為什麼……」他悲傷地看向我。我轉開臉，避開了他的視線：「問為什麼有用嗎？不會愛，就去學會愛。」

「那妳……」他朝我伸出手，即使沒有看他，那熟悉的深情視線，也早已刻在我的心底。

我依然只看著前方：「有些東西失去了，就讓它逝去吧。你是真神，應該豁達些。」

緩緩地，他收回了手。我微微擰眉，渾身神力開始散發，帶領仙鶴衝入神界的結界。瞬間，霞光籠罩雲海，月靈和烏鴉夫妻看得目瞪口呆。

呼啦！烏鴉夫妻激動地振翅而起，飛在仙鶴的兩側，與巨大的仙鶴一起翱翔在霞光之中，幻彩的雲海之上。

起伏的雲海之中，已經現出一座座精美的、散發霞光的神宮。天水情不自禁地走到了我的前方，凝視那一座座神宮，深情地指向它們：「那是玥的神宮，那是琊的，那是御人的，那是嗤霆的，那是剎的……我們的……我們的呢？」

他轉身疑惑看我，我側開臉，沉下神情：「我拆了。」

他怔住了身體，呆呆看我一會兒，輕笑出口：「呵……呵……」他的唇中只有如同哭笑不得，還帶一絲苦澀的笑，再無別的話音。

他轉回身，面朝自己神宮的方向陷入了安靜，久久不言。

我們緩緩進入了飄浮的神玉之間。聖陽的神宮正在重建成一座花園，神玉飄浮在四周拼接、合攏，造出台階、噴泉、回廊和雕像。

闕璿現於神玉之間，目露欣喜。「娘娘！」他隨即看到我身邊的天水，微微一愣，眼神閃了閃，恭敬垂臉：「……您來了。」

「嗯。闕璿，你去通知眾神，聖陽的重生轉世我找回來了，讓大家在聖宮集合。」

「是！」闕璿看向我身後的小竹，小竹也迅速到我身旁：「小竹也告退了。」

「月靈告退。」

月靈和小竹躍上了烏鴉夫妻，和闕璿一起消失在神玉之間。

懸浮的神玉石塊之間，只剩下我和天水。我們的身影映過一塊又一塊神玉的表面，緩緩前行，破敗的世界因為我們的靜默無聲，更帶上一分恰似世界末日般的蒼涼感。

仙鶴緩緩降落神泉，神泉周圍已築起圓形的回廊，把神泉圍在其中。回廊的廊簷下，我掛上紅色的燈籠，讓原本只有白色的神宮，多了些喜慶的顏色。

仙鶴在降落時啪啦啦散開，十餘仙鶴從空中紛紛落於回廊之中，落地之時，他們白衣飄飄，墨髮垂背，眼角一抹仙鶴的紅色眼影，化作一個個俊美少年，恭敬站立。

我和聖陽立於神泉的旁邊，這裡原來是我放鞦韆的地方。我看落神泉：「進去吧，可以恢復你的神身。」

他沒有動，只是深深地凝視我：「……能不能在這裡陪陪我？」看似依然輕柔而深情的聲音，勾起了我對他的種種回憶。他的溫柔和溫暖讓人總是無法拒絕，此刻那溫柔的話音裡，卻染上了絲絲的哀求與苦澀。

我垂眸淡淡一笑，看著他映入神泉的身影：「哼……我不會再脫你衣服了，你自己脫吧。」我轉身走入回廊坐下。

兩名仙童輕輕上前，身旁傳來窸窸窣窣脫衣的聲音。

仙童脫下他的衣服，回到我身旁，再次恭敬站立。

嘩啦……他緩緩進入神泉中，我背對他靜坐著。他沒有說話，我也沒有，整個世界安靜得只剩他輕輕把水拍打在身上的聲音。漸漸的，連水聲也沒了。

時間在寧靜中如同靜止。我曾經最愛的人，後來成了我最恨的人。而現在，我心中卻變得如此平靜。我解脫了，在不知不覺間放下了愛，也放下了恨，擺脫恨的束縛。是因為那段時間之旅，是因為知道了玥的真相。

「在我自由的時候，我最想拆的人，是你。」我平靜地看著前方說：「所以，我才要把你放在最後，卻沒想到你的神骨被玥給拆了。」

「我也沒想到……」靜了良久後，他才開了口：「我信任他，所以當妳在暗光中沉睡時，我只讓他來替我看護。」

「所以，你在玥和我之間，你還是信了玥，在你心裡，依然兄弟為大。如當年你信鳳麟，不信我。」

嘩啦！他似是在水中轉身。「感情沒有輕重，只有面臨選擇……我知道我那時選錯了，知道我錯失了妳，妳恨我、怪我、怨我，我都願意承受，願接受妳對我的任何懲罰，只請妳不要再對我這樣冷漠……」

「對不起。」我打斷了他的話：「我和你這樣單獨相處，已對不起我的麟兒、玥，還有剎。你提醒了我，我該和他們一起，以免將來彼此誤會。」

「不！」

啪！在他來不及拒絕時，我已打響了響指。玥的神魂已現於我的身旁，神情複雜而冷沉地注視我身後的神泉。

我微微鬆了口氣，懷抱暗光：「玥，聖陽信任你，他愛你。你還有什麼話想對他說嗎？之後，我會抹去你的記憶。」

「妳不能那麼做！」聖陽在我身後激動地帶起了水聲：「妳明明知道他所做的這一切，都是因為他愛妳！妳流放他已經夠無情了，為何還要抹去他的記憶，那麼狠心？」

「我是自願的。」玥淡淡地開了口，身後的神泉登時沒了聲音。玥立於我的身旁，眸中浮起一絲苦痛：「我累了，陽……我被心魔折磨得無法喘息，尤其還要面對你！」他的氣息開始漸漸失控：「我殺了你，你卻依然不恨我，是想用無盡的內疚來折磨我嗎？」

「我沒有……玥……」身後是陽同樣心疼的話音。

玥深吸一口氣，似是努力讓自己平靜：「打從看見你後，那天殺你的畫面便不斷地浮現在我面前，讓我難以再面對魅兒，因為那是我對她的傷害！我殺了愛著她的男人，無論是你、是鳳麟，還是剎……幸好……剎被她救了……」玥的話音慢慢地頓住，神泉再次陷入長時間的安靜。他輕嘆一聲，再次抬起臉：「陽，你覺得我還能放下一切，和魅兒重新開始嗎？」

在玥說完後，兩個男人同時陷入了沉默。

我的心也開始絲絲沉痛。每個人陷入苦痛時，都曾想回到時間的最初，讓一切重新開始。但時間無法逆流，即使看到了最初的自己，那也不是屬於自己的世界。

「陽，我在知道你的神骨被玥拆了後，本想給你裝回去，再拆一次，讓你痛苦……但我發現，真正可以折磨你的，是我們曾經的愛，就像它曾經也狠狠折磨著我。」我起身轉頭，看向立於神泉中，已經金髮飛揚的他。

他抬起臉，痛苦地朝我看來。我同樣痛苦地看著他：「我是不會抹去你的記憶的，在今後千萬年的時間裡，你有的是時間可以慢慢回味我和你曾經美好的日子……」

他的金瞳顫了顫，在神泉中苦痛地緩緩垂下了臉，金髮散在了他的臉龐，遮住了他瞬息間疲憊的臉龐。

空氣中帶出一抹陰氣，剎現於我身旁：「陽回來了？」

我側開臉指向神泉，剎擰眉看落神泉，面露複雜的神色。

「呵呵，你們終於可以團聚了。」我揮了揮手，所有魂珠從震天錘裡釋放，飄落在廊簷裡。帝琊、御人、嗤霆紛紛浮現，圍在神泉邊，靜靜地看著泉中的聖陽。

帝琊瞥眸看向殷剎：「剎，你沒死還真讓人煩躁。」

剎看都不看他一眼。

我走過剎和玥的身旁：「你們就在這敘敘舊吧。」
「嗯，妳去吧。」剎淡淡地說。
我從神泉邊飛起，不再看泉中的那個人。從此彼此只是相識，再無其他關係。

✣

聖宮裡的神台已經高高升起，四周是層層而下的台階，眾神已立於神台之下。
我緩緩飄落神台上的玉榻，小竹現於我的榻邊，吃不飽和八翼立於神台下第一層台階，化出原形，威武站立。
八翼偷偷瞄向吃不飽，吃不飽還是那一坨，也反過來橫睨他。他眨了眨眼，立刻昂首挺胸，目視前方，不敢再多看吃不飽一眼。
紫垣立於第二層台階。君子、闕璿、長風、焜翊、茶花和奇湘依次站立兩側。
我慵懶地臥於玉榻，懷抱暗光，俯看眾神：「聖陽已經歸位。嗤霆、帝琊、御人、廣玥四人將流放異界時空，永不召回。」
台下登時氣氛緊繃，像是屏住了呼吸。
我勾唇邪邪而笑：「娘娘我雖然任性，但賞罰分明。你若不犯事，娘娘自不會找你；你若犯事，娘娘必懲處。爾等可聽清楚了？」
呼啦啦！眾神齊齊跪下。

「哼！」我沉下臉，緩緩起身坐直了身體：「長風上前聽封。」

長風微微一怔，卻是擰擰眉，微微一動。我看向他，焜翃在他對面又使了個眼色，長風才慢慢出列。

長風……有點不對勁。

他面無表情地來到台階中央，掀起規整如古琴色的衣襬跪下：「長風見過娘娘。」平淡的語氣裡，少了先前每次聽到我召喚時的激動。難道是……因為熟了？

我勾起唇：「現封長風為妖王，執掌妖界！」

長風徹底怔住，此時我才感覺到他氣息的激動，恢復往昔。

看來長風的心裡，有事。

焜翃反倒比他更激動，臉已經變得紅撲撲：「長風，快謝旨！」

長風終於回神，雙手規整地交疊，高高舉起，身體慢慢拜伏：「長風——」激動讓他的氣息微微輕顫：「領旨！」

台階上，每個人都在為他高興。

「君子聽封。」聽到我召喚，君子出列，跪在長風身旁。大家再度激動地看向他。

「封君子為人王，執掌人界！」

「君子領旨！」

登時，台下一片譁然。

「六界主神，怎可如此兒戲？」有人憤然大喊！

奇湘的身體微微一怔，匆匆看向下方。

化無從眾神間一飛而起，重重落下，氣流震開。奇湘立刻上前攔住他：「化無，你瘋了嗎？」

化無憤怒地看奇湘：「你才瘋了！下面有多少人是真心臣服那個邪神的？」化無指向神台之下，眾神之間緊繃的氣氛瞬間凌亂起來。有人像是躍躍欲試，也想跟著化無叛亂。

我勾唇一笑，再次慵懶側臥玉榻：「想造反嗎？奇湘，放開他，讓他來。」

「娘娘！」奇湘著急地看我。小竹也站到我身前，急得低語：「娘娘，小竹求您了，能不要這樣嗎？您是六界之主了，這樣難免引起誤會！」

我瞥睥睨他一眼：「你是說……黑衣不好，要換成這樣嗎？」我懶懶起身，衣裙開始自上而下，染上聖潔的白光，巨大的幻彩衣領如同花瓣般在頸下綻放。我雙手在身前交疊，俯瞰天下。

「對！就是這樣！」小竹開心地退到一旁。聖光從我周身綻放，瞬間照亮了整個神台，混亂的氣氛在這刻徹底凝固。

「哼！」我不由輕笑，再次俯看呆立的化無：「怎麼？只是換個樣子，你就不造反了？」

化無登時一愣，像是被我提醒般，再次憤怒地瞪視我：「妳這個邪神，擾亂六界，又如此兒戲地封神……我化無不服！」

「不服？」我挑眉看他：「長風與君子可不是本尊所選的。」

台下頓時陷入寂靜。我從玉榻上起身，散發霞光的衣裙隨我而起。我右手伸出，玥的神骨開始在手心慢慢浮現：「而是神骨所選。你若能讓玥的神骨選擇你，我自會讓你頂替他仙王之位。」

我輕輕托起，神骨已從我手心飛出，飛向化無。

所有人的目光凝聚在了他一人身上。神骨飛落他的頭頂，停了一會兒，然而神光沒有降落。化無呆呆地看著神骨。我收回神骨：「看，神骨並未選你。」

化無仍怔立在台階上，連連搖頭：「這是不對的、不對的……為什麼天意會讓一個邪神統領神界？」

「她不是邪神。」忽然間，聖陽的話音從九天落下，眾神登時齊齊仰起臉，臉上露出如同真正主人到來的崇敬神情。眾神心裡依然敬愛著聖陽，所以，聖陽不能死。

金色的陽光瞬間破雲而出，聖陽和剎從金光中而出，緩緩落下，神袍飛揚。殷剎手中，是玥他們的魂珠。

但他們並未落於我身旁，而是我身前的台階上，位於我之下。

眾神立刻齊齊下跪，化無激動地匆忙行禮：「拜見神主大人！」

聖陽的金髮在神光中柔和地飛揚，他轉身朝我看來：「她不是邪神，是唯一可以孕育真神的女神，是我們六人的愚昧無知害了她……」

絲絲回憶湧上心頭。這個正名來得這麼晚，讓我們所有人都付出了慘痛代價，更讓我性情大變，不復從前。

聖陽的金眸中劃過一抹痛楚。他轉回臉，朗聲道：「她是真神的母神，刑姬娘娘！眾神還不參拜？」當他沉沉的話音出口之時，眾神臉上露出了驚訝的神情。他們匆匆下跪，真正而恭敬地跪落我的裙下。

唯有化無仍呆滯地站著。奇湘立刻上前，跪在他的身旁：「化無魯莽，還請娘娘恕罪。」

聖陽和剎轉身看向我。我立於他們的上方，揚唇一笑，壞意浮上唇角：「奇湘，你為他求情？」

「是！」奇湘一把拉住化無的衣襬，把他給拉下，但化無依然呆滯地盯著我。我壞壞地笑了：「好，那你告訴我，他可曾錯殺過？」

奇湘立刻正色看我：「奇湘以神位擔保，化無從未錯殺過任何生靈！」

我點點頭：「那他可去過妖界淫亂？」

化無神情一怔，匆匆看向奇湘。奇湘正色以對：「化無一直潔身自好，從未去過妖界淫亂，或是與神界神女嬉鬧。」

「很好～～」我坐回玉榻，慵懶地側臥：「本娘娘最討厭的就是好色的神仙。既然奇湘都這麼擔保……化無，你可退下了。」

化無又呆呆地看奇湘。

「謝娘娘寬恕！」奇湘謝恩後，直接拉起化無退到一邊。化無神情複雜地看他一眼，也側開臉，不再說話。

我掃視眾神：「你們這些神啊～～從未下過凡間，又怎知凡間疾苦？如何為神？全部下凡歷劫去吧。」

「什麼？」

「聖陽大人！」

聖陽擰緊雙眉，看向我。我瞥眸看他，他的眸中劃過一抹決絕，轉身看向下方：「刑姬說得對，本尊也是在下凡後，才知人間疾苦。眾神只顧享樂，已忘初心。此次下凡歷劫，望你們好好體會為神的初心。」

眾神的臉上登時一片死灰，他們唯一的希望也破滅了。

我勾唇冷笑：「紫垣聽令。」

「是，娘娘！」紫垣站到我的身前。

我正色看他：「命你嚴查眾神，好色貪淫者、嗜血殘暴者、仗勢欺凌者扔入輪迴道，拆去神骨、收回神丹，永不召回！」

「是！」

「其餘人按罪增加歷劫次數。一旦歷劫結束，可召回神界，繼續錄用。」

「是！」

「所有神族之子女也比照對待，酌情減輕劫數！」

「是！」

「年幼者可留神界，其母也可繼續留在神界。」

「是！」

「有功者，上報於我，封賞之後下凡歷劫三世可歸。」

「是！」

我俯看眾神。他們之中有人已全身發抖、有人目中不服、有人心虛、有人害怕、有人大吐一口氣、有人激動振奮。

隨著我一道道命令出口，神界已被肅清，懲奸邪、揚正氣，從此神界只存清氣正義。

我勾唇邪笑，慵懶地再次躺落玉榻：「奇湘，你暫留神界，助紫垣星君徹查神族。」

「奇湘領旨！」

「另封焜翃為火神，助長風重振妖界！」

「焜翃領旨！」

「花神茶花本來自凡間，此次可不下界歷劫。」

「茶花領旨。」

「冥界依然由冥王殷剎執掌。魔界魔王已現，時機一到，魔王自會降臨。仙王由神骨選擇，選出後入神界、掌仙界！眾神退散，若有出逃者，直接拆神骨、收神丹、入六界輪迴，不復錄用！」嚴厲的聲音出口之時，我聖光雪白的衣袖甩起，聖光炸開，包裹整個聖台。聖台下無人敢再有異議。

有我娘娘在，從此你們這群渣神通通都得夾著尾巴做神！

「謹遵娘娘神旨！」齊齊的聲音裡，有不少心虛顫抖之聲。哼！他們心中必有不服。沒關係，不服來戰！娘娘我拆慣了神骨，一天不拆手癢癢。

離開聖台時，我聽到微微啜泣嗚咽的聲音，看來那些神族也知道自己的好日子到頭了。當初他們被造出時，各個純良純善，哪知一朝邪念如同瘟疫般迅速在神界傳開。真是越純之人，壞得越快。

將六界的時間重調，再回造世之初，可以讓那些神渣晚點在我眼前出現，讓神宮清淨些。不然一眨眼，他們就歷劫回來了。

眾神散去，空氣中開始瀰漫一股人心惶惶的氣息，他們即將面對的是對他們的審查。

我與聖陽和殷剎站在一扇玉門之前，吃不飽和八翼趴在高大的玉門兩旁。

這扇玉門是我讓闞璿建的，並把它建於神界最高之處，將近宇宙。玉門四周可見幻彩的星雲星辰，以及無盡的黑暗宇宙。

玉門上是我刻下的神印。我們腳下的平台透明，可見下方仙雲中的神宮，平台上神印隱隱閃耀。

我伸出左手。此時聖陽伸手忽然握住了我的手臂，表情複雜而痛苦地看著我：「再給我們一次機會吧……」

我轉開臉。殷剎上前握住了聖陽的手，冰冷的氣息很快蓋過聖陽身上的溫暖，也將他的手從我的手臂上帶離。

我的左手開始現出聖陽被玥拆掉的神丹，看似只有光珠一般大小的神丹，裡面卻蘊藏了乾坤宇宙般巨大的力量。

我擰擰眉，深吸一口氣，緩緩地運起自己的神丹。神丹一點一點從我口中而出，陰暗的力量在裡面旋轉，如同巨大的黑洞，足可吞噬一切。

「魅兒！」聖陽大聲呼喚我，似乎仍想阻止我。

殷剎攔住了他：「她這麼做，可以讓所有人重新開始。」

聖陽沉痛地擰眉閉眸，抿緊那薄薄的紅唇，緩緩地深深呼吸，宛如每一絲呼吸都扯痛了他的心。

兩顆神丹在我的手中開始旋轉，巨大的力量讓整個神台的空氣都震盪起來，強大的氣流呼呼吹起了我們的長髮和衣袍，兩顆神丹爆發出刺目的光芒，化作白色和黑色的兩道流光在光芒中彼此纏繞，旋轉。

轟！光芒吞沒了整個神台，我的面前出現了一個嶄新而生機勃勃的球體。它是那麼純潔、那麼乾淨，甚至有那麼一刻，我想帶著我的人前往這個新世界，把這裡繼續留給那些神渣。

我用最輕柔的力量托起這個純潔的新世界，緩緩地將它放入玉門中心。它輕輕地飄浮在玉門中央，上頭的神印開始閃耀，新世界登時炸開，撐滿了整扇玉門。一道通往新世界的入口，出現在我們面前。

清新的空氣迎面而來——沒有善、沒有惡、沒有愛、沒有恨，一切都是那麼乾淨。

我埋入這個新世界，吃不飽和八翼也隨我而入。眼前的世界還是混沌的最初，在聖陽踏入時，天空破開，灑落一束日光，漸漸驅散了混沌。

而當殷剎踏入時，整個世界的陰氣開始沉澱，頃刻之間，天地分開，現出蒼茫貧瘠的大地。

「在這裡重新開始吧。」我轉臉看聖陽：「是不是很熟悉的畫面？」

聖陽靜靜地站立在天地之間，深深凝視這個什麼都沒有，卻能讓人瞬間心靜的乾淨世界。

魂珠一顆顆從殷剎手中飛出，現出了玥、御人、帝琊和嗤霆，他們也怔怔地看著眼前這個安靜的新世界，神情漸漸平靜。在這個讓人的心靈獲得淨滌的新世界，希望它能令他們找回初心，重新開始。

他們四人緩緩回神，一起看向我，目光裡是從未有過的平靜，宛如這裡純淨的天地瞬間洗去了他們心裡所有的汙穢。他們靜靜地看著我，玥開了口：「……等我。」

我點點頭，抬起手，指尖點上他的眉心：「你們的記憶，會保留在神印中。」光芒在他的眉心閃現，神印漸漸浮出了他的眉宇。他對我揚起笑容，那是我從未在他臉上看到的，輕鬆的笑容。他在微笑中緩緩消失在我面前，化作一團溫柔的月光。

帝琊、御人和蚩霆平靜地看著這幅畫面，紛紛上前一步，閉上眼睛。

聖陽目露嘆息地抬手點落御人的眉心；殷剎則點上蚩霆的眉心。在我點落帝琊的眉心時，我進入了他的神識，他有些吃驚地站在自己的意識世界裡看著我的到來。他的意識世界，是聖巢。

在離開神界時，他也遺棄了聖巢。但我萬萬沒想到，他已把聖巢放在心裡。

周圍是一顆又一顆的彩色神蛋，大大小小的神蛋上浮現著他此生的記憶。

我看落聖巢，入目的神蛋上，都是他跟不同神女歡愉的畫面。

「別看了！」他忽然落到我身後，抱住我，捂住我的眼睛，埋入我的頸側：「求妳……別看了……」一絲哽咽染上了他低啞的聲音。看來他真的悔悟了。

「我之所以來，是受人之託來救贖你，想知道你為何一夜突變，從我純善的帝琊哥哥，變成了一個貪色好淫的傢伙。」我平靜地立在那些神蛋中，耳邊是他輕輕的呼吸聲。

「受誰之託？」他低低地問。

「你啊，最初的那個你。」

他捂住我雙眼的手微微一顫，從我的臉上漸漸移開。我在他身前轉身，看著他失神的藍色眼睛。那雙藍色的眼睛失去神采後，宛如一顆藍寶石失去光澤。

「那個你始終無法相信自己會變成這樣，所以希望我無論如何也要問清楚。」

「呵……」他輕笑一聲，揚起的嘴角充滿了自嘲和苦澀，藍色的妖豔長髮在輕笑中微微一顫，身上銀藍的衣衫鬆鬆散散，衣領微微散開，帶出他的一絲放蕩。

他低眸看落自己的聖巢：「這有意義嗎？」

「有！」我正色看他：「因為我也想找回最初的帝琊哥哥。」

他在我的話音中緩緩轉回臉，藍寶石的眼睛裡映入我堅定的臉龐。他恍然失神了片刻，側開了目光，顯得有些頹喪：「我不想說……妳自己看吧……」說著，一顆蛋從我身旁飄浮起來，我接在了手中。神蛋上的畫面讓我開始驚訝，漸漸失神……

我怔怔地揮袖拂過神蛋，神蛋上的畫面被我徹底抹去。他趔趄地跌坐在了聖巢中：「快把這裡清理乾淨，我不想再想起它們！」他痛苦地抱住自己的頭，蜷縮在神蛋之中。我立刻揮袖掃過他的聖巢世界，一顆顆神蛋開始失去畫面，只剩下蒼白的蛋殼。掃去烏煙瘴氣、掃去風流放蕩，只剩最初的純淨。

他的身形在記憶的消除中漸漸縮小。我俯身將他越來越小的身體擁入懷中。

「小妹……」他的聲音開始帶出少年的沙啞：「如果我是最初的帝琊哥哥……」他的聲音已變成了孩童：「妳會……再給我一次機會嗎……」

那一天——

「對不起……帝琊哥哥，是我害了你。」我抱緊懷中蒼白的蛋，淚水從眼角滑落。

他約我同遊，情不自禁地吻了我，我吃驚地看著他一時被邪念所控。他對男女之事太好奇了，好奇已久，甚至渴望與我交歡。我怒然離去，留下他一人深深懊悔與痛恨……

他恨的是自己的齷齪、恨的是自己的邪念。他被這股恨深深糾纏，無處發洩、無處述說、無處開導，於是一夜之間入了邪道，從此自暴自棄、貪淫好樂……

此刻，我的眼前已是帝琊那藍色的光球，它和玥的、嗤霆的、御人的一起飄浮在我們眼前，純淨無垢，如同初生的嬰兒惹人心憐心愛。彷彿只要看著它們，心便會徹底融化。

如此看著他們一點一滴成長，又怎麼忍心親手拆掉他們的神骨和神丹呢？這或許就是聖陽不忍責罰神族的心情吧。

「小妹。」一殷剎輕輕喚我。我回過神，對他點點頭。他抬手拂過地面，登時，地面化作神玉，神宮、神台和神門拔地而起，高聳入雲。

玉石高聳，神泉再現。濁氣下沉，清氣上升，化作雲海在神宮之下。

聖陽立於神泉前，再次送四顆神魂入神泉，它們將在神泉裡得到神身，在天地精華中生出神骨、再造神丹。唯一不同的，是他們已經沒有了過去的記憶，可以真正在這裡重新開始。

我轉身側對聖陽，偌大的神宮再次只剩他一人：「他們就交給你了。」

「那妳呢？」他問。卻沒有看我，像是不敢看我，只是看著前方空曠的世界。

我也看著前方，看了許久後才說：「我會常來的。」

他的唇角揚起了一個淡淡的角度：「我知道聖陽和妳已經無法再重新開始。但不知道……妳是否願意給天水一個機會？」他緩緩轉身。當我看向他時，他已恢復天水的容貌，長髮也恢復成黑色。他用天水黑色的眼睛深深地凝視我，緩緩地跪落我面前，伸手執起我的右手，垂下了臉：「師傅，徒兒知錯了。」

我的心猛地一顫，在殷剎靜靜的目光中匆匆收回手，拂袖轉身：「好好看顧他們。」說罷，我大步走入兩個世界相連的神門之內。轉身之時，天水沉靜地立在神門的另一側，看似近在眼前，卻已經相隔兩個世界。

「天水比聖陽有人性，知恨也知愛。」剎現於我身旁，和我一起看著另一邊的天水：「妳留他一人在那裡守候四神誕生，實在太寂寞了。」剎側落臉看向我：「我知道那是一種怎樣的寂寞。」

我的嘴角揚起一抹淡淡的苦笑：「我也知道。」

吃不飽從神門中躍回，八翼立在門的另一側，抬腿想回來時，吃不飽卻朝他一爪子拍去。八翼登時收回手爪，眼中隱隱帶出淚光，擰眉轉身回到天水的身旁，與吃不飽隔門相看。

「吃不飽，八翼只是想跟你告別。」八翼是忠於帝琊的，畢竟帝琊如他的父親，他不會不管帝琊。

吃不飽肥碩的身體慢慢轉向我，然後在神門前一趴，一臉心煩：「我知道……但這小子太黏人，煩死了，萬一讓娘娘誤會我和他的關係，不跟我生小吃不飽怎麼辦？」

我看著他那副樣子，臉瞬間一黑，他那副樣子誰想跟他生蛋？

我受不了地白他一眼，伸手取出了聖陽的神骨，看了看，朝神門拋去。神骨進入神門後，聖陽的神光閃現，覆蓋天水的身體和那個新世界。隨著光芒漸漸柔和，神骨形成了一扇大門，門上是聖陽栩栩如生的浮雕，他雙眸緊閉，眉心神印閃現，金髮飛揚，連接玉門上每一個我的神印。

他雙手交疊在胸前，手捧四顆圓珠浮雕，圓珠分為四色，分別是銀白色、黑色、藍色和紫色，每顆圓珠上，各是玥、御人、帝琊和嗤霆的神印。那裡頭是他們四人在這個世界的記憶，從此將在這裡封存，直到他們想取回的一天。

時空之門建立，兩個世界開始連通。我隱隱覺得這只是開始，今後，將會有越來越多的世界，在這裡建立起來。

創世，是真神最重要的歷練。

吃不飽趴在神門前，抬了抬眼皮看我：「娘娘，妳該不會要我守護這破門吧。」

我揚唇壞壞一笑：「難道不適合你嗎？你只要在這裡睡覺，便無人敢靠近。」

吃不飽一臉鬱悶，委屈地癟癟嘴，整個身體都懶得站起來挪動一下。

他抬起眼皮，再次難過地看我：「娘娘，妳嫌棄我。」他瞇起眼睛。

「哼！」我挑眉：「不准吃小竹。」

他圓睜雙眼，目光心虛地閃爍：「妳怎麼知道我想吃小竹？」

我瞥眸白他：「我還不知道你嗎？現在小竹跟在我身邊，同為獸體，你心裡最嫉妒他。總之，不准你吃他……還有！」我擰眉看他越來越胖的身體：「你怎麼會越來越胖？你看看八翼，身材保持得多好！你呢？好歹也變個形吧？娘娘我現在是六界之主了，坐騎卻是一坨肉，你是故意想丟我的臉嗎？」

他的眸光越發瞇緊，像是想起身，但身體緊了緊，又再次攤開，鬱悶看我：「八翼的皮早被我撐鬆了，你沒看見是他變形把皮都收緊了！」

「那你為什麼不學他？」

他癟癟嘴，眼中心虛再現，耷拉下眼瞼，伸出一根腳趾在地上畫圈圈：「我……懶……」

去他的，我就知道！

我撫額，強忍抽他的衝動：「你在這裡不准吃飯，給我減肥！」說完，我拂袖而去。剎看了吃不飽一眼，擰擰眉，也隨我一起飛落懸空的神台，飛離那片璀璨的星空宇宙。

我給兩個世界留下了一道門，我知道剎的心裡依然感念兄弟之情。我也希望他能去看他們，這讓會讓他重新染上溫度，不再冷冰冰。

「現在……只剩我們了。」他忽然有些尷尬地說。

我笑了，沒有看他，反倒低落臉龐：「是……只剩我們了。所以……你……想怎樣？」我抬起臉看他，卻見他立刻看落下方：「眾神入輪迴不是小事，我要去大命盤那裡看守。」說完，他竟像是逃跑一般，往他的神宮而去。

我一時愣在半空，又好氣，又好笑。

哎……我的剎哥哥啊，你還能躲到哪兒去？你還想躲避多久？還是需要像我在扇中那一世一般，先找闕璿來成婚，你才再跑來搶親？

嗯……我邪邪地笑了，這個主意似乎不錯，挺好玩的。正好神界快空了，本娘娘正缺樂子。

我俯落目光，隨即看到紫垣的星宮，笑容不由收起。我朝紫垣的星宮飛落。

紫垣的星宮閃爍著星光，裡面寂靜無人。最近他和奇湘忙於審查神族，十分忙碌，也難怪星宮中過於安靜。

我走入星宮之內，一個碩大的棋盤位於星宮之中，棋盤上方是絢爛的星空。我立在棋盤邊仰望星空片刻，再看落棋盤，棋盤上黑白子對應凡間各國國君。

忽然，那些黑白子站立起來，化作一個個光頭小孩，在棋盤上蹦跳：「娘娘抓我！娘娘抓我！」

「抓我抓我！」棋盤上瞬間熱鬧起來，黑衣白衣的光頭小娃娃們一個個伸長雙手，宛如求我抱抱。

「好啊。」我笑著伸出手，指尖落上棋盤，小娃娃們立刻一擁而上，搶著抱住我的手指。有的踩上別人的身體，爬上我的手背，然後在我的手背上歡跳：「我上來了！我上來了！」

「不得無禮！」忽然，紫垣的厲喝傳來，嚇得小娃娃們紛紛從我手上跌落棋盤，再次化作黑白棋子，不再出聲。

我無趣地看向惱怒而來的紫垣：「小紫，他們只是想跟我玩玩。」

紫垣大步到我身前，紫髮在他如風的腳步中飛揚。他來到我的面前，頓住了腳步，激動地看我片刻才下跪：「紫垣拜見娘娘。」

我側臉看他：「小紫，你我何時講究禮數了？」

紫垣依然跪地不起：「娘娘已是六界之主，紫垣不可越軌。」

我挑挑眉：「你這人就是這樣。起來起來～～」我在他起身時，懶懶地轉身走向星君的寶座。

「小竹呢？怎麼沒有侍候在娘娘身邊？」他有些生氣地看我左右。

我慵懶地躺下他的寶座，頭枕在一側扶手，雙腿掛上另一側扶手：「今天和剎送走那幾個傢伙了，所以小竹沒跟來。」

「娘娘！」他急急到我身前。我瞥眸看他：「幹嘛？」

他看落我的身體，雙眉緊擰：「娘娘，您現在是六界之主了！」

「所以呢？」我瞇起了雙眸，寒氣開始散發。

他看著我，發了會兒怔，隨即無奈垂眸：「沒事了。」

「哼……」我揚唇而笑，單手支在臉邊：「呼……終於結束了，好累。」

「累？」他目露擔心地看向我，似是想起什麼，登時目露緊張：「娘娘的神丹沒了？」

「嗯。」我懶懶地答道，看著自己的雙手。

「那現在娘娘您很危險！」他情急之下俯下身，單手撐上椅背，憂急看我，整個人俯落我的上方，紫色長髮垂在我的臉龐上。

他著急地看著我：「娘娘，您現在更不能離開神宮了，快讓小竹、闕璿回到您身邊！」

我隨意地抬手執起他一束順滑的紫髮，放在面前把玩：「是很危險～～我現在……等於沒有神力了，誰要想殺我……可說是易如反掌～～小紫，要不然……你給我補補？」

我抬眸看他，他的紫眸瞬間收緊，目光牢牢鎖在我的臉上，無法移開。忽然，一抹火光從他的紫眸中燃起，他瞬間俯下臉，吻落在我的唇上，重重的吻帶著他深深的呼吸。他閉上紫眸，在我的唇上近乎顫抖而語：「我願意……」張開唇時，我伸手點上了他發燙的雙唇，側開了臉：「我指的不是這個，是讓你挪一挪。比方說……再來場戰爭。」

他登時在我的上方怔住了。

「那場戰爭，是你為恢復我的神力而布局的吧。」

他的呼吸瞬間在我的耳邊凝滯。緩緩地，他離開了我的手指，靜靜坐在我身側。

我躺在他的寶座上，仰望漫天釋放冷光的星空，如同星君無情，冷眼看世間。

「你愛你的棋子嗎？」我問。

他默默地點了點頭，紫髮微顫。

我瞥眸沉沉看他：「我問的是人間的。」

他怔住了身體，我起身側坐在他身後。

「娘娘我最討厭濫殺無辜，但你偏偏做了。」我轉臉看向他。他的背影顯得格外安靜，靜得如同我在崑崙洞府中再見天水時的那個背影，帶著一絲死寂，讓人心疼。

輕輕地，我撫上他的後背，他從死寂中甦醒，微微側臉，紫色的長髮依然遮住了他的側臉。

我順勢環住他的脖子，輕輕靠落他的後背：「小紫，去人間做一世君王吧，去做一次棋子。一世之後，我自會來接你。」

「謝……娘娘……恩赦……」他遲疑地伸出手，握住我環住他的手。我在他後背微微而笑：「別擔心，我沒怪你。」

緩緩地，他拉住我的手腕，在我身前轉身，紫眸顫動地看我片刻，慢慢靠上我的肩膀，輕輕抱住我，久久沒有放開。

眾神都認為我把他們打入人間是罰……哼！有些的確是；但我想有些神族，沒準去了會不想回來。

紫垣在我的懷中慢慢入了睡。奇湘來時，他也沒醒。

奇湘僵立在我面前，傻傻地看著我們。紫垣伏在我的腿上已經睡著，我輕撫他的紫髮，眼前浮現出他還是少年時的臉龐。那時他的頭髮只有那麼長，是個安靜的孩子，遠遠地看著我，淡淡的紫髮在繁花間飛揚。

而奇湘就像現在這樣愣愣地看著我。他那時還是個短髮少年，藍色的髮色比帝琊淡了很多，有些偏藍綠，卻被很多神族孩子羨慕著，羨慕他能有和真神相近顏色的頭髮。

「奇湘是來找紫垣的嗎？」我沒有看他地問道。

奇湘在我的話音中回神，臉匆匆垂下，正想下跪時，我抬起手：「不用跪了，以後見我都不用跪。來。」我抬起臉朝他招招手，才發現他垂下的臉有些紅，如同他們還是孩子的時候，我和他們在一起玩鬧，朝他們招手，他們的臉也會害羞地發紅。

奇湘呆呆地看向我，但腳步已經朝我而來。

緩緩地，他跪落紫垣身旁、我的座前。我勾起邪笑，一把捏上了他的臉蛋：「小傢伙長那麼大了，頭髮都那麼長了。娘娘我看見你們長大，好高興啊！」

「娘娘……」他的臉被我捏住，無法說清話語。

我放開他，摸摸他的頭頂：「你真乖，娘娘還沒賞你呢。你想要什麼？」

他一愣，低下臉：「奇湘不想要任何賞賜。」

「不想要？」

「奇湘和紫垣一樣，效忠娘娘不是為了賞賜，其他效忠娘娘的神族也是一樣的。我們都是真心效忠娘娘，想讓娘娘回神界！」他振振的話音讓我不由感動。這些孩子依然能保持純良之心，他們才是神族的希望。

我看看他低落的臉龐，伸手輕輕挑起他的下巴，勾笑看他：「沒關係，儘管說你們要什麼。」

他的臉再次發紅，目光從我的臉上側開：「我們和紫垣一樣，從不相信娘娘是什麼邪神，我們的神術都是娘娘教導的，娘娘……對我們很好……看到娘娘被封印，我們……」他如同碧水一般的眸子顫動起來，如同清澈的水面泛出粼粼波光。

我放開他的下巴。他哽咽地低下臉，擦了擦眼淚。哎呀……不小心把他惹哭了。

我勾唇而笑：「可化無不就堅信我是壞人？」

「化無他……」他登時擰眉，一臉鬱悶，像是什麼話都瞬間不想說了。

我壞笑看他：「你們關係很好，他竟是不知你心裡忠於我？」

「嗯。」他點點頭：「化無崇拜御人大人，所以奇湘為顧全大局，只有對他隱瞞。」

「他原諒你了嗎？」

他微微而笑：「謝娘娘關心，化無他……應該沒事。」

「那就好。難得有這樣的好兄弟，要好好珍惜～～」我再次摸著他的頭：「別像娘娘一樣，最後不得不拆了兄弟的神骨，哈哈哈～～」

他的身體一怔，臉瞬間發了黑，隱隱感覺他的寒毛都快要豎起來。

小竹總說我太嚇人，看著不像好人。

像好人有什麼用？

瞧，聖陽多像好人？結果無人畏懼，越來越放肆張狂，反而在他眼皮底下作惡。

世間欺善怕惡，神族又未嘗不是？

我不惡，只怕整個神族又要騎到我頭上了。

我再次捏了捏奇湘嫩嫩的臉蛋，輕輕放落紫垣，起身從他身邊離開。

有一輩子的好兄弟……真是讓人羨慕。

第十章　再次生機勃勃

我懷抱暗光，緩緩走過正在重建的神界。神宮一一拆除，神玉染上了顏色後重建。我不喜歡只有白色的世界，看著冰冷，整座神宮就像個無情的男人，用高高在上的姿態俯看著我。

一條五彩的星路遍及神界，花草鋪在星路的兩旁，闕璿的設計很有心思，我與他在扇中一世，他已深知我的喜好。

他不再是塊石頭了，雖然，他還是憨憨傻傻，老老實實。

茶花正在星路旁擺放仙花，看見我激動地落到我的面前：「娘娘！」

我勾唇瞥眸看她：「在神界還適應嗎？」

茶花笑了，笑容如她在凡間一般燦爛，她給這個冰冷的神界帶來了歡樂：「起先不太適應，但有紫垣星君照顧和提醒，所以一直等娘娘回歸神界，現在舒服多了。娘娘，茶花真的沒想到原來的神界是這個樣子的，連笑都不能笑，感覺……」

「無聊？」我接了話。

她立刻點頭，轉身指向她用仙花擺放的圖紋：「娘娘，漂亮嗎？」

我勾唇笑了：「很漂亮。茶花，既然神骨選妳做了花神，妳就按照自己的意思來修飾神界吧。做神若是連這點任性都沒有，未免也太無趣了。」

「嗯。」茶花點點頭：「不過娘娘，茶花還是喜歡人間的生活，請娘娘准茶花在修飾神界後也下凡歷劫。」她眸光閃閃，躍躍欲試。

我瞥眸看她片刻，邪邪地笑了：「好啊。但我有更重要的任務交給妳。」

茶花目露驚訝和激動，似是很期待我交給她的任務。

她是個活潑的姑娘，在神界會把她悶壞的。

星路的盡頭，我看到了自己的神宮，仍舊是白色聖潔的神玉，但台階是仙花鋪成，只有當中一截依然是白色的神玉。

我從仙花間走過，神宮的門口已見一身綠衣的小竹。

小竹匆匆上前迎接：「娘娘，焜翃和長風大人來向娘娘告別。」

「嗯，知道了。」我隨他走入神宮，眼前映入焜翃紅色的長髮和他身邊始終衣衫規整、長髮絲絲直垂的長風。

又是一對讓人羨慕的生死兄弟。

我身邊的男人都有自己的兄弟，只有我沒有。

我輕撫暗光，走向自己的神位。麟兒也有天水……我愛的男人都跟天水有關係，真讓我嫉妒。

「娘娘！」在我踏入大殿時，焜翃已經轉身，成神讓他更加俊美，少了年少時的浮躁和稚氣，身上的衣服也換作金紅色的神袍，而不是那件看著有些破破爛爛的、像少俠的短衣。

在他激動地看向我時，長風依然靜立在大殿之中，過於安靜的他像是一張古琴豎立在焜翃的身旁，沉靜，卻讓人無法移開目光。

「娘娘，我和長風來向您告別。」焜翃到我面前，我只看向長風：「長風，你今天……是不是太安靜了？」

焜翃這才發現長風的異常，面露疑惑，轉身看向長風：「長風，你怎麼了？」

見長風依然安靜不動，小竹邁開一步到我身前，帶出一分戒備。嗯，看來他也感覺到一絲淡淡的殺氣，從長風的身上散漏。

長風依然無法保持平靜，這抹殺氣暴露了他正在做的掙扎和內心的鬥爭。

岑！一聲琴音忽然劃破此刻殿內不尋常的安靜。長風轉身時，琴弦已從他手中射出，直直朝我而來。

焜翃見狀大驚，立刻伸手抓住了那琴弦大喝：「長風，你瘋了！」

長風總是眯起、如同一抹迷人弦線的眼睛緩緩睜開，裡頭褐色的瞳眸渙散，太多太多的掙扎讓他的視線變得散亂。他直垂在身上的髮絲微微顫動，像是琴弦被人狂亂地撥弄一般。

他閉緊雙眸，臉上浮出痛苦之色：「我說過，我一定要親手殺了害死我父親的人！」

「害死你父親的人不是帝琊嗎？你襲擊娘娘幹什麼？」焜翃一把甩開長風的琴弦，憤然上前一把揪住長風的衣領：「你這是哪根弦搭錯了？」

長風痛苦地咬唇，側開了臉。

小竹吃驚地看向我，我摸了摸懷中的暗光，鎮定自若地從焜翃和長風身邊緩緩走過：「他若有心刺殺我，就不會當著焜翃你的面了。」

我的話音輕飄飄地飄過焜翃和長風的身旁，焜翃吃驚地朝我看來，長風在他的身前頹然地垂下臉，臉上失去了任何神情。

我坐上仙花纏繞的鞦韆椅——我的神位，雙腿放上了鞦韆，邪邪勾唇只看再次陷入靜謐的長風：「焜翃、小竹，你們退下吧。」

「可是娘娘！」小竹搶步上前。我揮了揮手，他擰擰眉後退，拉起還揪著長風衣領的焜翃。焜翃狠狠看長風一眼，隨小竹離開。

神宮內只剩我與長風。我一早便覺得他心裡有事。

安靜之中，長風靜靜地抬起手，一點一點整理被焜翃弄皺的衣領。

我瞥眸看他：「我剛剛造世，神丹已無，你若想殺我，現在是最好的機會。」

他整理衣領的雙手一頓，從衣領上滑落，瞇起的雙眸上眉峰已經收緊，雙手在身旁捏緊。忽然，神光從他身上綻放。他起身躍起之時，雙臂撐開，直垂如同琴弦的長髮絲絲朝我而來。

我淡定地依然側坐在神位上，輕撫手中暗光。一綹綹帶著古琴般青光的褐色髮絲從我的臉邊、頸邊、身邊穿過，刺破鞦韆上的鮮花，穿透堅硬的玉石，破碎鮮麗的各色花瓣瞬間炸飛在我的四周。我抬眸看向落在我身前，如古琴般迷人的男人——長風！

他泛著古琴般漆光的眼睛裡，水光亂顫、痛苦掙扎，似是快要無法承受。

我伸出手，撫上他冰涼的臉龐。他先是一怔，一行淚水從他如畫的眼角滑落，頹然的神情再次浮上他的臉龐。當雙眸失去神采時，他像是放棄般垂下了臉，一綹綹如同琴弦綁在我兩邊的髮絲也發軟地一一垂落。

他緩緩地跪落在我面前：「請娘娘拆去長風的神骨……」他的氣息開始輕顫，痛苦地緊鎖雙眉：「長風刺殺娘娘……有罪……」

我收回撫在他臉上的手，沾上了他溫熱的淚水。我看落他：「有什麼心事儘管說出來，或許只是個誤會。」我還記得初見長風之時，他雙眸像是畫上去的一般，只有兩抹漂亮的線條。他坐在筵席上，長髮與衣衫直垂，像一尊精緻的娃娃。

那一刻，我便感覺到他的心裡壓著一個很大的祕密。

在給他報仇之時，我明明感覺他把心頭的巨石放下了，為何此刻他卻認為我是他的殺父仇人？

他依然低垂臉龐，沒有說話。

我伸出手放落他的頭頂，他直垂的長髮微微一顫。我看著他：「你若真恨我，也不會在最後護我。長風，我知道你不想殺我，但你不想違背自己的誓言，所以只能懲罰自己，是嗎？」

他的身體微微下沉了一下，身上更顯一分死寂。

我看了他一會兒，手指在他的頭頂輕輕敲了兩下：「你若不說，我只好自己看囉～」

他的身體緊了緊，如畫般細長的雙眸開始收緊：「父親被廣玥大人丟棄，是因為父親無法再彈出歡快之音……」

我收回了手，點頭：「嗯，這件事我知道。」

「但是……娘娘不知道……」他緩緩抬起了臉，瞇起的雙眸開始慢慢睜開，露出了裡面泛著淚光的褐眸：「父親無法彈出歡快之音後，有一位娘娘，便再也不去廣玥大人的神宮了……」

我登時怔住了神情。

他苦痛地凝視著我：「正因為這位娘娘不再去廣玥大人的神宮，廣玥大人才嫌惡父親，將父親遺棄。父親告訴長風，這位娘娘，叫魅姬。」

我的腦中響起了一陣嗡鳴。我這才想起，我本來很少去廣玥的神宮，因為我誤以為他不喜歡我去打擾他造物。可是有一天，他造出了遺音，美妙的琴聲深深吸引了我。我開始常常去他神宮，向他保證只聽琴聲，不擾他造物。

後來，遺音有了人性、人心，常常苦惱於自己只是一把被人彈奏的琴，曲調也開始憂傷惆悵起來。我知他不甘為琴，便尊重他的心意，不再彈奏他，也變得少去廣玥的宮殿。

現在細細一想，玥之所以造琴，應是為了吸引我的注意，想讓我常常在他身邊，絲絲回憶浮上了心頭。對了，那時的玥臉上常有笑容，雖然幾乎淡不可見，但應該是他心情最好的一段時間。

「對不起……」我再次看落長風：「當時你父親不甘為琴，我不想再讓他有琴的感覺，所以便不再彈奏他，沒想到卻害了他。你父親呢？」

他再次垂下臉，恭敬地抬起雙手，手中漸漸浮現遺音的殘身。依然是一把完美的古琴，但已無生息，只是一塊木頭了。

我抬手撫過那晶亮的琴弦。還記得那時的琴弦帶著遺音的溫度，我閉眸久久懷念：「長風，遺音雖然死了，但你可曾想過，他現在是個人了。」我緩緩睜開雙眸，看著他怔怔的神情。他如畫的眉眼，美得讓人不忍觸摸。

我輕輕勾起琴弦：「遺音一生的心願，便是做個人，而非一把琴。他生前最愛這首曲子……」輕悠的曲調從我的指尖彈出，悠長而舒緩，讓人聽在耳中分外悅耳和舒心：「這是他的殘身，和他的神魂依然相連……」音符彈出之時，琴弦下的琴身開始隱隱閃現光芒，琴面漸漸透明，現出了一幅人間的畫面。

一位俊美的公子正坐在琴案前撫琴，身旁是如花的女子。女子懷中是可愛的孩兒。公子笑容滿面，溫柔地一邊撫琴，一邊注視女子和她懷中的孩童。孩童在他溫柔的琴聲中漸漸入睡……

「父親！」即使容顏已變，長風依然一眼認出了那撫琴的男子。

「看，你父親心願已了，你該為他高興。想念你父親時，可彈奏此曲，便會看見他的輪迴轉世。你若想，我可在他此世結束時，召他回神界與你團聚。」

他看著琴中的畫面，神情漸漸柔和起來，再次恢復往日的沉靜。他微笑地搖搖頭：「不，父親這樣才過得幸福。長風心結解了，謝娘娘。」他朝我深深一拜，身上已現輕鬆。

我收回彈琴的手，勾笑看他：「既然解了心結，就該為我好好辦事。若再有心事，可來與娘娘我聊聊。你心性內向，太過壓抑，娘娘我還真怕你跟廣玥大人一樣，壓抑出心魔來了～～」我邪邪地笑了。

他身體微微一怔，緩緩起身，也是瞇眸而笑：「長風若再有心事，也依然是因為娘娘。」他用那雙瞇起的如畫眉眼久久看我，視線隱含深意。

我斂起笑容。想細細看他時，他忽然垂臉懷抱遺音，向我一禮：「娘娘，長風告退了。」

我挑挑眉，看來他不想再讓我看透他的心思。也罷，我隨時等他向我吐露心思。我勾笑點頭：「去吧。焜翃性格開朗，你莫嫌他煩。我也會去妖界的，如果你有需要。」

他的嘴角浮現一抹笑容，漸漸消失在我面前。

下一刻，焜翃便從殿門外而入，面帶擔心，金紅的眼睛像是兩簇火焰燃燒般閃亮。他掀袍一禮後起身，擔心看我：「娘娘，長風那傢伙沒傷妳吧？」

我慵懶地單手支臉，瞥眸看他：「你現在眼裡的擔心是為我，還是……為長風？」

他的臉登時一紅，氣悶地撇開臉：「都有，你們兩個都不讓我省心。」

「嘖！」我登時白他一眼。

他眨眨眼，轉回臉：「所以長風到底怎麼回事？」

我勾唇，壞壞地笑了：「這是我和他的祕密，不告訴你。」

「妳……！」他又像以前一樣指向我，所有人中，也只有他對我一如往常，我喜歡這點。我也希望大家能像最初時對我，要是見面就三跪九叩、恭敬噤聲，未免也太無趣了。

「那我去問長風。」他雙手環胸，也勾起一抹壞笑：「長風一定會告訴我的。」

「那可未必～～」我繼續逗他：「他父親的事，不是也沒告訴你？」

焜翃的臉瞬間黑了，氣悶地擰緊了雙拳：「虧我跟他還是兄弟，他居然藏了那麼多祕密！」

我邪邪看他：「難道你心裡就沒藏祕密？」

他的神情登時一怔，臉再次紅了起來，眼神閃爍不敢看我，支吾而語：「我……坦坦蕩蕩，哪像他，像隻笑面狐狸。既然……他沒事，那我走了。」他逃也般的轉身。我幽幽提醒：「多去鬧鬧長風，少讓他心裡想事兒，這對他有好處。」

他頓住腳步，微微側臉含笑看我：「這妳放心，妳不提醒我也會那麼做的。他可是我焜翃唯一的兄弟，我才不會讓他跟廣玥大人一樣，憋出魔症來。」說完，他火紅的身形化作一簇閃亮的火焰，衝出了神宮。

焜翃這小子看著有點呆，但真不傻。果然是兄弟才瞭解兄弟。

嘶……我怎麼忽然想「拆」這些讓我眼紅的兄弟呢？哼……他們比恩愛的夫妻更讓我心癢癢，好想拆散他們這一對對的。

正壞笑間，滅殃風風火火地跑了進來，小竹一路追趕：「滅殃，你給我站住！」

今天怎麼每個人都殺氣騰騰的？

「娘娘，為何不讓滅殃隨主人去新世界？妳可是讓八翼去了！」滅殃直挺挺地站在我面前，渾身殺氣，形如一桿兵器立於殿內。

小竹生氣地要拉他，我揚起手。小竹見狀到我身邊，陷入戒備。

我看滅殃一眼，慵懶地躺落神位：「滅殃，你與八翼不同。八翼是神獸，是為守護新世界大門的另一端。新世界剛剛初生，精氣未穩，很是嬌弱；而你是神器，身上殺氣太重，若是去了新世界，會影響那裡的氣場。」

滅殃的神情登時如同一片死灰。

看著他那副萬念俱灰的神情，我白他一眼：「急什麼？等帝琊成人了，我自會讓你去的。」

他呆滯了片刻，猛然回神：「真的嗎？娘娘！」

我邪邪而笑：「娘娘答應過的事，幾時沒有做到？」

「謝娘娘！」滅殃登時激動不已。

我瞥眸看看小竹，再看看滅殃：「正好，我們打牌吧。」

小竹的綠眸登時瞪大，滅殃的身體也隨之一緊，整張臉竟是像面臨大敵般緊張。忽然他指向殿外：「我跟魔天約了喝酒，滅殃告退！」說完，他跑了。

魔天？魔天不是被我滅了嗎！神魂都拿去入輪迴了，滅殃你跟哪個鬼約了喝酒？

我瞥眸看小竹：「去！再找兩個來。」

小竹卻是開始抓手上的皮：「娘娘……我好像要蛻皮了……」

「蛻皮！」我登時坐起，伸手掐上他的身體：「你都成神了，蛻哪門子皮？」

「這是最重要的一次！」他捂住被我掐的地方，臉紅了起來：「這次之後……小竹性別便定下了……」

「你成神前還沒定性別？」我挑眉看他，掃視他全身，他紅著臉捂住下身點點頭：「嗯……娘娘，小竹蛻完皮再來陪娘娘打牌……」說完，他也溜了。

我瞇起了眼睛，一群小王八蛋，沒一個願陪我打牌的！

哼……我勾唇邪邪地笑了，沒關係～神界人還有很多～～自能找到人陪我打牌～～

我捧起暗光：「麟兒，走，我們找人打牌去。」

我看著偌大的神宮，只剩我一人，空空蕩蕩。那些愚昧的神族眼中，總以為我魅惑男神，身邊男神趨之若鶩，他們的冥王、神王，還有無數男神守護在我身旁，被認為都是我的男人。

哪知我要打牌時，竟是一個不留，只剩我一人。那些傳聞中我的男人們都去哪兒了？

我獨自一人再次走出了神宮，神宮遠處繁花似錦，祥雲繚繞。神宮就該由女神來打理，才能美美的。

我朝那裡而去，視野中，映入了君子的身形。他飛落我的身前，擔心看我：「娘娘這是要去哪兒？妳神丹已無，還是留在神宮內較好。」他認真擔心的神情像是我現在出去，就有無數人想殺我。

我瞥眸看他：「你怎麼來了？」

他退後一步，與我保持君臣般的距離：「小竹說他要去蛻皮，無法保護娘娘。」

「所以他通知你？」我了然地邪邪笑了，看著君子點頭，我咧開了嘴，舔舔唇：「小竹這傢伙，越來越鬼了。哼……你來了正好，隨我去找人吧。」

「找人？」他目露莫名，我可不能再說找人是為打牌，把他也給嚇跑了。我想了想，緊緊盯視他：「答應我，稍後無論我要你做什麼，你都要留在我身邊！」

君子的神情瞬間劃過一抹凝固，他小心翼翼地看著我，似是察覺了什麼，不像從前那樣毫不猶豫地答應我任何命令。

我挑挑眉：「怎麼？這個很難答應嗎？」

君子如墨的黑眸裡劃過一抹猶豫，垂臉遲疑地說了聲：「是……」

我勾唇一笑，朝他伸手：「來。」

他全身竟是一緊。他已知我何意，溫潤的臉上登時開始浮現晚霞般的薄紅，神光閃現之時，他化作黑色的綢扇入我手中。

我看著他邪邪地笑了：「還是抓在我手裡放心，不怕你跑了。」

扇面上浮現他面帶羞澀的臉，雙頰已經浮起淡墨般的羞紅。

「還是那麼可愛～～」我點點他扇面上的臉，然後一邊慢搖綢扇，一邊去尋找其他獵物。

✣

眼前已是帝琊神宮的舊址，現在這裡只剩下鮮花布滿的聖巢，大大小小的蛋殼在鮮花中不再顯得蒼涼，五彩斑斕的蛋殼和周圍的鮮花適度地融合在一起，讓這裡多了分童趣，而孩子們的嬉笑聲，也已經從蛋殼中穿出。

「哈哈哈——」

「咯咯咯～～～」

「來找我呀～～」

「抓不住抓不住！」一個小孩從一個巨大的蛋殼中跑出，正好撞在我身上。

「哎喲。」他跌倒在地上，更多的孩子從蛋殼中鑽出。在看到我時，有的驚呆在原地，有的嚇得躲回了蛋殼，一瞬間，整個聖巢沒了聲音。

我看著他們，他們或是呆立地看我，或是躲在蛋殼裡偷偷看我，我勾唇笑了。啪！我收起綢扇，手中現出了如同龍蛋大小般的暗光，俯看跌倒在我面前、一身青衣小衫正呆呆看我的男孩：「看，我這裡還有個蛋。」

小男孩的眼睛和化無一樣是青色的，他瞪大眼睛看我手裡黑色的蛋，慢慢站了起來。

「小風小心！」他身後有孩子害怕地小聲提醒。

小風轉身看看夥伴們，孩子們在暗光出現時，也少了分畏懼，紛紛從蛋殼中爬出，好奇地看著我手裡的蛋。

小風轉回身，大著膽子摸上我手中的暗光，暗光倏然在我手中消失，他一驚：「哦！」然後，他竟是大笑起來：「哈哈哈——」

我的手心再次現出暗光，他立刻上前小心翼翼地摸，抬臉看我：「娘娘，您為什麼總是抱著它？」他用漏風的口音好奇地問我。

我笑看他一眼，把暗光放入他手中：「這是未來的魔神。」

「魔神？」他驚訝地抱著蛋，其他的孩子慢慢地圍了上來，也好奇地觸摸。

我揮起袍袖，登時花瓣飛揚，捲過那些蛋殼。穿過蛋殼時，化出一隻又一隻由花瓣組成的小妖獸，紛紛從蛋殼中跳出。

「啊～～～～」孩子們驚喜地尖叫起來，朝那些色彩斑斕的小妖獸撲去。立刻，小妖獸和孩子們一起亂竄，瞬間恢復曾經的生機和熱鬧。

一隻鮮花組成的飛鳥落在了小風的頭頂，輕輕啄他，小風開心地大笑起來：「哈哈哈——」他一開心，雙手滑脫了暗光，他不由一驚。我一抬手，暗光便飛回我的手心。他像是做錯事的孩子般，小心翼翼地看我：「娘娘對不起……」

我輕撫暗光笑看他：「你這小娃娃倒是不怕我。」

周圍的孩子們安靜下來，紛紛看向小風。

小風一點也不怕地看著我：「我娘說是娘娘給神界帶回了正氣，我娘也說有的人長得善，但心眼壞，所以娘娘看著壞，其實心眼好。」

我邪邪地笑了，點上他的眉心：「小傢伙會說話。」

「而且娘娘來了，好多地方都變得好漂亮，以前我們都沒地方玩的。」孩子們懷抱自己的妖獸，再次圍了上來。

我勾唇環視他們：「一個個嘴真甜，都是好孩子，好！娘娘送你們好東西。」

「好東西！」孩子們驚呼起來，一個小女孩懷抱鮮花的妖獸看向我：「娘娘，能把這個給我做寵物嗎？」她充滿無比期待地仰望我，和那小風一樣，也是依然口齒不清。

孩子們都小臉紅撲撲地期待地看著我。

我勾唇一笑：「這些只是花，還不是活物。」

小女孩兒失望地低下臉，小風立刻跑到她身邊，用他自己也還小的手輕拍她的後背：「別不開心，娘娘有其他禮物送給我們。」

「可是我好喜歡好喜歡它嘛～～啊～～～～」小姑娘瞬間仰天大哭起來。

「哈哈哈——」我大笑起來：「別哭了，你們可知這裡是什麼地方？」

「不知道——」他們齊齊回答，小姑娘也止住了哭泣。

我一挑眉，沒想到聖巢竟是被徹底遺忘，看來有必要給神界的未來上一堂歷史課。我拿起手中的摺扇，在花海間一掃，君子的神力化作一股風拂過聖巢，歷史斗轉星移，破碎的蛋殼開始在星光中修復，聖光籠罩，一個藍髮的少年立在聖巢之中。

「哇——」孩子們驚嘆地看著周圍的一切。

「這裡曾是妖王帝琊創造小神獸誕生的地方……」我指向我用花朵變的小妖獸，牠們五彩斑斕的身體緊緊依偎在自己喜歡的小主人身邊。小孩子們睜大眼睛好奇地聽我述說：「世間每隻神獸的祖先都誕生在這裡……」藍髮的少年溫柔地懷抱神蛋。一顆神蛋開始破裂，可愛的小小妖獸破殼而出。

「那他是誰啊？」小風指向那個藍髮的少年，他的髮辮垂在腦後。

我看著那年少的背影，微微出了一會兒神，微笑而語：「他就是帝琊。他曾經和你們一樣，善良、溫柔、可愛，還有些……呆。後來，帝琊離開了神界，這裡就荒蕪了……」我手中摺扇再一掃，風捲殘影，妖獸、蛋殼、帝琊皆化作灰燼，現出我再次見到聖巢破敗的樣子，蛋殼褪色，滿目地荒蕪：「這就是後來的聖巢。但聖巢依然是可以孕育神獸的，只要有愛……」

孩子們呆呆看著荒蕪的聖巢，不由自主地拉起了小小的手。小女孩轉臉難過地看向我：「娘娘能讓這裡活過來嗎？」

我笑了：「我不能，但你們可以。」

「我們？」他們疑惑地看向彼此。

我再一扇，面前的景象恢復原樣，鮮花滿地，蛋殼已經再次恢復斑斕之色：「看！神蛋的蛋殼依然有靈性。有了你們的到來，它們已經恢復了生機。只要你們愛它們，在埋入神魂後，它們便可再次孕育出新的神獸。」

「真的嗎？娘娘！」孩子們驚喜地看向我：「那哪裡能要到神魂？」

我邪邪地笑了：「這個嘛……就要問冥王了。」

「冥王大人……」孩子們的臉上果然露出了驚懼的神色。

我拿起一個破碎的彩蛋看他們：「有些東西是需要真心、勇氣和努力才能得到的。你們想要屬於自己的神獸，就要靠自己的雙手。要是連面對冥王的勇氣都沒有，又怎麼讓這些神獸覺得你們是可靠的小主人呢？」

我手托色彩斑斕的蛋殼，看著他們，他們膽怯地看著彼此。我緩緩抬起手，啪的一個響指，他們手中的鮮花小妖獸瞬間破碎，化作片片花瓣散入空氣之中。

孩子們驚呆地站在原處。

安靜片刻後，忽然間「哇——」一聲，小女孩們又開始大哭起來。

小風看著那些哭泣的小女孩，低下臉，擰緊雙拳。忽的，他朝我走來，抬起臉大聲喊道：「我要見冥王大人——」

孩子們在小風的大喊中安靜下來，看看彼此，也一起大喊：「我們要見冥王大人——」

我勾唇笑了，綢扇慢搖：「好～」

「小風！」突然傳來著急的大喊，青色的人影如風般捲起小風，帶起片片花瓣飛起。風停之後，小風已離我遠遠的，被化無抱在懷中。化無生氣看他：「不要靠近那個女人！」

小風也生氣看他：「哥哥討厭，娘娘一點也不壞！你走開！」小風忽然從化無的懷中「砰」一聲化作了一團煙霧。

「小風！」化無著急地喊。

那團煙霧踉踉蹌蹌飛落我面前，再次化出小風的模樣，認真看我：「娘娘，我們想要自己的神獸！」

「好～～」我瞥眸看向遠處直跺腳的化無。他氣悶地看向我，我收回目光，綢扇慢搖：「那你們就用自己最響亮的聲音喊冥王大人吧，他自會前來～～」

孩子們聽罷，手拉手，一起大喊起來：「冥王大人——冥王大人——冥王大人——」

響亮的童稚聲音一聲蓋過一聲，高高迴蕩在神界的上空，久久不停。

忽的，一團黑雲從天而降，隨即而來，是刺骨的陰寒。化無立刻上前抱住自己的弟弟小風，像是不想讓他被寒氣所傷。

小風站在他懷裡呆呆地看著。

轟！黑雲炸落我的身邊，黑袍掀起陰氣，瞬間花死草枯。

孩子們登時臉煞白地站在原地。殷剎渾身陰氣地站立在孩子們面前，面色青白陰沉。他冷冷掃視孩子們一眼，微微側臉看我：「喚我何事？」

「上去點～～」我綢扇微微遮臉看他。

他微露莫名其妙的表情。

「嘖！花都死啦～～～」我啪地收起綢扇，指向他身下的一片死花。他看了一眼，大吃一驚，立刻微微飛起，那些死花再次緩緩恢復顏色，但依然一片蒼白。

「到底什麼事？」他還是不苟言笑地看我。

我白他一眼，給他使了個眼色，示意他看孩子們。他會意過來，轉眸面無表情地看向孩子們，孩子們也嚇呆地看他。於是，很長一段時間裡，他和孩子們大眼瞪小眼，連化無這個大人，在陰森的殷剎面前也是嚇著口水，不敢多言。

我無語地翻了個白眼，看來還是要本娘娘出馬。

我在殷剎面前緩緩飛起，和他同高，在他身邊深深一吸，全身的皮膚都吸入他的陰氣，瞬間大補。

我笑看孩子們：「別怕，殷剎大人只是看著可怕，其實是世上最溫柔的人呢～」

殷剎身體僵了僵，彆扭地朝我看來：「妳到底想做什麼？」

孩子們依然嚇呆地看殷剎，似是無法回神。

我勾唇邪邪一笑，瞥眸看向殷剎時，捧住他的臉瞬間一親。殷剎登時驚得瞪大了眼睛，青白的面頰瞬間被薄紅覆蓋，渾身的陰氣也多了分暖意。

那抹羞紅恰到好處地增加了剎一分活人的氣息，減去了他臉上如同死人一般的青白。我放開他，綢扇慢搖地笑看孩子們，孩子們的眼睛瞪得更大了：「哇——」

反是化無這個大人徹底呆立。

不去看殷剎「狠狠」瞪我的視線，我笑看孩子們：「看，我們的冥王大人是不是不可怕？現在，你們可以向冥王大人說出自己的願望了～」

孩子們看看彼此，再看看臉上微紅的剎，忽然全都擁了上來，七嘴八舌地喊了起來：「冥王大人、冥王大人，請賜我們神獸做寵物——」

「冥王大人、冥王大人，請賜我們神魂——」

他們圍在了殷剎神袍的四周。殷剎被他們直接從空中拽下，竟是目露一抹失措。他對我使眼色，像是在向我求救。讓所有人都害怕的冥王，在面對孩子時，卻變得束手無策。

我綢扇遮面，壞壞笑看他。他無奈地輕嘆一聲，看向我：「要孕育神獸需要神泉。我只有神魂，不會造獸。」

孩子們安靜下來。我勾唇一笑：「我會啊～～我跟帝琊學過。你把神魂準備好。」

他點點頭，示意孩子們讓開。

我喊道：「闕璿何在？」

登時，空中玉光閃現，闕璿已現身空中，如同白玉抽絲的髮絲束成一束垂在身前，多了分翠玉的清爽之氣。孩子們登時驚呼起來：「是闕璿大人！闕璿大人！」

闕璿身上的玉光和他溫和的神情，似乎很討孩子們喜歡。他最近也到處修建神宮，想必是孩子們最常看見的神。

闕璿溫柔地看著孩子們，從空中落下：「又看見你們了，你們這些調皮鬼。」果然，他跟孩子們常有互動。

孩子們激動地跑向他，我輕輕撞了撞殷剎：「你也該收收身上的陰氣了，你看闕璿多討孩子們喜歡。」

「咳。」殷剎沉臉看向別處，不看闕璿。

闕璿在孩子們簇擁中到我身前：「娘娘有何吩咐？」

我指向聖巢一旁：「把神泉引過來。」

「是！」他面朝聖巢邊雙手合十，如同暖玉的神光從他指尖綻放，他雙手拉開時，登時地面震動，一條溝渠形成，瞬間，神泉帶著霞光潺潺而來。一個白玉的噴泉在溝渠邊眨眼間浮現，小小的神玉雕刻而成的妖獸立於泉邊噴吐泉水。

他長舒一口氣，放落手。

我緩步到泉邊，掬起了一把神泉，孕育生命的神泉帶出特殊的溫暖從我指尖流走。啪！我在泉邊打開了摺扇，轉身揮扇之時，泉水被我的神力帶起，從泉中如同晶瑩的絲帶飛起！

「嘩！」

「哇————」

泉水在孩子們的歡呼中如雨般灑落聖巢，雨幕之中，是孩子們驚喜的神情，以及化無呆呆的目光。

瞬間，色彩斑斕的蛋殼開始修復。我看向殷剎，微一眨眼，他垂眸一笑，揮起黑色的袍袖，那些被我收回的神魂一一飛出他的袍袖，如同星光般一顆顆埋入正在修復的神蛋之中。

一條迷人的霓虹在聖巢上升起，霞光朦朧地照射在聖巢之上。

我看向孩子們：「神蛋的孵化需要你們的愛，你們可以選擇自己的夥伴了。」

「好————」孩子們湧入聖巢中，紛紛選擇自己喜歡的顏色的蛋。他們喜愛地抱起自己的蛋，困惑看向我：「可是娘娘，愛是什麼？」他們一個個都用漏風的牙齒問我。

我勾唇而笑，手中現出了我的暗光：「愛，就是你時時刻刻想著牠，撫摸牠，溫暖牠，讓牠感覺到你的溫暖，讓牠感覺到你對牠的不離不棄，這樣你的神獸才會孵化。孵化之後，牠才會信任你，成為你最好的夥伴。你們明白了嗎？」

「明白了——」孩子們懷抱自己的蛋，滿臉歡快地跑回家。

小風懷抱一顆青藍相間的蛋，跑回化無身前，高舉手裡的蛋：「哥哥你看，我也有神獸了！」

化無看落他手裡的蛋，神情也變得平靜。

我勾唇看向聖巢裡巨大的蛋中，殷剎也看向那裡：「還有一個。」

我笑了：「跟你和玥一樣，也是個不合群的。」

「咳。」他尷尬地輕咳一聲，我想朝那孩子飛去時，頓住了腳步，瞥眸看殷剎：「這個應該你去吧，你們可是同類哦～～你不想他和你一樣吧。」

他微微蹙眉，闕璿立在一旁看著他，見他蹙眉立刻說：「還是我來吧。」

他眉腳一抽，立刻揚手：「我來。」說罷，他從闕璿的身前緩緩飛過，身上的死氣立刻讓下方的花死了一片。

「嘖嘖嘖。」我踩著地上的死花向前，死花又在我輕輕的腳步下再次復活，恢復原來鮮豔的顏色。就這樣，我一路跟在剎的身後，把那些花再復活。

緩緩的，他停下身形，在一顆巨大得可以遮擋小孩身體的蛋旁，面無表情地俯看蛋後：「要我幫你選一個嗎？」

巨大的蛋動了一下，我也站在了蛋後，看到了那個蜷縮在蛋後小小的身影，他正呆呆地仰著臉看殷剎。

剎沒有表情的臉上也浮出一絲尷尬，他和那孩子又是大眼瞪小眼。良久，他眨眨眼，看落身旁，然後目光鎖定在一顆黑色的蛋上，他一伸手，那顆黑色的蛋開始滾動，滾到了那孩子的腳前，輕輕地，撞上了那孩子的腳。

那孩子愣了愣，低下臉，緩緩地，抱起那枚蛋，深深抱入懷中。

殷剎看著那孩子，目光中劃過一抹溫柔，卻再也無話。

我看殷剎，心語而出：「說些什麼啊。」

他也看向我，一臉尷尬，心語傳入我耳中：「說……什麼？」

「呼。」我白他一眼，探出身體說：「冥王大人給你選的蛋可喜歡？」

「啊！」那小孩子竟是被嚇到，轉身朝我大叫：「啊！」

我看著他小小的臉，琥珀色的眼睛，勾唇一笑：「你很怕我，嗯……你討厭我！」我指向他。

他緩了緩神，忽的起身恨恨瞪我：「你還我父親！」

「哦～～～」我了然環胸，邪邪看他：「你母親對此作何感想？」

他卻是一怔，緊緊抱著蛋低下臉：「母親……很開心……」

「哼……」我就知道，哪有女人會喜歡在外面廝混的男人？神界因為先造了男神，這群男神就自以為是的男尊女卑了，女神的地位在神界並不高，再加上第一女神娥嬌和第二女神瑤女也和男神們關係曖昧不清，讓女神們在那些混蛋男神們心裡更似玩物。

「但我還是很想念父親……」他抱緊神蛋開始哽咽：「父親對我很好……」他開始抹眼淚。

聖巢安靜下來，剎看向我。我漸漸收起壞笑，蹲下身：「你做錯過事嗎？」

他哭著點頭。

「被懲罰過嗎？」

他再次點頭。

我溫和地看他：「將你的父親打落人間，娘娘我很抱歉，娘娘跟你說聲對不起。」

他淚眼婆娑地抬起臉，呆呆地看著我。

我輕輕撫上他的臉，抹去他的眼淚：「但是人做錯事，就要受到懲罰。你是孩子，或許只是被責罵兩聲、被責打兩下；但你父親做了很不好的錯事，所以他要接受比責罵、責打更厲害的懲罰，他只是下凡去做人，不是死。你還有你的母親，你要留在這裡替你的父親好好照顧你的母親，如果當初你的父親能好好照顧她，她也不會整日不開心了。」

他淚光顫顫地看著我，我溫柔地微笑注視他，他的淚水開始在眼中漸漸乾涸，透亮的琥珀眸中映入了我身上柔和溫柔的神光。

我伸手輕輕地抱住了他小小的身體：「你現在有比生娘娘的氣更重要的事，就是像個男人，好好照顧你的母神，讓她在今後的日子裡每天開心。」

「嗯……」輕輕地，帶著哭聲的話音在我懷中而出。他埋在我的肩膀上，再次偷偷抹眼淚。

我轉身看小風：「小風，能幫娘娘陪這孩子回家嗎？」

他聽見我的話立刻擦乾眼淚，忍住哭泣。

「好的！」小風從呆立的化無身前朝我跑來，自然而然地拉起了他的手：「娘娘，我們走了。小崆，別哭了，男人哭難看。」小風一邊說著，一邊把小崆拉走了，小崆回頭看我一眼，低下臉擰緊眉，轉回臉再不看我一眼。

我緩緩起身，一直目送他們，直到再也看不見他們的身影。

若是最初，我們知道如何化解心結，也不會讓魔孽控制了我們的心。

我轉身看向化無：「太好了，人齊了！你可不准走！」

化無一怔，有些戒備地看我。

剎和闕璿也朝我看來。我「啪啪」雙手一拍，登時帶眾人回到我的神宮之中，我們四人已坐在牌桌一旁。

闕璿的神情在看到那一桌子玉牌時瞬間僵硬了

化無好奇而小心地看著牌。

剎微微擰眉：「妳又打牌。」那神情像是在說我極度無聊。

「娘娘……能不打嗎？」闕璿小心翼翼看我。

我登時瞇眸，他低下臉不敢再多言。他老實，不會像小竹他們臨陣脫逃。

化無依然莫名地看著一切，小心謹慎地看闕璿和剎。

剎看一眼我手中的君子：「我還有事，君子不是在你手上嗎，讓他陪你。」他要起身，我立刻打開綢扇沉臉：「你就那麼喜歡……把我推給別的男人嗎？」

空氣瞬間凝固，我不看剎，綢扇慢搖，在我對面的闕璿身體瞬間緊繃。連對我一直戒備和嫌惡的化無，也似察覺氣氛不對，神情越發謹慎一分。

剎擰擰眉，神情裡露出一抹無奈，緩緩的，他伸出了手，放落在玉牌之上。闕璿見狀，也立刻跟著洗牌。化無看了看，仔細學了一會兒，也生疏地把牌一個個擺好。

我的綢扇啪的一聲收起：「今天誰贏了，娘娘我跟誰成婚。」

嗒啦！化無手中的牌掉了，闕璿驚訝地看向我，剎的手微微一頓，雙眉擰起，抿唇不言。

「不包括你。」我瞥眸看化無：「你若贏了，我免奇湘下凡。」

他一驚，登時認真看我：「當真？」

「哼……」我勾唇邪邪一笑：「娘娘我答應的事，幾時沒做到過？」

「好！」化無來了精神，立刻擺牌。

我再看向驚呆的闕璿：「闕璿，你我扇中一世，有情有義，娘娘我給你個機會，你可想要？」

闕璿的神情開始激動起來。剎停下洗牌，瞥眸冷冷注視他。他感覺到了剎的目光，但當作不知般對我燦燦一笑：「要！這次闕璿絕不再讓！」他目光灼灼，顯然不畏殷剎冥王真神的身分。

我勾唇邪邪地笑了，不去看面色陰沉的剎：「洗牌！」

嘩啦啦！嘩啦啦！於是，牌聲在神宮內響起……

❖

夜色染上整個神宮，心思巧妙的茶花在神界鋪上了夜光的鮮花，讓神界在夜晚散發別樣迷人的美和浪漫。我真是越來越喜歡茶花了，果然沒選錯！

我側躺在神宮頂端的鞦韆上，在這裡，繁花在我腳下，繁星在我上方，空曠無垠的絢爛世界，唯我一人坐擁。

夜光的鮮花鋪滿我整個身下，銀白的光芒如同月光將我包裹。我勾唇笑著，在鞦韆上慢搖，輸贏已定，神界將會大婚。

我與聖陽相愛萬年，他也未娶我，現在想想，棄他是對的。他一直顧及我有可能是邪魔，他是真神，不能與邪魔成婚，所以他一直不提成婚之事。他與我的愛，終究還是止步在一個身分上。玥幫我拆了他，也是解氣。

但是……

剎最近又在躲什麼？

我好歹也是女人，成婚之事總讓我主動開口，太丟面子了！

陰氣開始在空氣中浮現，深青色的衣衫已現於我的面前，他在月光中翩翩而落，身上青色的頭巾在月光中輕輕飛揚，讓他少了分駭人的陰森感，多了分神君的清美。

他面無表情地落在我的面前，微微蹙眉俯看我，臉上收起了嚇唬人的青白色，讓他俊美的容貌在月光中顯露我的眼前。

「妳真是太任性了。」他說。

我抬起臉，瞥眸看他：「那你喜歡嗎？」

他青色的瞳仁收緊之時，已經俯落我的臉龐，透著月光的頭巾撒落我的世界，遮蓋了我的視線，讓我眼中的世界裡，只剩他一人。

他深深的目光久久落在我的臉上：「喜歡……所以，我來要妳。」嘶啞的話語吐出之時，他的唇也隨即落下……

「你最近躲什麼？」

「我不知如何開口……」

「若是再不知，我和闕璿又要成婚了。」

「所以，我來了……」

這才對～～這才是我認識的，不會再讓別人把我搶走的剎……

❖

紅綢在整個神界飄搖，豔麗的紅花布滿了星路兩旁，紅燈懸浮在空氣之中，紅蝶飛舞在銀色的柳枝之間，明天，將是我六界之主刑姬和冥王殷剎的婚典。

這是神界第一次真神大婚的婚典！

整個神界四處洋溢著歡樂和熱鬧的氣息。

在眾神下凡歷劫後，留在神界的女神開始被我一一任用。她們的臉上皆是揚眉吐氣的神情，朝氣勃勃。

嗯……是不是該讓她們也重挑神夫？那些前任神渣，棄了也就棄了，也讓孩子們找回父愛。

明日將是婚典，孩子們已經提前歡鬧起來，到處都是他們的身影，不是拉紅綢，就是摘紅花，要不就是撲紅蝶，摘紅燈，一個個背著一個小包，裡面是他們的夥伴神蛋。別看小包小，可是可納天地的神物。

我端坐在神宮裡調息神丹，剎讓我大補了一回，神丹再成。

身前現出君子，但他久久沒有說話，安靜耐心地等我調息結束。

我閉眸調息：「有話說吧。」

「娘娘，你這樣對闕璿不公平。」他的話音裡多了分打抱不平。

我緩緩睜開眼睛，看到了他微沉的容顏，我勾唇邪邪地笑了：「你喜歡闕璿？」

他如墨的雙眸登時瞪大：「娘娘！」

「哈哈哈——」我從神位上起身，走到他身旁瞥眸看他：「難得你翩翩君子也會生氣，看來這件事你真是看不過去了。但是那天，我並非真是想利用闕璿來逼剎。」

他的神情倏然一怔，轉身到我身前，認真看我：「娘娘妳……」

我勾唇笑了：「闕璿跟我扇中一世，也是兩情相悅，他和我兩小無猜，青梅竹馬的感情，你覺得會是假的嗎？」我再次瞥看他：「所以，那天我說的話，是認真的。」他如墨的水眸一顫，漸漸浮起一縷如同墨水般的青霧，漸漸失了神。

「闕璿是不是不開心了？」我轉臉看他，不知他為何忽然走神了。

忽的，小竹的喊聲從外面傳來：「娘娘——娘娘——」聲到人到，他綠色的身影捲過神殿落在我的面前，綠髮染著神光飛揚，俊美的容顏又成熟了一分。

他大步到我身前，緊盯我的容顏：「娘娘，妳怎麼趁我不在把殷剎大人給收了！」

我瞥眸看他：「皮蛻完了？」

「嗯。」他敷衍般的應了一句，依然生氣地看我：「娘娘的婚禮應該由我來籌備的！」

我的視線掃過他修長修挺的身體，勾唇而笑：「皮呢？」

他的臉登時紅起，鬱悶地側開臉嘟囔：「娘娘，妳怎麼這樣～～人家蛻皮是一件很累很辛苦的事，妳也不關心關心我，只關心我的皮。」

我直接伸手抓起了他的手，他一怔，在我手中的手微微有些僵硬。

我抓住他的手摸了摸，果然在蛻皮後更是細滑細膩，如嬰兒初生的肌膚：「好皮，果然是好皮！快把皮拿來！」

我放開他的手，他摸摸自己被我摸過的手彆扭看我：「娘娘妳還要我的皮！」

「當然。」我甩手拿出了蛇鞭輕輕撫摸：「你現在是神了，你的皮就是神皮！」我興奮地咧開嘴看他。他驚得後退一步，我邪邪而看他：「你現在的皮可是神物，包在我的鞭子上，我就可以抽裂神身！哈哈哈——」

小竹和君子在我陰邪的大笑同時身體一緊，小竹小心翼翼地嘟囔：「娘娘，妳這樣不好，明天妳就大婚了，今天不要說這種血腥的話題。」

我登時收起笑容橫睨他：「少廢話。皮呢？拿出來！」

他登時捂住身體，臉不知為何紅透了：「娘娘……不好吧……我定性別了……那皮上看得出的……」

我一挑眉：「怎麼廢話那麼多？看我扒了你！」我朝小竹伸出爪子。

「慢著，娘娘！」君子到小竹身前護住，像是也知道了什麼認真看我：「娘娘，真的不妥，小竹的皮現在能看出性別了！」

「看得出又怎樣？」我白了他們一眼。君子對我擠眉弄眼，小竹在他身後捂住身體，羞紅了側臉。

緩緩的，我明白過來，臉也一時紅起，登時轉身：「咳，那小竹你去把我的鞭子做好！」我甩出鞭子。

慢慢地，小竹紅著臉上前，雙手接住鞭子：「是。」

我尷尬地眨眨眼，拂袖轉身背對他們：「我去找闕璿。」說罷，我直接飛出了神宮，只留下站立在神宮內偷偷鬆了口氣的君子和小竹。

整個神界被喜慶的紅色覆蓋，連神宮的神玉也染上了粉紅的顏色，明日和剎大婚的神台更是染上了紅玉般的紅色。

我閉眸感應闕璿的氣息，微微蹙眉。我仰起臉往上空飄浮的玉台看去，那些浮台上是各種懸立的神紋。

我朝上飛去，看到了那個靜靜躺在浮台上、隨著浮台緩緩飄浮的身影。

我笑了笑，輕輕地從下飛至他的腳後，緩緩地浮起身體，朝他的臉慢慢移去。

他微微一怔，驚起時，差點撞上我迎面而來的臉。他瞪大了如同暖玉的眼睛，我伸出手指，點上他的眉心，緩緩地，把他摁回浮台，他一點一點躺落，如玉的髮絲也撒落在玉台之上，布滿神紋的玉台漸漸染上了迷人的粉紅色。

粉紅色的玉台，白色的他，讓他像是浮雕在一張粉玉床上的玉人。

我飄浮在他上方，髮絲垂落他的臉邊，他通透的雙眸呆呆看著我，紅唇玉光閃現，飽滿誘人。

「生氣了？」我問。

他慌亂地眨眨眼，躺在玉台上全身繃緊地搖搖頭。

我笑了：「那天我沒利用你，我是說真的。」我認真地看他。

他登時怔住了。

「你跟我那麼久，應該知道我從不說謊，有些話也從不說第二遍。因為……」我頓了頓話音，在他呆呆的目光中轉開臉：「咳！娘娘我是也要面子的。但今天君子說你不開心，所以……」我轉回臉，再次笑看他：「我再來跟你解釋一下。那日若是你贏了，我會跟扇中一世一樣，先跟你成婚，再讓剎等等。」

「娘娘……」他依然呆呆地看著我，激動開始從他眸中浮出。他欣喜地撐起身體，如碧璽般無瑕的臉到我的面前：「妳……可是小竹呢？紫垣大人呢？君子大人呢？還有吃不飽大人，他們、他們都比我優秀……我、我……」他失措慌亂起來。

我挑眉看他：「原來你們真的認為小竹、紫垣、君子和吃不飽，都是我的男人？」

他失落地垂下臉：「還有長風大人……」

「怎麼還有長風？」我驚呼起來，隨即大笑：「哈哈哈——好，既然你們都這麼認為，那我再挑挑。」說完，我消失在他身前。

他愣了片刻，登時急得坐起身，大喊：「娘娘！娘娘！我……我……」他雙眸失神地垂落：「我真的很……愛妳……」

我坐在他身後，揚唇而笑：「太輕了~~我沒聽見~~」

「啊！」他再次驚得轉身，我也在同一時刻轉身與他面對。他的臉登時紅起，我壞壞看他：

「還記得那天我說我給你個機會，問你要不要，你是怎麼答的？」

他的臉越發炸紅，眸光羞澀地閃了閃，卻是猛地收緊，堅定而灼熱地看著我：「要！這次闕璿絕不再讓！」

我看著他露出一分霸道的臉龐，揚唇笑了，瞥眸看他：「好，你只消記住這個答案，其他的就別再亂想了。」

他開心地笑了，毫不猶豫地拉住了我的手，與我十指緊緊相扣。

我和他一起轉身，背靠背坐在粉色的浮台上，他的手蓋落在我的手上。我們一起隨浮台飄浮在神界之上，久久沒有說話。

娘娘要謝謝你們，謝謝你們又喚回了娘娘的愛，讓娘娘徹底從恨中解脫。

麟兒，現在大家都團聚了……

就差你了——

番外　五歲魅姬過生日——

魅姬五歲啦！

她睡在黑色的大蛋裡，裡面的乾坤宇宙是她的床與被，她懸浮在裡面，每晚都能睡得分外香甜。

今天可是個特別的日子，她要過五歲生日了哦～

聖陽、廣玥、殷剎、嗤霆、御人、帝琊六人已經立在那顆巨大的黑蛋前，來喚醒他們可愛的小公主。

其他人看向聖陽，因為聖陽的聲音最溫柔，在他們五歲的小寶貝面前，即使壞脾氣的嗤霆也會在小魅姬面前收起壞脾氣，努力不大吼大叫。

「魅兒，該起來了……」聖陽溫柔地撫上那巨大的黑蛋。

小小的魅姬在裡面不開心地翻了個身：「嗯～～寶寶還想再睡會兒～～～」

聖陽面露難色，即使第一次催起已經讓他於心不忍。

廣玥冷冷看聖陽：「你對她就是太溫柔，把她寵壞了。」

「玥，你別說我們，那你去叫。」帝琊雙手環胸。

廣玥的臉一沉，抬起手像是要砸向黑蛋，卻還是在落下時放輕了動作：「小魅，該上課了，起床了。」

「嗯~~~」小魅姬在蛋裡噘起嘴，翻個身，圓滾滾的身體肉嘟嘟：「寶寶不想上課，寶寶不想讀書，每天都是上課讀書，沒勁沒勁——」小魅姬奶聲奶氣地表達自己的不滿，牙齒剛掉了一顆，說話還有點漏風。這樣的奶音讓心腸再冰冷的人也會為之融化。

幾個奶爸立在了黑蛋前，束手無策。他們可是六界天神，卻無法讓一個小女孩起床，還把他們給難倒了。

他們彼此面面相覷，目光經過殷剎和嗤霆時，他們直接擺手，這兩個人就更不合適叫小孩起床了。

帝琊笑了笑，走到黑蛋面前：「小寶貝~~出來吃糖囉~~」

小魅姬聽見糖，立馬站了起來：「我這就起來！」

帝琊對聖陽和廣玥挑挑眉，得意一笑。聖陽輕笑搖頭。廣玥面露寒意：「你就會用糖，吃多了會蛀牙的！」

帝琊聳聳肩。

黑色的大蛋裡，一點一點浮出了小魅姬的身影，幾個奶爸都緊張地伸出手去接。

撲通！小魅姬掉落在聖陽的懷裡，向帝琊伸出粉嘟嘟的雙手：「帝琊把拔，糖！」

帝琊雙手一攤：「先讀書才能吃糖哦~~」

小魅姬生氣地坐在聖陽懷裡，雙手環胸：「下次再也不相信帝琊把拔了！」漏風的話讓帝琊哭笑不得。

「該讓她上課了。」廣玥冷沉看大家：「大家別把她寵壞了。聖陽，你開始第一節課吧。」廣玥說完，和其他人先行離去。

小魅姬的第一節課是自然課，由聖陽來教。

聖陽把她抱坐在腿上，溫柔地看著她：「天地分陰陽，日為陽，月為陰……」在聖陽溫柔的話音中，神光在他手中浮現，化出了天地日月星辰，讓小魅姬看得目不轉睛。

「哇——」小魅姬伸出手抓向聖陽幻化出的日月星辰，開心地咯咯直笑。

「好了，下面是造物課，妳該去廣玥那兒了。」聖陽收起神力。

小魅姬匆匆抱住聖陽的手臂：「寶寶不去，寶寶怕廣玥把拔。」

「妳廣玥把拔只是不愛說話。」聖陽溫柔地摸摸小魅姬的頭：「但他心裡比誰都愛妳。」

小魅姬歪著臉想了會兒：「好吧，廣玥把拔一個人也很悶的，魅姬去陪陪他。」

「乖……」聖陽親了親小魅姬的額頭，將她送去廣玥的神殿。

廣玥已經站在神殿前，看似平靜，心情卻已經焦灼。怎麼還沒來？第二節課時間要不夠了。會不會是小娃又跑去哪兒玩了？不對，這裡是神殿，娃不會丟的，可是為何現在還沒來？

正焦急時，遠處閃現了金色的暖光，他的心才平靜。

聖陽懷抱小魅姬到廣玥面前，小魅姬向廣玥伸出手：「玥把拔……」

「自己下來走！」廣玥冷臉厲喝，嚇得小魅姬立刻收手，廣玥嚴厲看聖陽：「你們這是在害她！」

「好，好～你說得都對～～」聖陽將小魅姬放落地面，小小的魅姬還不到廣玥的膝蓋，跟在廣玥身邊像一隻小小的寵物兔。

聖陽溫柔地看廣玥和小魅姬遠去的身影，溫柔而笑。

廣玥的腿很長，小魅姬跟在廣玥身邊很累，她要跑起來才能跟得上廣玥的腳步。

撲通！她摔了。

廣玥登時轉回身，緊張地將她抱起：「哪裡傷了？」

「沒有，玥把拔。寶寶沒事。玥把拔，你能不能走慢點……寶寶跟不上……」小魅姬有點委屈，有點害怕地看廣玥冰冷的臉，怕得都快要哭了。

廣玥看著魅姬那委屈的模樣，嘆一口氣：「來，騎我脖子上。」

「好————」小魅姬三下兩下爬到了廣玥的脖子上，抱住了他的頭，分外開心。

第二節是造物課，廣玥在他的神台上造物，小魅姬騎在他頭上造物，黑眼睛瞪得老大。

「哦——啊！活了活了！」

「小魅要來試試嗎？」廣玥放落魅姬在腿上，總是冰冷的臉上終於多了分柔和。

小魅姬粉嘟嘟的小手在造物台上捏吧捏吧捏出了一個麵團，麵團上也有眼睛和鼻子，放落時麵團動了，小魅姬開心地拍手：「團團動了！」

廣玥的眼中露出了寵溺的目光，將那個不成樣的麵團拿起，又捏了捏，成為了一隻可愛的小兔子，放落小魅姬的手心。小兔子在小魅姬的手心蹦來跳去，癢癢的。

「咯咯咯……好癢好癢……」小魅姬在廣玥懷裡笑得前仰後合。

開心的時間總是短暫，因為小魅姬的第三節課開始了，那是跟殷剎學習生死。

廣玥將小魅姬送到殷剎手裡時，心也不知怎的空了一下，即使天天和小魅姬在一起，但他也不想和別人分享小魅姬。他知道小魅姬給他們幾個奶爸帶來的不只是快樂那麼簡單，因為每一天、每一天，他都在期盼小魅姬的到來，和他這單獨相處的美好時光。

下午，小魅姬還要在御人、帝琊和嗤霆那裡繼續學習。

傍晚，帝琊與嗤霆送小魅姬回到了聖池，這一天又將結束。

帝琊笑看小魅姬：「小寶貝，妳最喜歡哪個爸爸？」

「帝琊爸爸。」小魅姬想也不想地說，帝琊開心地笑了，嗤霆嗤之以鼻：「你就會用糖哄騙她，她還是個孩子，以後她才會知道自己最喜歡誰。」

「哼！反正她現在最喜歡我。」帝琊開心地把小魅姬抱起，點著她胖嘟嘟的臉：「知道今天是什麼日子嗎？」

小魅姬想了想，搖搖頭。

「是妳的生日啊，小寶貝~~」說話間，聖陽、廣玥、御人和殷剎再次浮現在空氣中，紛紛溫柔地看著小魅姬。

他們伸手時，手中是美味的食物與可愛的玩具。

「哇————」小魅姬撲向每一個奶爸，撲入他們的懷中。

廣玥取出一顆金光閃耀的珠子：「小魅，這顆珠子可以實現妳一個願望，妳許願吧。」

小魅姬抱住珠子閉上眼睛認真許願。

「妳許了什麼？」御人摸了摸她的頭。

「孩子的願望怎麼能說？」殷剎看御人。

小魅姬看看所有人，抱著珠子開心地笑著。她不會讓把拔們知道她許了什麼願，因為，那是她最珍貴的小祕密……

國家圖書館出版品預行編目資料

六界妖后 / 張廉作. -- 初版. -- 臺北市：臺灣角川, 2017.04-
冊；　公分. -- (Kadokawa fantastic novels DX)
ISBN 978-986-473-596-9(第2冊：平裝). --
ISBN 978-986-473-714-7(第3冊：平裝). --
ISBN 978-986-473-863-2(第4冊：平裝). --
ISBN 978-957-8531-69-7(第5冊：平裝)

857.7　　106002337

Kadokawa Fantastic Novels DX

六界妖后5

2018年2月1日 初版第1刷發行

作　者：張廉
插　畫：Izumi

發 行 人：成田聖
總　監：黃珮君
總 編 輯：蔡佩芬
編　輯：邱璨萱
美術設計：李思穎
印　務：李明修（主任）、黎宇凡、潘尚琪

發 行 所：台灣角川股份有限公司
地　址：105台北市光復北路11巷44號5樓
電　話：（02）2747-2433
傳　真：（02）2747-2558
網　址：http://www.kadokawa.com.tw
劃撥帳戶：台灣角川股份有限公司
劃撥帳號：19487412
法律顧問：寰瀛法律事務所
製　版：尚騰印刷事業有限公司
ISBN：978-957-853-169-7

香港代理：香港角川有限公司
地　址：香港新界葵涌興芳路223號新都會廣場第2座17樓 1701-02A室
電　話：（852）3653-2888